中国王家坝

张守志◎著

中国言实出版社

图书在版编目(CIP)数据

中国王家坝 / 张守志著 . -- 北京 : 中国言实出版
社, 2021.2
　　ISBN 978-7-5171-3774-0

　　Ⅰ . ①中… Ⅱ . ①张… Ⅲ . ①纪实文学 - 中国 - 当代
Ⅳ . ①I25

中国版本图书馆 CIP 数据核字（2021）第 024022 号

出 版 人　王昕朋
责任编辑　史会美
责任校对　崔文婷

出版发行　中国言实出版社
　　　　　　地　　址：北京市朝阳区北苑路 180 号加利大厦 5 号楼 105 室
　　　　　　邮　　编：100101
　　　　　　编辑部：北京市海淀区花园路 6 号院 B 座 6 层
　　　　　　邮　　编：100088
　　　　　　电　　话：64924853（总编室）　64924716（发行部）
　　　　　　网　　址：www.zgyscbs.cn
　　　　　　E-mail：zgyscbs@263.net
经　　销　新华书店
印　　刷　徐州绪权印刷有限公司
版　　次　2021 年 3 月第 1 版　　2021 年 3 月第 1 次印刷
规　　格　710 毫米 ×1000 毫米　1/16　11.25 印张
字　　数　183 千字
定　　价　68.00 元　　ISBN 978-7-5171-3774-0

　　张守志，安徽阜阳人，《中国作家》签约作家，曾任安徽阜南县文联主席。长期从事文学创作，先后在《中国作家》《清明》等国内文学刊物，以及30

多家报刊发表小说、散文、通讯等数百篇、百余万字，出版有长篇小说《天井》《天道》《金水湾》、中短篇小说集《龙虎尊》、长篇报告文学《中国王家坝》等作品。

序言

——

淮河情

我是 1987 年 7 月担任安徽省代省长的。安徽人民广播电台宣布安徽省人大常委会议任命我担任代省长这一消息时，我正在沿淮调研，于是我立即赶回去向省人大常委会表态。我在表态中，其中之一就是要决心把治淮任务作为重中之重来抓。我上任后第一件事就是抓三湖（丘家湖、姜家湖、唐垛湖）的联圩工程，即将这三湖连在一起，对淮河裁弯取直，加宽加高大堤，将原来的三个行洪区改成蓄洪区，并进行综合治理。

这一段河道的现状基本是自然状态，根本看不到大堤在哪，综合治理的主要工程是在颍上县。这项工程在水利部早有安排，只因地方和淮委对有些问题认识不一致，故一直被耽搁下来了。我首先抓的第一件事情就是和省直有关部门到蚌埠去拜访淮委。时任淮委主任的蔡敬荀，是沛县人，长期在安徽工作。去蚌埠当天的晚上他就和我单独接触，了解情况，听取意见，商量解决办法，并向我介绍了有关情况。他说，"我长期在安徽工作，淮河不治理，对不起安徽乡亲父老"。我说，"问题症结在哪里？"他说，"主要有两个问题：一是土方工程补助标准问题，省政府标准和水利部标准不一致，水利部补助标准要比省政府的标准低一些；二是圩内迁移人口数量问题，省里上报的人口要比我们承认的人口多将近 2 万人，其原因是我们只承认前几年在普查时所定的实际人口，这几年群众自动搬进去的我们不能承认"。

我听了之后觉得有道理,当即就表态,一切按水利部规定执行,当务之急是要行动。我们两人取得初步认识后,第二天双方在很短时间内就解决了这一问题。紧接着在凤台县召开三县负责人会议,部署这一任务。会议期间特地把颍上县县、区、乡三级干部召集到凤台开会,会上我着重强调治理三湖联圩的重要性和紧迫性。我说,解放快40年了,淮河行洪23次,最受苦的是沿淮老百姓,他们连安居的条件都没有,哪里还谈得上乐业呢?我们起码要帮助他们创造生存条件,我们的各级领导干部要真正关心沿淮老百姓生活,就要下决心把淮河治理好,这就是大局。我们考虑一切问题都要服从这个大局。我们的干部非常好,只要把道理讲透了,他们很快就统一了思想,而且情绪非常高,人人都表明了决心,一定要打好这一仗。

淮委同志看我们真下决心且已开始行动,赶快向水利部报告。农历八月十五,我带领省政府的几位副省长和省直有关部门负责同志,在颍上县召开了三湖联圩开工动员大会,进一步统一思想,提高认识,进行动员部署。

颍上县组织了10多万民工投入战斗,工地上工棚相连,红旗招展,人山人海,日夜奋战。我到工地看望民工时,干群们精神饱满,热情高涨,使我既受到了教育,又增强了治淮的信心。当时我说了一句话,"在大堤建成之后应该在这里竖立一个碑,这个碑叫人民丰碑"。现在看来,当时抓的时机非常好,因为1987年沿淮是大丰收之年,老百姓有饭吃,情绪很好。由于治理了三湖,沿淮连续三年大丰收,这样,为1991年大灾后的恢复奠定了比较好的基础。

1991年是不平凡的一年,在5月中旬到7月中旬两个多月的时间里,全省连降大暴雨,降雨时间之长,强度之大,来势之猛,面积之广,灾情之重为历史罕见。全省72个县市有60个县市降雨接近或超过历史全年的降雨量,比1954年同期降雨量多100毫米以上。其中,沿淮和江淮之间,滁河、巢湖流域的降雨量比1954年同期多300毫米至500毫米以上。由于两个多月里强降雨的袭击,安徽省境内淮河干流出现了三次特大洪峰,城西湖作为淮河防洪最后一张王牌也被迫启用蓄洪。长江大堤全线超警戒水位,沿江江南圩区内涝严重,滁河一个月内三次超过历史最高水位。大别山区几个大水库都超过了1949年新中国成立以来和建库以来的最高水位,巢湖平时的湖面为780平方公里,而1991年特大洪水时的湖面竟达到了1200平方公里,可见这场特大的洪涝灾害造成的损失是极其严重的。全省先后有合肥、蚌埠、淮南、马鞍山等工业城市和38个县市的城区进水，43700个村庄892万人被水围困，其中大部分被水围困长达两个月，每天靠我们的干部用船送粮、送煤、送医，老百姓对此很受感动。全省受灾人口4314.7万人，其中重灾和特重灾民有2610.4万人，有278.18万间房屋倒塌。

面对严重的洪涝灾害，全省党政军民在党中央、国务院的正确领导下，在全国人民的大力支持下，振奋精神，团结协作，以泰山压顶不弯腰的大无畏英雄气概，奋起抗洪救灾，出现了许许多多可歌可泣的事迹。安徽人民在这场特大的自然灾害中，表现出的百折不挠英雄气概和勇于牺牲局部利益保护全局利益的共产主义精神，受到了党中央、国务院的充分肯定和高度赞扬，在海外也产生了很大的影响。党中央、国务院在财政十分困难的情况下，采取各种措施集中资金、物资支援我们。党中央、国务院的亲切关怀和巨大支持对我们是极大的鼓舞，是我们能够与灾害进行顽强斗争的巨大动力。

省委、省政府要求阜阳地委、行署在转移中不能死一人，并且要把国家、集体和老百姓的财产损失减少到最低程度。在转移中有些老年人怎么动员也不肯离开，我们的基层干部只好"强行"把他们背出来。最后，每个村庄都有我们的基层干部和公安武警部队，他们逐户清查，并用对讲机向指挥部作负责任的报告，确定没有人了，他们才最后撤离。在整个撤离过程中没有伤亡一人。这次大转移使我们的各级干部和共产党员都经受了一次严峻的考验。

这一年秋天，北京从中南海到中央各机关、各部门，从中央领导到老百姓，全面地、大张旗鼓地发动了一次捐献活动。平时生活十分节俭的邓颖超大姐，捐钱捐衣表达了对灾区人民的一片心意；92岁的聂荣臻元帅，捐出相当于几个月工资的积蓄；94岁的帅孟奇大姐把家里节约的1025元，要秘书拿出1000元捐献给灾区，陈秘书提醒说，这个月一半还没过去呢。帅大姐深情地说，灾区人民比我们日子难过呢。凡北京送衣被的车队一进安徽境内，沿途各地老百姓，男女老少就像迎接自己的亲人一样，送茶、送水、送食品，场面非常感人。那些生活在淮北地区的老百姓，特别是宿县，车队经过比较多，但他们并没有拿一件衣被，北京负责带队的同志和司机对此感受非常深。他们说，新中国成立后有两次捐献活动最令人感动和难忘：一次是抗美援朝，另一次就是北京捐献安徽灾区的活动。

3

1991年大灾之后，我们认真地进行了反思，总结了经验和教训。9月中旬召开了省委五届四次全会，这次会议是在全省抗洪斗争取得重大胜利生产救灾全面展开的时候召开的，会议总结了七条体会：第一，我省抗洪救灾斗争始终得到党中央、国务院的亲切关怀和巨大支持；第二，全省各级党组织和广大党员干部在抗洪救灾中发挥了核心领导作用和先锋模范作用；第三，人民群众表现了高度的政治觉悟和顽强拼搏的精神；第四，人民子弟兵充分发挥了突击队作用；第五，上上下下发扬了顾全大局和团结协作的精神；第六，充分发挥了思想政治工作的优势；第七，新中国成立以来特别是改革开放10多年来积累的物质基础为我们战胜灾害提供了重要条件。这次会议我们明确地提出坚持恢复与发展并重的方针，要狠抓当前，积极解决恢复生产和救灾中突出的问题，又不能满足于简单地恢复，而要有新的起点，着眼于提高经济整体素质。这里有三件事值得一提。

第一件事是大灾之后对沿淮六县（临泉、阜南、颍上、凤台、霍邱、寿县）的重点支持。1991年大灾中这六个县受灾最严重，损失最大，也可以说是毁灭性的。面对安徽的灾情，面对沿淮的现状，怎么办？省委、省政府决定把沿淮六县作为重中之重来扶持，主要措施有：一是请求国务院协调有关部门对沿淮六县对口扶持。国务院很快就同意了我们的请求，并且尽快地作出了部署。每个县都有两个到三个部门重点扶持，省直各部门也相应对口。另外，省直各有关主管部门如工业、交通、邮电、教育、金融、农业等，对这六个县重点倾斜。中央和省各有关部门对此都很重视，支持力度很大，效果也非常明显。二是请求中国人民银行每年扶持资金6000万元，每个县1000万元，加上省里配套资金，一个县大约可获得3000万到4000万元，主要是用于支持基础设施建设、工业发展和农业开发。这件事来之不易，首先，应该感谢时任中国人民银行行长的李贵鲜同志和计划资金司副司长马蔚华同志。马蔚华同志是李贵鲜同志在任安徽省委书记时的秘书，他在安徽工作的时间虽不长，但对安徽很有感情，我常说马蔚华同志不是安徽人胜似安徽人。一次，我专约马蔚华同志来安徽探讨支持沿淮六县的一些想法，马蔚华同志说，你们可以向国务院申报，请求给予支持。国务院如同意，我向贵鲜同志汇报，贵鲜同志会支持的。于是，省政府立即报告国务院，国务院很快将此报告批转给中国人民银行，贵鲜同志亲自过问，决定从行长基金中每年拿出6000万元，每个县一年给1000万元，共计5

年时间。这项工作由时任副省长的龙念同志和安徽人民银行行长宋明同志负责，这批资金对于大灾之后恢复生产和发展经济起了关键性作用。1992 年我在颍上县作了调查，这个县一年投资总额相当于新中国成立以来总量的 4.6 倍，使沿淮六县经济与社会发展、人民生活起了很大的变化。

第二件事是加快沿淮治理的步伐。

第三件事是灾区住房建设问题。鉴于大灾期间民房倒塌严重，特别是大水一来，家庭财产无地存放，损失很大。省委、省政府对重建家园工作的基本指导思想是，必须从灾区实际出发，要统一规划，分步实施，不能简单地恢复，最重要的是要搞好规划。为此，首先请建设部从全国各地抽调一批设计人员帮助我们搞规划、搞设计，吸取了过去的建房马骑顶的教训，每户至少有一间平顶房，分 5 年建成。这项工程曾得到联合国人口居住条件改善奖。据说全球只有 7 处获此奖，中国只有这一处——这就是安徽的灾后住房。

作家张守志同志历时 5 年创作了长篇报告文学《中国王家坝》，可谓呕心沥血，玉汝于成。对之，我甚为感动。联想治淮和 1991 年淮河抗洪抢险惊心动魄的历史，特撰此文，代为序。

卢荣景

2008 年 8 月 13 日于合肥

（作者系中共十三届、十四届、十五届中央委员，十届全国政协常委，原安徽省委书记、省长）

目录

红色岁月　红色历程　红色史诗　红色经典

第一章

—

千里淮河第一闸

特殊的地理位置，将地处淮河中上游交汇处的安徽省阜南县王家坝定位淮河汛情的"风向标"，"千里淮河第一闸"。

届时，惊涛骇浪，金戈铁马……

在我国960万平方公里的土地上，可能有许多王家坝。然而，位于安徽省阜南县淮河上中游交汇处的"王家坝"，却是唯一闻名遐迩让世人难以忘怀的地方。每当淮河汛期，中央电视台《天气预报》节目上王家坝那个小小的亮点儿闪闪灼灼出现时，有时仅仅几秒钟，数亿人们的心就会不由自主地颤悸，上至党和国家最高层的主要领导，下至普通百姓，几乎所有人的眼前闪现出排山倒海的滔滔洪水和人们与洪水搏斗的激烈情景以及灾区男女老少那期盼与无奈的神情……

往事历历在目，昔日岁月峥嵘。

天宝物阜的淮河啊，桀骜不驯的淮河啊，她的欢笑，她的哭泣，她的对峙，她的憧憬，凝结成永远的丰碑。新中国开国大典的礼炮甫响，1950年6月淮河就暴发了特大洪水，损失惨重。毛泽东含泪挥毫写下"一定要把淮河修好"八个大字，这既是个人决心的表白，又是激励人民治理淮河的伟大号召。周恩来为了治淮先后 60 多次主持召开政务院会议、治淮工作会议、专家研讨会议等专题研究治淮工作；先后 20 多次组织水利专家进行实地勘察、论证，吸收古今中外的治水经验，进行周密细致的研究、设计、规划。由国家水利部提出方案，请示毛主席同意，周总理亲自选定在安徽省阜南县蒙河滩地建设蒙洼蓄洪区，蓄洪区内设计建造 128 个庄台，散居蒙河滩地上的人民搬到庄台上居住。1951 年春先组织 10 多万民工构筑蒙洼蓄洪圈堤。1952 年春开始建设王家坝闸，1953 年汛前王家坝闸胜利竣工。半个多世纪以来，王家坝闸以其独特的使命、遭遇、奉献和荣耀，被世人称为"千里淮河第一闸"。当时国家在百废待兴，国民经济异常困难的情况下拨出大批资金进行大规模淮河治理。经过上下共同努力，初步改变了淮河千疮百孔的面貌。但是，由于淮河地处中原兼有南北方雨季等原因，且上中游 178 米的落差特别大，中下游 16 米的落差特别小，易于滞洪，是条较难治理的河流。

王家坝闸不仅是淮河中上游交汇的门户，也是容量 7.5 亿立方米蒙洼蓄洪区的进洪口。每当淮河洪水来临，一旦王家坝那个小亮点儿闪动，就是阜南人民与洪水开战和决战的信号。它预示着淮河上游的洪水水位已经达到超警戒水位。当王家坝闸水位达到 28.66 米时，只要国家防汛抗旱总指挥部下达开闸蓄洪命令，王家坝闸的钢铁巨门就将按时开启，滔滔洪水汹涌着进入蒙洼蓄洪区，刹那间 180.4 平方公里的蓄洪区浊浪滔天，一片汪洋，15 万人民只好赶在蓄洪前迅速转移到安全地带。有时为了保命，只能眼巴巴地望着家具、粮食、衣物等还没有来得及转移的物资被洪水卷走淹没。这每一次蓄洪带来的损失都是数亿元啊！全家老小拼死拼活挣来的财物被洪水白白地吞噬。而朴实憨厚一贫如洗的蒙洼人无怨无悔，手捧着祖国四面八方送来的衣服、食品、药品等，望着滔滔洪水，尤其是面对中央、省、市、县领导风尘仆仆语重心长的关怀，无不感动得热泪盈眶。有的还情不自禁地高呼：社会主义好，共产党亲！……

每一次开闸前，中央、省、市、县领导都要火速奔赴王家坝现场指挥。2005 年以前，因为 1.7 公里的行洪区高架桥没有兴建，一旦淮河中上游暴发洪水，王家坝就成了"孤岛"。进出王家坝必须乘一个多小时的机动船。如果是木帆船，或者再遇上大风大雨，波浪滔天的水路需要三五个小时的颠簸才能到达。而那时船翻人亡的事件几乎年年都会发生。

尽管恶浪滚滚，困难重重，但数百名各级干部依然聚集在弹丸之地，小小王家坝闸管所便成为指挥部所在地，上上下下方方面面的联系，包括最高领导的批示和开闸蓄洪命令下达，全靠电话和无线电报等通讯联络。20 世纪 50 年代，闸管所仅几间砖瓦房，20 世纪 80 年代才改造成两层楼。一年 365 天，这楼里绝大多数时候都静悄悄的，仅有一两个职工留守。可是，一旦抗洪抢险的战斗拉开帷幕，寂寥的大院里便熙熙攘攘，人声鼎沸。

最惊心动魄的是开闸蓄洪的时刻。一旦信号枪鸣响，钢铁闸门缓缓启升，滔滔洪水扑向蒙洼大地。平时威严壮观的大闸颤颤抖抖，人们站在上面心几乎都是在悬着，甚至闸毁人亡的可能都会在脑子里闪现。这种不言而喻的心理都写在一张张铁一样的脸上。人们一个个拖着沉重的脚步蹒跚着离开现场向住处走去。有的匆匆洗洗脸，刷刷牙，有的这些都省了，本来都是饥肠辘辘，但却没有食欲，脸上笼罩着焦虑与担心，那样凝重，那样深沉……

淮河发源于河南省桐柏县淮源镇太白顶西北、牌坊洞东南，经三道鼻子、西洞、东洞、一线天，出河堰口，于固庙西，绕北而东流。经过 364 公里的没边没沿的漫流和曲曲弯弯的流程，形成淮河上游；进入王家坝时落差加大，流速骤增，成为中游的上端。为了调节洪水流量，削减洪峰，减少洪水给上游人民和下游淮南、蚌埠等城市与京沪铁路带来的压力、威胁和损失，经专家勘察论证，国家于 1953 年 1 月 10 日在王家坝建设一座进洪流量 1626 立方米／秒共 13 孔的弧形钢闸门的王家坝节制闸，构筑了 95 公里的蒙洼大堤，建成了容量达 7.5 亿立方米的蒙洼蓄洪区。自 1953 年至今王家坝已 15 次开闸蓄洪，蒙洼蓄洪区先后进洪累计 75.4 亿立方米，相当于浩瀚的东海。因此，"开闸蓄洪泪汪汪，家家户户泥巴房"，就是蒙洼人民几十年的生活写照。奉献——牺牲——舍小家，顾大家，已成为王家坝—蒙洼蓄洪区和阜南人民义无反顾的选择，浇铸成永远的丰碑！

王家坝位于淮河上中游接合部，地处安徽省阜南县与河南省固始县、淮滨县的交界处。在这里，两省三县人民频繁往来，过往甚密。

这里不仅地理位置独特，还是一片鲜红的热土。新中国成立前，蜿蜒的淮河两岸曾是国民党反动派和匪徒草菅人命、烧杀抢掠、恣意妄为的领地，寻欢作乐的天堂。民间流传的"九九八虎十二狼，联合河南两条羊，陡河沿有个靠山王，小炮队军师郑先生"正是当时的真实写照。他们依仗淮河天堑游弋于两岸残害百姓，广大人民挣扎在水深火热中。以大恶霸地主卢祥云为司令的号称万人之众的反动武装小炮队，不但横行乡里，无恶不作，还疯狂地向刚刚诞生的人民政权和人民武装进行反扑和袭击。1948 年初春和深秋，小炮队先后两次制造了两起惨绝人寰的崔寨和郭圩孜惨案，共有 56 位解放军干部战士和乡干部壮烈牺牲。牺牲的烈士年龄最小的才 16 岁。有的家住河北、山西、山东等省，至今仍无法查找到他们的故乡。九泉之下的烈士啊，将永远活在蒙洼人民的心里。

党的十一届三中全会以来，蒙洼——阜南这块热土发生了翻天覆地的变化。虽然经受了 1991 年、2003 年和 2007 年三次历史上较大洪水的袭击，但在党中央、国务院和省市委领导下，在县委、县政府的带领下，万众一心，历经磨难，经过日夜艰难鏖战，不仅战胜了历史上罕见的洪魔，还厉兵秣马，凝心聚力，发扬百折不挠的抗洪精神，变水害为水利，因地制宜，发展地方特色经济，蒙洼的柳编、郜台的板鸭、王家坝的毛豆等已成为享誉全国，出口 10 多个国家的工艺品和绿色食品。农民平均年收入从 20 世纪 80 年代初的 300 多元猛增到 3000 多元，增幅近 10 倍。随着临淮岗水利枢纽工程的上马和竣工，已有 5331户 19228 人住进在国家的帮助下建设的 4 座保庄圩。大部分的蒙洼人都住上了砖瓦房，有的还建起两三层的楼房。昔日洪水来了一贫如洗的蒙洼人已经过上安居乐业、正步入小康的幸福生活。王家坝正以她崭新的面貌呈现在世人面前，成为阜南县形象的缩影，冉冉升起在千里淮河之滨。

特殊的地理位置，非凡的历史沧桑，王家坝受到党和国家无微不至的关注与关怀。仅 20 世纪 90 年代以来，先后有 22 位党和国家领导人亲临王家坝视察，带来党和政府的关心与温暖，100 多位省部级领导干部和将军在王家坝洒下汗水，留下足印，近千名中外记者冒着酷暑严寒和风霜雨雪在王家坝忘我地工作，为全国、全世界人民了解王家坝提供大量翔实的情景与资料。还有很多很多的同胞与朋友，通过不同形式和渠道向王家坝人民倾注爱心，倾注友情，倾注……

数风流人物，还看今朝。王家坝，正阔步向前；王家坝，正日新月异，美轮美奂；王家坝的明天更绚丽；王家坝将走向全国，走向世界……

第二章
——

水惊中南海

　　在我国大江大河中，淮河不仅是人杰地灵、生金流银的母亲河，而且也是华夏民族灾害频仍、劫难深重的心腹之患。新中国开国大典礼炮甫响，1950年6月29日淮河就开始涨水，7月6日洪河、白露河等上游支河洪水汇入淮干，洪峰叠合，浩瀚奔腾，异常汹涌。自洪河口至正阳关东西153公里，南北20公里至40公里的广阔大地成为洪水滔滔一望无垠的茫茫泽国……

　　毛泽东、周恩来等宵衣旰食，运筹帷幄，热切关注淮河流域的抗洪救灾，毛泽东挥毫发出"一定要把淮河修好"的伟大号召……

　　从桐柏山峰巅涓涓细流蜿蜒东去的淮河，流经河南、湖北、安徽、江苏、山东五省，流域面积27万平方公里。在逶迤1000多公里的淮河干流，王家坝处于特殊的地理位置。

　　淮河流域地处我国东部，介于长江、黄河两大流域之间，是南北气候、高低纬度和海陆三种过渡带的重叠地区，是世界上典型的孕灾环境地带，旱涝灾害历来频繁深重。加之黄河夺淮700余年，使淮河水系遭到巨大破坏，上游水流湍急，中游河床平缓，下游入海道变为地上河，尾闾不畅，许多支流发生了变迁或淤废，加剧了淮河的洪涝灾害。因此，在我国大江大河中，淮河不仅是人杰地灵、生金流银的母亲河，也是华夏民族的心腹之患。据历史文献记载：从公元前 185 年至公元 1194 年的 1379 年间，淮河共发生较大洪涝灾害 175 次，平均 8 年一次。由淮河本水系造成的洪涝灾害 119 年，平均 9 年 1 次。由黄河洪水造成的洪涝灾害 56 年，平均 40 年 1 次。1931 年，淮河流域遭受特大洪涝灾害，受灾人口达 2000 多万，死亡 7.5 万人。据史料记载，当时是"赤地千里，饿殍遍野。灾民衣衫褴褛，成群结队，四处流浪。树皮草根皆为充饥抢食之……"

新中国开国大典礼炮甫响，1950 年 6 月 29 日淮河就开始涨水，7 月 6 日洪河、白露河等上游支河洪水汇入淮干，洪峰叠合，浩瀚奔腾，异常汹涌。沿淮堤防，虽经奋力抢险，终因标准过低，水头过高，相继漫溢崩溃，平地水深丈余。沿淮群众纷纷攀树登屋拥至没漫水的堤埂上，拼命呼喊救命，哭声震野。自洪河口至正阳关东西 153 公里，南北 20 公里至 40 公里的广阔大地成为洪水滔滔一望无垠的茫茫泽国……

北京，中南海，丰泽园。7 月 20 日，毛泽东看了华东防汛总指挥部给国家防汛总指挥部关于淮河水灾的电报后，当即将电报批给周恩来："周：除目前防救外，须考虑根治办法，现在开始准备，秋起即组织大规模导淮工程，期以一年完成导淮，免去明年水患。请邀集有关人员讨论（一）目前防救、（二）根本导淮两问题。如何，请酌办。毛泽东 7 月 20 日。"

北京，中南海，西花厅。秘书将毛泽东的批示送到正在批阅文件的政务院总理周恩来的面前，周恩来定睛一看，心中油然压上千钧重担，他马上吩咐秘书让办公厅尽快准备召开一个关于淮河防洪的会议。7 月 22 日，就 7 月初以来淮河中游水势仍然猛涨一事，周恩来邀请董必武、薄一波、傅作义、李葆华、张含英等研究淮河抗洪救灾工作和导淮工程问题。会上，周恩来动情地说："新中国刚刚诞生，国内外敌人虎视眈眈，淮河大水又在威胁着我们。毛主席对淮河防汛救灾非常重视，作了重要批示。我们要立即行动起来，组织各方面力量，投入淮河防汛救灾工作。淮河虽然远在千里之外的中原大地，但淮河的水却和中南海紧紧连在一起，我们要心系淮河，夺取淮河防汛救灾和导淮工程的全面胜利……"会议最后决定由水利部和中央财经委员会计划局负责草拟导淮的根本方针与明年度水利计划。

淮河的洪水仍在肆虐。1000多万灾民还在挣扎呻吟。

8月5日4时许，菊香书屋，毛泽东住室的灯光又亮了。毛泽东洗漱毕，又坐到办公桌前的椅子上，他用手揉了揉布满血丝的眼睛，先看了一份发自朝鲜战场前线志愿军战报电文。稍许就看到下面的一份电报，这份电报是中共皖北区党委书记曾希圣等致电华东局、华东军政委员会并转中央关于皖北淮河洪水灾情的电报，毛泽东的眼睛注视着上面的电文："……东西几百里，南北几十里洪水滔滔，一片汪洋。平地水深二三米，王家坝、正阳关一带水深10多米。房屋倒塌，人们纷纷攀上树杈，大小蛇也往树上爬，很多人被蛇咬伤致死。水面上漂浮着许多男女老少的尸体，死牛羊猪鸡鸭鹅比比皆是，哀声震天，惨不忍睹……"看着看着，毛泽东的泪水模糊了眼睛。他在"不少是全村淹没""被毒蛇咬死者""统计489人"等处画了横线，并批道："周：请令水利部限日作出导淮计划，送我一阅。此计划8月份务须作好，由政务院通过，秋初即开始动工。如何，望酌办。毛泽东　8月5日。"

8月24日，在中华全国自然科学工作者代表会议上，周恩来作《建设与团结》的讲话时指出，旧中国水政荒废，李仪祉这样的科学家无法实现自己的抱负，"有一个南京河海工程专门学校，也得不到支持"；"花园口的决堤造成了极大灾难，创伤至今未能平复"。他说，配合土改，"第一，兴修水利。我们不能只求治标，一定要治本，要把几条主要河流，如淮河、汉水、黄河、长江等修治好"。"从新民主主义开步走，为我们自己和我们的子孙打下万年根基，其功不在禹下。大禹治水，为中华民族取得了福利，中国科学家的努力，一定会比大禹创造出更大的功绩"。

8月25日至9月12日，根据毛泽东主席的指示，在周恩来总理亲自指导与参与下，中央人民政府水利部在北京召开治淮会议。会议提出了蓄泄兼筹的治淮方针。治淮会议根据这一方针作出了淮河上游以蓄洪发展水利为长远目标，中游蓄泄并重，下游则开辟入海水道的重大决策。

8月31日，毛泽东在华东军政委员会向周恩来转报中共苏北区委对治淮意见的电报上写道："周：此电第三项有关改变苏北工作计划问题，请加注重。导淮必苏、皖、豫三省同时动手，三省党委的工作计划，均须以此为中心，并早日告诉他们。"

9月2日，周恩来约董必武、薄一波、傅作义等开会，研究治淮计划。会议决定：（一）治淮必须江苏、安徽、河南三省同时动手，做到专家、群众和政府三者结合，新式专家和土专家相结合。（二）到 9 月订出动员和勘察的具体计划，10 月动工。以 3 年为期，根除淮河水患。

9 月 21 日，周恩来约傅作义、李葆华谈话，要他们加紧督促实施治淮工程计划。9 月 21 日晚，毛泽东将中共皖北区党委书记曾希圣给华东军政委员会主席饶漱石，并转周恩来、董必武、陈云、薄一波等中央领导人，报告皖北灾民拥护治淮决定情况的电报再次批给周恩来："周：现已 9 月底，治淮开工期不宜久延，请督促早日勘测，早日做好计划，早日开工。"

9 月 22 日，周恩来接 21 日晚毛泽东关于"治淮开工期不宜久延"的批示后，致信毛泽东、刘少奇、朱德、陈云、薄一波、李富春，说明关于治淮的两份文件已送华东、中南军政委员会审议，待饶漱石、邓子恢 10 月初来京时再作最后决定；至于治淮工程计划，则已由水利部及各地开始付诸实施，因时机不容再误。同时，周恩来致信陈云、薄一波、李富春并转傅作义、李葆华、张含英：为了保证治淮工程计划的顺利实施，"凡紧急工程依照计划需提前拨款者，亦望水利部呈报中财委核支，凡需经政务院令各部门各地方调拨人员物资者，望水利部迅即代理文电交（政务）院核发"。

10 月 14 日，政务院发布的《关于治理淮河的决定》指出，治理淮河的方针，应蓄泄兼筹，以达根治之目的。"蓄泄兼筹"方针至今仍为全国水利工作者所遵循。

10 月 22 日，第四期导沭工程开工，至 12 月 28 日结工。该期工程主要是开挖新沭河引及老沭河、新沭河筑堤，工段长 100 余公里。同时，动工兴建老沭河拦河坝、穿沭涵洞等工程。本期施工共调集民工 19.3 万人，完成土石方 944 万立方米，工日 1012 万个。

10 月 27 日，周恩来主持第 56 次政务院会议，任命曾山为治淮委员会主任，曾希圣、吴芝圃、刘宠光、惠浴宇为副主任。

11 月 3 日，周恩来主持第 57 次政务院会议。在讨论傅作义的《关于治理淮河问题的报告》讲话时指出，尽管长江、淮河、黄河、汉水都有水灾，但是，淮河灾情最急，是非治不可的，"而且，要治黄也不是那么容易，要有更大的计划，不是一年内勘测得清楚的"。因此，国家在抗美援朝军费开支骤增、财政经济困难的情况下，中财委仍然拨款大力支持治淮。根据国家财力、物力等实际情况，治理淮河的原则是：一、统筹兼顾，标本兼施；二、有福同享，有难同当；三、分期完成，加紧进行；四、集中领导，分工合作；五、以工代赈，重点治淮。治淮总的方向是：上游蓄水，中游蓄泄并重，下游以泄水为主。从水量的处理来说，主要还是泄水，以泄洪入海为主，泄不出的才蓄起来。"这次治水计划，上下游的利益都要照顾到，并且还应有利于灌溉农田，上游蓄水注意配合发电，下游注意配合航运。"

11月6日，治淮委员会成立，在蚌埠召开第一次全体委员会议。会议研究了河南、皖北、苏北所提出的工程初步计划，根据"三省共保、统筹兼顾、互相照顾、互相配合"的精神，拟订了1951年治淮工程计划。治淮委员会以下分设河南、皖北、苏北三省、区治淮指挥部。

11月21日、22日，周恩来出席研究第一期治淮工程问题的会议。

11月23日至12月7日，1950年全国水利会议在北京召开，会议总结了1950年水利工作的成绩、经验和不足。傅作义部长在工作报告中，提出3年以内水利工作的根本方针是："大力防治水患，有重点地进行河流治本工程，兼及上游水土保持，以求初步消灭严重水灾，同时兴修灌溉工程，以减轻旱灾。"

1951年3月17日至5月4日，水利部部长傅作义，副部长、党组书记李葆华等视察了淮河上中下游的水库、洼地蓄洪工程、堤防及入江水道，并与水利部顾问苏联专家布可夫、治淮委员会工程部部长汪胡桢等举行了座谈会，参加了治淮委员会第二次委员会议。在谈及这次视察时李葆华在我2000年4月采访他时曾有以下这样的回忆：……新中国成立初期我就任国家水利部主要领导，协助部长傅作义先生负责全国的水利事务。当时淮河正闹水灾，淮河两岸人民处在水深火热中。为了解淮河水系和灾害的实际情况，我和傅作义先生率领水利部有关同志，从河南省信阳地区的淮河上游开始沿淮河干流进行实地考察。当时地方政权刚建立，反动武装和土匪在淮河两岸四处活动。出于安全考虑，河南、安徽两省的领导派部队负责保卫工作，傅作义和我考虑地方上的困难，把保卫人员限定在一个班以内。在一个多月里，我们主要乘机驳船，有时乘车，有时骑马，沿淮河干道顺流而下，沿途宿庙宇，住小店，深入老百姓家中问寒问暖。记得有天夜里我们宿营在河南省固始县孤堆集的一座旧庙里，深夜当地一小股土匪以为我们是大城市来的生意人，想乘机打劫，向庙里发起进攻。负责保卫的同志要我们转移，儒将风采的傅作义和我都不以为然地一动不动。至今还记得当时傅先生风趣地说："我们囊中羞涩，难为他们要南柯一梦。"后土匪被我军击退，为首者被俘后交给当地政府处理。天亮后我们继续顺流而下。这次考察为治理淮河掌握了大量的第一手资料，收效匪浅。

4 月 26 日，治淮委员会第二次全体委员会议召开，5 月 2 日结束。曾山、曾希圣、吴芝圃、惠浴宇、刘宠光、黄岩、林一山、吴觉、汪胡桢、钱正英、祛学斌、万金培及各省区代表 63 人出席，傅作义部长、李葆华副部长到会指导。会议讨论了中下游冬春工程情况和关于治淮方略的报告，提出了 1952 年度工作纲要。会议决议指出，"依据 1931 年及 1950 年水文计算并参照 1921 年下游洪水估算和上游蓄洪能力"，下游以 "洪水总来量 800 亿立方米计算，洪泽湖水位为 14 米，中渡流量为 8000 立方米 / 秒"，"为使淮河畅泄入江，水流有一定的河槽，便利航运，并使洪泽湖成为有控制的水库，增加蓄洪效能，兼备苏北农田灌溉之用"，"必须采取洪泽湖与淮河分开的办法"。

1951 年 5 月 3 日，中央人民政府治淮视察团一行 32 人，由邵力子代团长率领到达蚌埠。代表团先赴安徽、河南，然后到苏北向治淮民工、干部表示亲切慰问，将毛泽东主席亲笔题词 "一定要把淮河修好" 的四面锦旗，分别授予治淮委员会及豫、皖、苏三省区治淮机构，并发表《告淮河流域同胞书》。5 月 15 日，《人民日报》发表毛泽东 "一定要把淮河修好" 的号召。代表团第二分团在分团长焦菊隐带领下还乘小轮船从蚌埠逆流而上来到蒙洼蒙河堤工地，慰问正夜以继日筑堤的近 10 万民工。中央慰问团的到来使如火如荼的 100 多华里的工地一片沸腾。这时王家坝闸的设计方案也在争分夺秒地进行中。

7 月 10 日，治淮委员会召开河南、皖北、苏北三省区负责同志联席会议（后更名为第三次全体委员会议）。12 日，曾山、曾希圣、吴芝圃、惠浴宇等 7 人署名提出《关于治淮方案的补充报告》呈毛泽东主席、周恩来总理、中共中央华东局、中共中央中南局和水利部。报告提出第二次淮委会议所拟治淮方案，有工程过大之感，为此联席会议再次研究中游工程和入海水道是否开辟与润河集蓄水位等问题。

王家坝闸的设计方案和施工计划也列入其中。不久，经毛泽东同意，周恩来亲自批示："同意，王家坝闸设计方案和施工计划。蒙洼蓄洪区待闸建成后，视洪水情况，因涉及河南、安徽两省利益，开闸和蓄洪的决定权由国家水利部和防总共同决定。"从此王家坝闸和蒙洼蓄洪区被定位在事关淮河中上游抗洪抢险的关键地位。同时在抗争与无奈，奉献与牺牲的漫漫岁月里演绎出经天纬地、悲欢交加、惊心动魄的故事……

第三章
——
峥嵘岁月

　　在百废待兴之际，党中央、政务院毅然决定淮河治理工程。民以食为天。王家坝闸应运而生。经过一年多勘察、研究、设计，王家坝闸于1953年1月10日开工。

　　王家坝沸腾了。

　　车水马龙，灯火通明，汗水，血水，泪水，浇铸成巍巍丰碑……

　　王家坝闸位于安徽省阜南县王家坝镇，淮河左岸。王家坝镇前身为崔集公社，解放初期叫崔集乡，后因王家坝闸闻名改为王家坝镇。早期的王家坝是一个小村寨，30多户，100多人。自从1953年王家坝进水闸建成后，它的名字逐渐为世人所关注。如今，王家坝如雷贯耳，闻名海内外。

　　王家坝闸于1953年1月10日开工。淮委、阜阳地区治淮指挥部，阜南县委、县政府领导肖开胤、李时庄、唐立全等出席开工典礼。典礼仪式很简朴，在施工现场摆放一张桌子，后面一排木凳，前面施工人员和附近群众代表200多人席地而坐。仪式开始，先燃放一挂鞭炮，李时庄作动员讲话，唐立全宣布成立淮河王家坝进水闸施工处，陈亚光、唐远凡分别负责技术和土方施工的指挥领导工作。

小小王家坝沸腾了。

按照设计，首先动工的是闸位底座基础挖掘清理工程。陈亚光早年学过一点水利学，对于地质结构和施工技术方面的要求仅略知皮毛，但在当时水利施工技术人员极为匮乏的情况下，已是相当可贵。为了不负众望，他专程前往蚌埠淮委拜访水利施工专家——淮委工程部施工处处长胡廷洪同志。胡廷洪，国立中央大学毕业，在学校参加地下党。新中国成立后参与接收国民党导淮委员会的工作，对水利施工技术有一定的经验。当时胡廷洪主要负责佛子岭水库的施工建设。对于陈亚光的求见，胡老至今仍记忆犹新，他说：陈亚光风尘仆仆地带着施工图纸来找我，我很受感动，当即在办公室里对着图纸给他讲解施工技术方面的具体要求，我说：建闸，尤其是像淮河上流量几千米的大闸要求相当严格。稍有疏忽，搞不好，出现大的失误，造成大的损失，是要掉脑袋的！我当时的意思绝不是危言耸听，而是要他一定要胆大心细，慎之又慎，一丝一毫都不能马虎。陈亚光同志一一记下，又提出一些具体细节问题，我一一作了解释，并再三叮嘱他一定要抓好关键部位的关键环节，例如闸基底座一定要挖到设计位置，钢筋扎结、混凝土浇灌一定要按照设计要求做，不允许有半点误差，等等。

入夜，空旷的原野上灯火通明——这是王家坝闸施工现场的灯光。当时很多人还不知道电灯是什么，明如白昼的电灯光吸引着周围几十里人们的目光。附近的群众悄悄去工地观看，啊！神奇的电灯光下，头戴帽盔的工人师傅正争分夺秒、汗流浃背地忙碌着。当时，有人编顺口溜赞颂施工情景：

> 淮河岸边王家坝，
> 毛主席派人建大闸，
> 气死龙王五谷丰，
> 幸福生活万年长。

闸基坑槽挖好后，紧接着就进入闸基和闸墩的施工阶段。当时用的钢材和水泥除部分国内产品外，还有的是苏联进口的，但施工技术力量尚不能保证。

自从 1950 年淮河大水后，党中央、国务院加大对淮河治理的力度，先后上马佛子岭、洪泽湖等大型水利工程，技术力量有些薄弱，尤其是技术骨干的缺乏成为燃眉之急。为此，淮委领导怀着求贤若渴的心情派人前往上海、江苏、浙江、福建招工。经过一番努力先后从上述四省市招来 60 多位技术骨干，主要被派往佛子岭和洪泽湖水利工地，也有 10 多人分配到庙台孜和王家坝。分配到王家坝闸工地的是 6 人，其中姓陈和姓魏的两位江苏师傅报到仅一个星期，因生活艰苦便开了小差。这里要介绍的是来自浙江杭州的钱春贤和来自上海的王成旭两位同志。

钱春贤当时 40 多岁，中等身材，黧黑的脸膛，内向，不爱说话。出生于杭州一个工人家庭，文化程度不高，早年经一位亲戚介绍到桥梁专家茅以升主持的钱塘江大桥工地干活。6 年下来，从抬石头、水泥、钢筋等苦力活学会拌水泥、轧钢筋、桩柱浇灌等技术。钱塘江大桥竣工时，钱春贤已成为小有名气的技术骨干。在杭州，慕名前来的淮委的同志一见到他，便被他那憨厚朴实的为人，业精于勤的钻研精神深深感动了。为了支援内地水利建设，钱师傅答应到淮委工作，不久便来到刚刚开工的王家坝建闸工地。

从江南水乡到淮北平原，生活环境发生了很大变化。初来乍到，钱师傅老是拉肚子，打针吃药也没有止住。10 来天下来，不仅面色苍白，眼窝子也洼出坑。陈亚光等施工处领导都很着急，四处寻医问药，并要钱师傅卧床休息。钱春贤每天喝些面汤，硬是坚持到工地施工。陈亚光急了，硬是要把钱春贤拽回宿舍休息。他说："钱师傅，我们就指望你扛大梁呢，你可不能有个三长两短，万一有个闪失，我可交代不了。"

钱春贤笑着说："陈主任，你放心，我能挺得住，这大梁我一定尽力扛。"说着，他又走进施工现场。

后来一位老中医为钱春贤治好了胃肠炎，拉肚子止住了。

油菜花开，小麦秀穗。一望无垠的大地绿油油、黄灿灿，千里淮河丰收在望。这时，王家坝闸正进入紧张的施工阶段。就在这个节骨眼上，一封来自钱江的电报打破了钱春贤心中的宁静：

"钱春贤，母病危，速回。"

电报是妻子发的。电文很简单，但也很沉重。

当时，钱春贤正在工地上施工。通讯员没有把电报直接交给钱春贤，而是交给了陈亚光。陈亚光看了电报，一下子蒙了，天啊！钱师傅一走，这技术上的难题谁来顶呢？！但是，儿女是母亲身上的肉，万一老人有个不测，又怎么向钱师傅交代呢？经请示有关领导，陈亚光当即将电报递到钱春贤手里。

钱春贤看了电报如堕入深谷。自打自己记事就没有见过父亲。父亲是替资本家干活累死的。父亲死后，母亲含辛茹苦一把把将他和妹妹拉扯大。为了活命，母亲每天天不亮就去东家扫地、做饭、洗衣服，还要挤时间料理家务抚养两个孩子。长期拼命干活，积劳成疾，等他和妹妹长大成人，母亲已经失去劳动能力。

钱春贤的手颤抖着将电报揣进口袋里返回施工现场。他瞅瞅刚刚从上海运到工地的一箱箱设备，心里沉甸甸的。上级三令五申大闸一定要在淮河汛期到来之前竣工。如果拖延工期，洪水万一在竣工前到来，将给国家和人民带来无法估量的损失。怎么办？"忠孝不能两全"的古训给了他解脱的勇气，他面向东南遥望杭州，喃喃地说："妈，请您老人家原谅儿子吧！我不能离开王家坝建闸工地，祝您早日康复……"下班后，他赶到财务科借支了两个月的工资汇回家，并给妻子和妹妹写了一封信，他在信中写道："……王家坝闸事关淮河防汛抗洪的重要工程，工期紧急，即将进入机器安装阶段，我不能离开这里，请你们代我向妈妈问好，愿老人家闯过危险，早日康复……"

陈亚光感动了。他紧紧握住钱春贤的手，深情地说："钱师傅，请你接受我代表施工处向老人家问好，王家坝——淮河人永远感谢你。"

钱春贤也十分激动，庄重地说："陈主任，王家坝闸不建好我决不会离开这里！"

但是，钱春贤以后再也没能见到母亲。母亲的去世给他留下终生遗憾。

……

来自上海的王成旭同样让王家坝，不，淮河人永远铭记在心里。

王成旭原是上海闸北区金鑫机器制造厂一名技工，为了治理淮河，他毅然放弃在上海的工作来到淮委，来到正在施工的王家坝闸工地。

王成旭刚刚放下行李就投入战斗。他每天都工作十几个小时，两个月下来，竟瘦了6斤，白白净净的书生变成又黑又瘦的马路工。

不幸的事发生了。一天深夜，大概凌晨两三点钟，在浇注2号闸基时，吊斗钢丝断裂，500多公斤的吊斗将他砸倒在地，左小腿不仅砸断，下半截全部粉碎，连夜送往阜阳，后转至合肥，终因无法修复而截肢，成为甲二伤残者。王家坝，给这个血气方刚的年轻人的生活蒙上了永远的阴影。尽管党和政府没有忘记他，王家坝也没有忘记他，给了他应有的关怀和照顾，但是，却无法弥补刹那间带给他的伤痛与不幸……

在近 200 个日日夜夜里，先后参与王家坝闸施工的专家、技术人员，普通工人约 300 多人，参与土方工程的民工约 1000 多人。说起他们的先进事迹经天纬地，不胜枚举。民工张小盘就是其中之一。

张小盘家住阜南县薛集区（今城关镇）双碑乡大杨庄村小张庄。当时才 16 岁，虽然是粗茶淡饭，却长个人高马大的坯子。政府号召民工治淮建王家坝闸，他积极响应，不顾母亲和婶母的反对，虚报年龄，参加了民工队。到了王家坝闸工地，起早贪黑地干，每次评比都是第 1 名。那时全是锹挖肩挑，每担土都有 180 斤左右，张小盘每天能挑 200 担左右，由闸塘挑到闸坡顶来回 300 多米，几乎全是一路小跑。有人曾经计算，张小盘平均每天挑 200 担，总计要走 60 公里；每担按 180 斤，累计约 36000 斤；每月按 30 天计算，累计要行 1800 公里；每立方土按 1000 斤计算，累计每天挑 36 立方，每月累计 1080 立方。张小盘从土工开工一直干到土工结束，总计 4 个月零 6 天，累计总行程 7000 多公里，挑土 4000 多立方。

有人说，数字是枯燥的。但枯燥的数字却彰显出一个人的价值。土工结束后，张小盘被评为劳动模范，受到嘉奖。

……

1953 年 7 月 14 日王家坝闸胜利竣工。在竣工典礼上，阜南县县长唐立全操着浓重的山西口音宣布：王家坝闸从 1953 年 1 月 10 日开工到 7 月 14 日竣工，历经 187 天。参加施工和建设的 1300 多人，其中 125 人被评为劳动模范，68 人加入中国共产党，299 人加入青年团。王家坝闸的建成，为淮河防汛树立了新中国治淮历史上第一座里程碑……

是啊！经过 50 多个春夏秋冬，王家坝闸书写了而且还将继续书写她那光辉的历史。

王家坝，当滔滔洪水被堵在闸前时，当滚滚洪流汹涌着穿过闸门间，当年建闸英雄用汗水和鲜血铸成的丰碑，依然耸立在云天，铭刻在淮河人民的心中……

第四章

——

巍巍长堤

        王家坝闸是进洪闸。当钢铁闸门缓缓升启时，汹涌的洪水咆哮着扑向138平方公里的蒙洼大地。为保障10多万世代生活在这里人民的生命财产安全，除加高加固128座庄台，还要修筑55.3公里的蒙洼大堤。经过10万民工近半年的日夜奋战，蒙洼大堤胜利竣工。总施工土方2766.88万立方米。如果按1米高与宽计算，可绕地球两周。

        这是汗水和鲜血浸泡的土方，也是躯体和生命筑就的长城……

    王家坝闸既是防止淮河洪水进入蒙洼的屏障，又是蒙洼蓄洪区蓄洪的进口。这是当年建设王家坝闸设计的综合性工程。所不同的是蒙洼蓄洪区先于王家坝闸于1952年冬建成。

    蒙河洼地，位于阜南县境东南部。西起官沙湖，东至南照集，北抵岗坡，南临淮河，平均宽约7.5公里，长约40.5公里，总面积300平方公里。形状成为一狭长地带，上、下各敞开一缺口，上为官沙湖口，下为小润河口。夏秋汛期，洪水自官沙湖决堤下泄，下由小润河口倒灌，年年泛滥成灾。官沙湖尤为豫、皖两省水利纠纷焦点，新中国成立前曾多次为堵和泄发生群体性械斗，死伤多人，结怨甚深。新中国成立后，虽未发生明火执仗的争斗，两岸人民却曾有摩擦，甚至不同程度地影响两县、两地、两省领导层的和睦相处。

1951 年，治淮委员会召集河南省治淮指挥部及信阳、潢川、阜阳三专区治淮指挥部，对上至新蔡、潢川，下至润河集一带受灾地区进行勘查，作出规划，分割蒙洼为两块，南部作为蓄洪区，沿其北部筑蒙堤一道，两端连接淮北大堤，构成圈堤，与进、退水闸组成蓄洪库，库内面积 183 平方公里，设计蓄洪水位 27.66 米，蓄水量 7.5 亿立方米。王家坝水位达 28.66 米时，由国家防汛总指挥部调度开闸蓄洪。蒙堤以北为行洪区。狭长的蒙河河床已淤积成洼地，洪水易进而难出，为天然蓄洪区，为统筹治理洪、淮河水患，减轻洪河口一带的水位压力，加大泄水量，由淮委作出蓄水工程的决定。

1951 年冬至 1953 年，阜阳地委、行署先后动员组织阜南、阜阳、颍上、临泉 4 县 10 万民工陆续施工，与淮河干流治理工程同时进行，先后完成圈堤，进、退水闸，开挖引河，庄台建设，修涵，建桥等配套工程。

蒙洼蓄洪工程建设，可以有效地调节王家坝淮河水位，减轻上游灾害，最大削减淮河洪峰流量每秒 1626 立方米，对确保中下游淮北大堤安全起到了重要作用，解决了历史上豫皖两省官沙湖水利纠纷。

这里记述的是，当年 10 万民工大战蒙洼的情景。

蒙河原是淮河一条支流，由颍上县南照集注入淮河。蒙河在阜南东南部形成一片东西向长方形洼地，内有官沙湖、黄泥湖、黑泥湖、六百丈湖、十二里湖、程大湖、老猫湖、马台孜湖、月牙湖、镜儿湖等大小 10 多个湖泊，各湖都有圈堤，纵横交织，互相环绕，湖水横流，水灾频仍。经实地勘察，设计撤除大小湖泊圈堤，建筑庄台，让生活在原圈堤内的人民在庄台上建房居住，这些庄台均高出蓄洪时水面 2～3 米，一般情况下，可以保证人畜生命安全。但往往长期围困在庄台上，四周全是滔滔浊水，因食品和饮用水等极易出问题。但在当时的地理历史条件下，这个方案还是上策。

按照省委、省政府和淮委部署，阜阳地委行署召开蒙洼蓄洪工程会议。会上，地委书记王光宇、行署专员李时庄作了动员讲话和具体部署，要求各县迅速动员组织民工按计划和设计要求进行施工。

"那可是不堪回首的岁月啊！" 2001 年 4 月 3 日上午，我专程在合肥拜访原省委副书记、省人大常委会主任、阜阳地委第一任书记王光宇老人。王老虽然已经耄耋之年，但神采奕奕，精神矍铄，谈及当年蒙洼蓄洪工程，老人感慨地说："当时我们各级人民政府刚刚建立，地方反动势力还比较猖獗，不时出现袭击我地方政权的事件，阜南县的小炮队，颍上县的土匪，临泉县的反动会道门暴动等，使刚刚诞生的红色政权遭受不同程度的损失，出现一些惨案。面对反动势力的嚣张气焰，我们的军队和地方武装力量进行了狠狠的还击，消灭、击退境内绝大部分反动武装，社会治安趋于稳定。这时，1950年淮河大水又给我们带来很多困难。那时我们主要抓镇压反革命和生产救灾工作。为了抓好生产救灾，1950年10月，我亲自到阜南地城乘船沿淮河顺流而下，沿途察看阜南、颍上、凤台灾情。那是我第一次到阜南，当时蒙洼地区的老百姓几乎都住在庵棚里，过着日无隔夜粮的困难日子，我们组织区、乡干部深入农民家中，采取互帮互助等方式解决困难，当然政府也发放救济粮、布等帮助群众渡过难关，争取不饿死冻死人。从1951年春天开始，采取以工代赈的方式组织民工投入蒙洼蓄洪工程，10万民工大战两个冬春……"

在蒙洼地区的张湖村，我见到了76岁的老共产党员赵祖善。提起蒙洼蓄洪区建设，赵老记忆犹新，他说："从上口王家坝到下口南照集，200多里的工地庵棚连庵棚，人山人海，天刚亮就开工，除了吃饭，连放屁的空也没有，一直干到夜影子照人才收工。我那时20多岁，正出劲，乡里让我带领60多人的突击队，每人一天都挑200多担，肩膀磨得好像狗啃的，左肩烂了换右肩，右肩烂了用后肩，没有一个装狗熊。想想那些日子，真叫愚公移山啊！……"

颍上县南照集南街村是淮河岸边有名的"光棍村"，新中国成立前这里十年九淹，外面的姑娘不愿嫁到这里，许多男人只好打光棍。新中国成立后，他们扬眉吐气，毛主席发出"一定要把淮河修好"的伟大号召。政府组织民工构筑蒙洼大堤，小伙子们纷纷报名，全村青壮年全部参加了民工队，并连续两次被评为先进集体。蒙堤竣工后，他们村的洪涝灾害得到治理，农业连年丰收，生活逐年提高，小伙子们都娶上了媳妇，过上幸福生活。

数字虽然枯燥，却是最有力的证据。当年曾参与领导蒙洼蓄洪区大堤施工的原水利部淮河水利委员会总工程师王玉来老人向我们介绍这样一组数字：

一、筑堤工程

1. 淮干王家坝至曹台孜，长51.25公里，堤顶高程29.5～29米（以黄海平均海平面海拔计算，下同）。断面标准：顶宽8米，河坡1:3，内坡

1:5，施工土方 749.93 万立方米。

2. 三河尖截直堤段，长 3.16 公里，堤顶高程 29.15 米。断面标准：顶宽 8 米，河坡 1:3，内坡 1:5，施工土方 46.17 万立方米。

3. 堵口筑堤，全长 0.73 公里，施工土方 11.71 万立方米。

二、裁弯取直工程

1. 张弯引河，由叶大园至邢营孜，计划长 2184 米，实际完成 3136 米，施工土方 221.12 万立方米。

2. 郎湾引河，自邢营孜至杜小台孜，计划长 3346 米，实际完成 3350 米，施工土方 104.19 万立方米。

3. 三河尖截直段，由潘大台孜至张台孜，计划长 3557 米，实际完成 3580 米，施工土方 69.49 万立方米。

三、退堤筑堤工程

1. 龙南段，龙窝至南园，长 3885 米，堤顶高程 27.51～27.52 米，施工土方 79.43 万立方米。

2. 邢罗段，邢营孜至罗大庄，长 11370 米，堤顶高程 27.83～27.68 米，施工土方 156.58 万立方米。

3. 退水闸圈堤，位于郜台孜，长 798 米，堤顶高程 29 米，施工土方 17.98 万立方米。

4. 郎河湾退建，邢营孜至牛鼻湾，长 1165 米，堤顶高程 29.45 米，施工土方 47.13 万立方米。牛鼻湾至杜小台孜，长 34.27 米，施工土方 25.19 万立方米。

5. 罗大园退建，杜小台孜至楚河沿，长 1941 米，堤顶高程 29.4 米，施工土方 43.51 万立方米。

6. 龙窝退建，龙窝至南园，长 3687 米，堤顶高程 29.3 米，施工土方 154.01 万立方米。

四、蒙堤工程

1. 右堤，自王家坝至曹台孜，长 44 公里，堤顶高程 29.66～29 米，顶宽 8 米，河坡 1:3，内坡 1:5，施工土方 683.66 万立方米。

2. 左堤，自葛寨至傅家岗，长 11.3 公里，堤顶高程 30.3～29.5 米，顶宽 3.4 米，施工土方 89.91 万立方米。

总合计：施工土方 2766.88 万立方米。

这是用汗水和鲜血浸泡出来的土方。这是用躯体和生命筑成的长堤。这是防御淮河洪水的长城。有的人为她倒下了，因为时间长久，已无法寻踪问迹，只有用蓄洪减少灾害的损失告慰在天之灵。安息吧！我的父老乡亲。

……

李西林——原阜南县政协副主席、县水利局工程师。这位和水打了一辈子交道的八旬老人，拎着一包沉甸甸、保存 50 多年的水利资料来到我的寓所，深情地对我说："水害不除，阜南难富。蒙洼这一块儿可是一本难念的经啊！……"

提起当年蒙洼工程，老人介绍说：那时做工程，没有机器，全靠铁锹、扁担、挑筐和石碾。生活也很差，只能吃饱肚子，没什么菜，10 天半月也吃不上一顿肉，而劳动强度特别大，每天 6 点开早饭，中午 12 点开午饭，晚上 7 点开晚饭，晚上 9 点睡觉。按完成土方量发报酬，每个土方 1.5 ~ 2 公斤大米、0.5 公斤煤，还有 5 分钱菜金，一般疾病由工地医生和医院治疗。指挥部下设秘书、宣传、工程、财务、后勤等股。各区、乡、村设支队、中队、小队，实行半军事化管理。每个中队都设有碾工队，全是清一色的棒小伙子，唱着自编的号子，节奏明快，声音洪亮，有板有眼，此起彼伏，整个工地呈现着生龙活虎，热气腾腾的战斗景象……

张友德——原水利部淮河水利委员会科长、《安徽水利志》编辑室主任，72岁。这位十几岁就献身于治淮事业的老水利人，对蒙洼工程的建设了如指掌，他说，蒙洼工程方案搞了两次，第一次打圈堤，上了几万人。1950 年大水冲垮，淮委工程部研究，1951 年 6 月研究设计第二个方案，搞洪蒙河分洪道，肖开胤处长和阜阳行署专员李时庄在阜南薛集召开决策会议，信阳专区也派人参加会议。肖处长代表淮委要求豫、皖两省原来各做的圈堤都后退一点，加大洪水流量，参加会议的同志很快达成共识，决定 1951 年秋后开始蒙洼圈堤施工。会上，还研究制定了具体实施办法，主要是每个土方多少斤粮、煤、钱，配备收方员、测量员、检验员，各负其责，层层把关，严格验收，确保工程质量。如出现重大问题，追究有关责任人，视情节和后果给予党政纪处分，直至绳之以法……

张祚荫——原安徽省委常委、副省长、省人大常委会副主任，80 岁。解放初任宿县行署专员时，为了治淮曾带领有关人员到蒙洼蓄洪区施工现场参观。在谈到当时的情景时，快人快语，声音洪亮的张老爽快地说，那家伙，人山人海，沸沸腾腾，挑土的，打硪的，川流不息，你追我赶，真像是打仗一样，工程做得很细，运土、平土、一硪、二硪，插签灌水，不达标准，决不验收。"文革"后期，张老任阜阳地委书记，每年都要深入蒙洼地区。他说，王家坝承受的牺牲太大，蒙洼人穷就穷在水上，人往高处看，水往低处流，乖乖，河南省的水该往我们这里灌，人家投的好胎，住在上头，我们在底下，这就叫有屁放不出来——自己肚子疼。这个味，我当书记时就尝够了，县里、乡里、村里和老百姓都向我叫苦，我也是哑巴吃黄连——有苦难言！……

卢荣景——全国政协常委、原安徽省委书记。自 1987 年担任安徽省省长，每年都要到蒙洼地区。他说，身为江淮人民的儿子，我心中最放不下的就是淮河。安徽地处淮河中游，淮河是条平原河，上游湍急，下游壅堵，洪水只能在安徽滞留，因为，我们无法不让上游的水往下流，也无法让中游的水快速往下流，这就叫两头受气。说真的，1991 年大水那阵子，我真是想哭都哭不出眼泪。但是，作为共产党人，我们不能被困难吓倒，要挺直腰杆，带领群众，迎战困难，我们经受了严峻的考验，我们向党和人民交了一份合格的答卷。安徽人民在全国、全世界的形象是铮铮铁骨的黄山松精神！

为了治理淮河，卢荣景同志给党中央写信，陈述尽快上马临淮岗洪水控制工程的重要性，请求中央早日批准临淮岗工程进入施工阶段。在临淮岗工程即将竣工之际，却出现不同的声音。对此，卢荣景郑重地说：临淮岗是个综合性工程，是治理淮河，造福后代的最佳选择……

李葆华——原安徽省委书记。李葆华同志是国家水利部第一代主要领导人，为我国的水利事业作出过卓越贡献。20 世纪 60 年代初他受命于危难之中担任安徽省委书记。上任伊始，他就轻车简从，深入淮河地区调查研究，那时正值困难时期，很多人连肚子都吃不饱，还怎么挑土治水呢？眺望刚刚露出地面的临淮岗拦洪闸停建的闸基，李老长长地叹了一口气。2000 年 4 月我在北京拜访李老，老人家头一句问的就是："淮河现在怎么样，王家坝、蒙洼蓄洪区人民的日子还好吗？……"

　　李老走了。王家坝—蒙洼蓄洪区的人民永远怀念您!

　　巍巍长堤，用汗水、鲜血和生命筑就，像一条条巨龙执着地坚守着长河。是的，滔滔洪水曾冲过决口，但马上又被成千上万人堵住——虽然，有的为它倒下了，献出了生命，但它永远是冲不垮的巨龙……

第五章

———

蒙洼英魂

这是一方血染的热土。共和国诞生前夜，蒙洼大地笼罩着白色恐怖，烧杀抢掠，草菅人命，生灵涂炭……

56名烈士长眠在淮河岸边，静静地虔诚地守护着王家坝……

素有"千里淮河第一闸"之称的王家坝，不愧是淮河水利建设史上一颗璀璨的明珠。50多年来，为确保淮北大堤、两淮煤矿、京沪和京九铁路以及沿淮人民生命财产的安全，蒙洼蓄洪区人民舍小家、顾大家，无私无畏，作出了巨大贡献和牺牲。可以这样说，王家坝闸就是记载蒙洼人民无私奉献的功德碑。

但是，当洪水退去，广袤而荒蛮的大地坦荡在青天碧落之下，蒹葭苍苍，白露为霜，湖沼草泽间弥散着腥味和泥土中腐草的气息，匆匆返回的灾民，振奋精神，义无反顾地投入紧张的重建家园、发展经济的劳作时，又有多少人会想到长眠在这块热土上的蒙洼英魂？正是他们为了解放和保卫这片土地及生活在这里的人民生命财产的安全献出了年轻的生命。当时他们中年龄最大的30多岁，年龄最小的才16岁。30岁，血气方刚，16岁，风华正茂……50多年来，他们默默地长眠在这里，有的至今还没有魂归故里。苍天啊！也许远在故乡的白发苍苍的父亲母亲仍在倚门翘首期盼着儿子的归来，但谁又能为老人送去已经尘封 50 多年的噩耗呢？！悲壮的英雄，血染的风采，应镌刻在王家坝的丰碑上，让子孙后代永远缅怀他们，继续书写蒙洼灿烂辉煌的历史篇章。

1949 年 1 月 17 日夜间约 22 时，颍阜县曹集区（现曹集镇、老观乡、王家坝镇前身）区委、区政府和区队一行 60 多人，从杨台孜活动到郭圩孜。当时正处于初开辟新政权游击环境，淮河南岸还没有解放，两岸小炮队、土匪、恶霸地主势力甚为猖獗，形势较为严峻。为此，区委、区政府和区队不但一同活动，行动也较为灵活机动，一般夜间宿营不固定在一个地方，往往要进行两三次转移。

区委、区政府和区队的组织机构和领导成员是：区委书记孙布、区委副书记石瑛，区政府区长陈刚、区财粮员曹维高、民政区员刘成壁、区干事马旭劢。还有戴乡长（真名不详），副乡长王殿让和郭华章等。当时区乡政府没有分开，和区委、区政府及区队一起，统一行动，统一指挥，统一办公。区队组织机构是：指导员陆玉安，区队副王有才，副排长胡杰。下设四个班。第一班班长姚守奎，副班长丁守功；第二班班长康凤长，副班长曾和生；第三班班长杨玉美，副班长郭华凤；第四班班长徐贵修，未配副班长。区委、区政府和区队及乡干部每人手中都有武器，总共装备有轻机枪 1 挺，手枪 10 余支，步枪 50 多支，是一支集党政军于一体的较有力的人民革命武装。

曹集区委、区政府和区队在郭圩孜住下时，区队逮捕有小炮队 2 号头领黄彦杰，也关押在郭圩孜。小炮队以劫牢反狱营救黄彦杰为导火线，阴谋实施对区委、区政府和区队进行袭击。由于区队有郭华凤、陈昆、吕庆元等叛徒作内应，他们事前已与小炮队约定了联络信号和时间。加上，领导上过度劳累，放松了警觉，以致让敌人的阴谋得逞。

隆冬，漆黑的夜里，伸手不见五指，冷风嗖嗖，寒气袭人，奔波一天的干部战士很快进入梦乡。郭圩孜是一座以几家大地主为主的村寨。地主和有钱人家大都逃走，只有少数佃户和长工们留守。这里四周两道寨沟，宽约 10 米，水深约 6 米，只有一座吊桥出入，易守难攻。入夜吊桥悬起，出入更为困难。按说，选择在这里宿营是正常的。然而，阴谋与鬼魅制造的死神正一步步向他们逼近。

是夜 11 时许，叛徒郭华凤带第三班岗，和他同时值班站岗的还有两个战士。郭华凤约莫时辰已到，便让两个战士找个地方休息，由他一个人值班站岗。

见班长如此宽厚，两人便去室内床上盖上被子和衣而睡。郭华凤见两人进屋睡下，连续划着3根火柴抛向空中，迅急将吊桥放下，打开寨门，这时埋伏在寨外的1200多人的小炮队蜂拥而进，小炮队司令卢祥云，参谋长张益九指挥匪徒一直闯入区队官兵住室。为了不误伤内奸与叛徒，他们还将事先准备的白布条交给郭华凤分发给内奸和叛变的人系在胳膊上，作为标记。小炮队闯进室内朝正在熟睡的我军干部战士猛烈射击。区队机枪手谭幼成听见枪响警觉跃起，刚抓住身边的机枪，被叛徒郭华凤当头一枪立时死亡。卢祥云、张益九等反动头领持手枪朝区队干部战士一枪一个，连续杀死数人。除内奸叛徒外，真正的革命干部、战士大都中弹身亡，一时间，硝烟弥漫，鲜血涌流，尸横遍地，整个圩孜笼罩在腥风血雨中……

区队副王有才，安徽省桐城县人，人高马大，虎虎生风，英勇善战，平时总爱和战士们生活在一起。当天夜里战士们都睡下了，他才最后一个躺下。一阵急促的脚步声传来，他立马跃起抓住手枪，小炮队刚闯进室内开枪，他立即进行还击。一阵对射，他击中两名小炮队，终因寡不敌众，他身中6枪倒在血泊中。副排长胡杰，苏北人，机智勇敢，文武双全，在头部中弹鲜血流淌时，他摸出手枪朝敌人还击，小炮队司令卢祥云被击中，因未击中要害又生还。胡杰同志因子弹打光而壮烈牺牲。第二天，在清理现场时，胡杰同志的口袋里还揣着一封写给爱妻的信，信是这样写的：

爱妻云：

　　近好！

　　我已由281团三营二连分到颍阜县曹集区队，同来的6人，主要任务开辟新区，建立人民政权。这里没有大股敌人，主要是小炮队，土匪和恶把（霸）地主反动势力。我们和区里领导一起吃住，除了打仗，还做群众工作。这里紧靠淮河，听老百姓说经常闹水灾，群众生活比较苦，等建好地方政权后，我们还回部队，打完了仗，全中国都解放了我就可以回家看妈和你，还有虎儿。你知道，我多么想你，有时梦见你和虎儿在村头路上等我。

　　云，妈有老胃病，要代我服侍好。不要屈着虎儿，孩子长大后，要念书，报效国家。

　　……

后面的字迹因被血浸染无法辨认。

这是烈士最后的心声，也是最后的嘱托。

激烈的枪声过后，经内奸叛徒郭华凤、陈昆、吕庆元指认，小炮队头领发现区委、区政府和区队领导下落不明，立即组织捕杀。当时区委书记孙布和区财粮员曹维高、民政区员刘成壁在颍阜县开会未回，在家的只有区委副书记石瑛和区长陈刚、区委委员金亚民。3人分别由通讯员陪同另住其他房间。血案打响时，石瑛、陈刚等分别持枪冲出房间，但为时已晚，石瑛刚向敌人开枪，头部便中弹倒地，后被敌人俘获。陈刚和金亚民刚冲到院子，还没弄清发生什么情况时便被小炮队俘获。区队指导员陆玉安负伤倒在墙角里未被敌人杀害。经现场清查，区队副王有才，副排长胡杰，班长姚守奎、康凤长、杨玉美、戴乡长和副乡长郭华章及战士谭幼成、程洪周、小陈、小齐、小黄等34人壮烈牺牲。军人家属姓陆的共3人被敌人劫持到老观巷淮河南岸因伤势重不能走，被小炮队打死并将尸体推进河里。这起骇人听闻的惨案共有37人遇难。

翌日上午，噩耗传到正在县里开会的孙布那里。孙布立即带领曹维高、刘成壁朝郭圩孜奔去，9时左右孙布赶回郭圩孜见到被派往曹集附近村庄组织支援淮海战役担架队闻讯匆匆赶回来的副乡长王殿让和马旭初，命他们立即动员群众置办棺材安葬牺牲的战友。家住当地的副乡长郭华章的尸体由自己的家人抬回家安葬。其余烈士尸体全部抬到曹集。这时石瑛、陈刚、金亚民身陷敌营，生死未卜。区委领导只有孙布书记一人，指导员陆玉安负伤在一中医家治疗。当时王殿让是曹集副乡长，又是本地人，安葬烈士尸体的重任自然落到他的身上。王殿让立即派人通知本地烈士家属前来认领尸体，每人发给安葬费300元。家住本地的乔传良、高云清等10多人由家人将尸体抬回家安葬，其余烈士的尸体由区里购置棺材安葬在张郢孜南地，由北向南排号，写好姓名牌位插在棺头地上。1957年春，坟墓迁移到闫圩孜前边邓寨，仍按原来次序安葬。坟前仍插签标牌。安葬事宜第一次办妥后，区委书记孙布造一份烈士姓名、籍贯、年龄等登记表，叫王殿让抄写一份，并嘱妥保存，以备后用。孙书记说："你是副乡长，又是本地人，我们不可能久在这里工作，以后关于这些牺牲同志的事，就由你办理。"

……

郭圩孜事件发生的第二天，奉阜阳军分区指示，颍阜县大队、霍固县大队和于集区大队等地方武装力量迅速集结开赴小炮队司令卢祥云家卢大园，参谋长张益九家郎河湾一带围捕清剿。经过大力宣传，广泛动员，营救石瑛、陈刚等同志的行动迅速展开。我军首先逮捕了卢祥云的父母和妻儿作为人质，通过中间人，采取交换的方式，将石瑛、陈刚等同志营救出来。紧接着将卢祥云、张益九和内奸叛徒郭华凤、陈昆、吕庆元等一批罪大恶极分子依法镇压，为牺牲的烈士们讨回血债，一度处于恐怖状态的革命活动又恢复了盎然生机。

……

然而，仅仅过了两个多月，小炮队反动势力又死灰复燃，并丧心病狂地在崔集乡的崔寨制造了一起光天化日之下袭击我乡政府和乡小队的惨案。

1949 年 4 月 11 日下午，崔集乡乡长邹景全去设在于集八里庄的区委、区政府开会。第二天上午，他正在开会，通讯员悄悄走到他的身边说："邹乡长，有人送信来，我们的乡政府和乡小队被小炮队包围了，打得很激烈……"

邹景全震惊了。他向区长刘先坤小声汇报后要求立即赶回乡政府乡小队住地崔寨。邹景全带着通讯员离开区政府一路小跑向崔寨赶去。八里庄距离崔寨 10 多里，他们一口气就跑到崔寨北边的洼地里。这时候，崔寨的枪声仍砰砰啪啪响个不停，喊叫声嗡嗡传来。通向崔寨的大小路上有的人手持长矛，有的人抢着棍棒纷纷向崔寨聚集。邹景全和通讯员正要继续向前赶，一个来自崔寨的 50 多岁的农民模样的人惊慌失措地对他们说："崔寨乡政府和乡队被砸了，听说打死不少人，你们是干啥的，还往那里顶呀？"说完便匆匆擦身而去。看来那人不认识邹景全。

邹景全，江苏省淮阴县人，1924 年生，中共党员，1946 年参加革命，系皖江支队南下干部，和唐远凡、顾慎之、于献华、小陈等一起由苏豫皖中原局分配到阜阳四地委，再由四地委派往阜南，后到于集区任崔寨乡乡长。他身材高大，能文能武，当时身上常带 1 支步枪和 1 支手枪，通讯员小徐也配有 1 支步枪紧随其后。他们仔细观察了约半个小时，崔寨的枪声渐停，并有一些人从崔寨四处离去，除了持有棍棒的外，还有许多人徒手，其中有少数妇女，看来大部分是围观和外逃者。于是，邹景全和通讯员将手中的枪子弹上膛奔向崔寨。一路上，虽有人张望，但无人敢拦截。他们进入崔寨，敌人已全部逃离。17 位战士倒在血泊中，从死者的姿势看，他们进行了浴血奋战。队副张保成身中 6

弹，仍坚持战斗，最终被敌人用大刀从背后砍死。据目击者介绍，袭击崔寨乡政府和乡队的是小炮队东路匪首张寿卿、国民党地方残余郭文轩带领的 500 多名匪徒所为。崔寨事件之前，这伙匪徒已于 4 月 1 日拂晓包围洪集乡政府和乡队，除 1 人突围外，其余 20 多人全部被杀害。最残忍的是 22 岁的乡队副张吉被匪徒碎尸数段，头颅挂在乡政府院子里树上。

邹景全和通讯员取下帽子，向死难的战士深深鞠躬，邹景全发誓道："同志们！你们的血不会白流，血债要用血来还，我们一定要为你们报仇！……"

在以后的日子里，以张宝珍为总头目的所谓"国民党皖北机动委员会"的反动武装纠集数千匪徒向新生的红色政权进行反扑，先后对于集区、赵集区、公桥区和薛集南头草河发起多起袭击，赵集区委书记陈继宇、公桥区委书记张文达等领导同志壮烈牺牲，30 多位战士和革命群众献出年轻的生命。据统计 1 年多时间里，全县共 80 多位同志英勇牺牲，其中蒙洼地区 56 位。

阜南敌对势力反革命暴动事件，引起中原局第四地委和军分区高度重视，地委书记、军分区政委王光宇，军分区司令员李浩然及时作出决定：集中军事力量消灭阜南特别是蒙洼地区的反革命暴动，开展政治攻势，恢复地方政权，稳定社会秩序。命令阜阳独立团（又称老三团）和军分区一团一部分组成一个团，连同分区主力 12 团，临泉县大队，一同进入阜南暴动地区，协作平乱。为防止敌人渡淮河向河南省逃窜，由团长蒋汉卿，政委霍大儒率领的 12 团绕路直插淮河沿线，然后由西向东同时向北，兵分两路夹击敌人，阜阳县委副书记何焕文、李炳炎、李之春和军分区独立团团长宋振宇，副团长李耕野率部自北向南直捣顽匪巢穴龙王庙，经过 10 多天战斗，反动武装势力被消灭。人民革命政权逐渐恢复巩固，广大人民扬眉吐气，尤其是沿淮蒙洼人民更是欢欣鼓舞，意气风发。战斗总结会上，地委书记、军分区政委王光宇激动地说："……淮河是人民的淮河，蒙洼是人民的蒙洼。为革命牺牲的同志们将永远活在广大人民的心里……"

是啊！这是生者对死者的承诺。是啊！这是蒙洼地区的光荣和骄傲。他们中虽然有的至今尚未查找到家庭的地址，家乡的父老还不知道其下落，但是，他们用鲜血和生命浇铸的丰碑永远屹立在蒙洼大地上，与大地俱荣，和日月同辉……

第六章

——

初战告捷

　　王家坝闸和蒙洼大堤刚刚竣工，淮河中上游特大洪水就骤然袭来。王家坝三次开闸，总蓄洪量11.6亿立方米，超过设计3.44亿立方米。沮丧，无奈，历经沙场的县长拔出手枪指向苍穹，吼道："老天爷，还要下吗？再下，我就枪毙你！……"

　　王家坝闸和蒙洼蓄洪区刚刚于1953年7月建成，就经历了1954年淮河特大洪水的严峻考验。用当时淮委秘书长张祚荫同志的话说，1954年的淮河大洪水惊天动地，连毛主席、周总理都日夜关注……

　　1954年淮河洪水为江淮梅雨所造成。这年6月、7月，鄂霍次克海至贝加尔湖附近有一稳定阻塞高压，北方冷空气得以不断向南侵袭。西太平洋副热带高压脊又维持在北纬22度附近，东南季风虽弱，而来自印度洋和我国南海的暖湿气流却很强盛，流域上空水汽含量丰沛，且大气层结构又极不稳定，构成一条东北、西南向切变线，沿切变线不断有低涡东移，地面形成静止锋，致使7月有7次气旋波影响淮河流域，出现5次大范围的强暴雨过程，从而造成淮河水系特大洪水。

　　5月中下旬，淮河干流普遍发生一次大暴雨，大小支流河水陡涨，王家坝水位 27.63 米，一线民工纷纷上堤守护。由于王家坝闸竣工不久，管理处主任赵建章面对不断上涨的洪水心里忐忑不安。进入 6 月，淮河流域仍是大雨滂沱，有时下下停停。特别是淮南，史灌河上游暴雨中心雨量均在 450 ～ 500 毫米。正阳关水位已开始叫紧。7 月 1 日至 7 日，淮河干流以南普降暴雨，全流域雨量 200 毫米以上的笼罩面积 11.1 万平方公里，300 毫米以上暴雨区主要分布在淮河上游大别山区，中心最大雨量史河蒋家集 558 毫米，河南省固始、淮滨、潢川等县洪水横流，有的洼地水深丈余，部分房屋倒塌，道路中断，各县纷纷向信阳专区报急，信阳地委行署急电河南省委、省政府采取紧急救援措施。这时淮河王家坝水位已达 28.61 米。

处于上游的河南省唯一的出路是希望王家坝尽快开闸蓄洪，如果王家坝开闸蓄洪，河南的水位很快就会下降，减少洪灾损失。于是，河南省委、省政府一边派出一位副省长带队火速赶往信阳、淮滨等洪水最大的灾区组织群众转移，减少人员伤亡，一边向党中央、国务院和国家防汛总指挥部发报，报告灾情，请求中央尽快命令王家坝开闸蓄洪。7 月 8 日河南省一天向中央发出 3 次紧急电报。省委书记吴芝圃还给毛主席打了电话。

几乎就在同时，安徽省委书记曾希圣也把电话打到毛主席那里求救。

毛主席让田家英快请周总理过来商议。

水利部部长傅作义，副部长李葆华、张含英都在西花厅总理办公室，他们正向总理汇报淮河洪水情况。周恩来接了田家英电话，对在座的人说："你们在这里等一下，我去主席那里，主席也在牵挂淮河洪水的事呢！"

周恩来进入丰泽园，来到毛主席的办公室，毛主席已迎出门外，连声说："恩来，快，屋里谈，曾希圣和吴芝圃都给我打电话，为淮河洪水叫苦，都说火烧眉毛啦！"

周恩来接着说："傅先生和葆华他们也在我那里等着呢！看来今年的淮河大水比 1950 年的要厉害。"

毛泽东翻了翻面前一叠来自安徽、河南、江苏省的淮河水情灾情电报，沉重地说："看来今年淮河的洪水来势很猛，面积很大，上上下下可能有几千平方公里，1000 多万人受灾啊！我们一定要顶住！告诉曾希圣、吴芝圃他们，一定要以大局为重，一定要保住京汉、京浦铁路，牺牲局部利益，决不能各自为政……"

周恩来点点头，请示毛主席："主席，王家坝闸和蒙洼蓄洪区已经建好，上游洪水如果继续上涨，是否命令启用？"

毛主席想了想，点头道："如果王家坝达到开闸水位，就下达启用命令。"

……

7月12日，经过两天准备，蒙洼蓄洪区近10万人民得到转移，这天上午12时，4颗信号枪响彻蒙洼上空，王家坝闸门第一次缓缓开启，淮河的滔滔洪水咆哮着涌向蒙洼蓄洪区。

王家坝淮河以上的水位在缓缓回落，河南省信阳专区和淮滨县、潢川县的领导和灾民随之稍稍松了一口气。

当淮河水位回落到27.6米的时候，接国家防总的命令，王家坝闸第一次关闭。蒙洼蓄洪区蓄洪6亿多立方米，已接近设计最大容量。

然而，淮河的大洪水仅仅拉开序幕，第二次淮河流域强降雨接踵而至。7月10日至13日，正阳关以上的颍上、霍邱、阜南、固始、淮滨、息县等方圆几百公里的大地上，大雨倾盆，一片汪洋。由于第一次洪水的顶托，河南省又首先告急，电话、电报同时并用，7月12日晚10时，河南省的一份特急电报送到周恩来的办公室，电文称：淮河上游第二次降大暴雨，淮滨县大部分沦为泽国，县城被淹没，近万人被围困洪水中……

此时，一河之隔的安徽省阜南县也大部分陷入洪水中。除县城以北较高的岗区外，县城以南的安岗、于集、王化、地城、方集、公桥等6区30多个乡30多万人民全部被淹，一般地面水2～3尺，有的地方水深丈余，蒙洼地区庄台上的群众纷纷乘船向岗区转移，人们处在惊恐中……

县委、县政府、县武装部领导纷纷深入第一线指挥战斗。县委书记张杰身材魁梧，沉着老练。面对第二次洪水的到来，他立刻召开县委、县政府紧急会议，神情凝重，言简意赅："同志们！第一次洪水还没有退去，王家坝还处于高水位，不仅连降暴雨，上游的洪水也非常凶猛。我们县南面几个区已全部被淹，部分群众的生命财产安全受到严重威胁。我们要马上分头带领县直工作队下去，和群众一起同生死，共患难，不能淹死饿死一个人，要发动群众采取互帮互助的办法安置灾民，同时尽快向地委、行署和省委、省政府报告灾情，请求上级党委、政府支持……"

张书记作完动员讲话，县长武志贤布置行动方案。武志贤，中上身材，浓眉大眼，老家山西省，抗日战火中参加革命，1947年随豫皖苏纵队南下阜汩，奉命到阜南工作时任县公安局长，为平叛暴乱镇压反革命作出很大贡献。担任县长后更是雷厉风行，说干就干，有一股勇于战斗，敢于胜利的虎劲。他宣布完行动方案，斩钉截铁地对大家说："同志们！咱们大部分都是从战火中炼出来的。敌人的刀枪没有吓倒我们，这老天爷我们也一定能斗得过！……"

抢险救灾工作队立即出发。这时阜南县城以南已经一片汪洋，滚滚洪水掀起一排排巨浪，水天相连，浊浪滔天，几艘木帆船停靠在草河（今界南河）岸边，等待调遣。这是县防汛指挥部刚刚从中岗调来供领导使用的指挥船，也是当时唯一的水上交通工具。

根据地区防汛指挥部和地委、行署主要领导的意见，县委书记张杰坐镇县防汛指挥部指挥全县防汛抗洪，县长武志贤带领工作队前往王家坝，副县长黄勇带领工作队前往安岗，县武装部部长王洪勋带领部分官兵前往地城，县水利科科长赵茂生带领工作队前往方集。上午10时，工作队先后出发，一艘艘木帆船顶风破浪驶向洪水中。

县长武志贤乘坐的指挥船载重15吨。这在当时已是比较大的木帆船。船主姓陈，一家人也全在船上。武志贤站在船头，沿草河向东南方向眺望。船主老陈40多岁，他的儿子20出头，父子俩用劲打满篷，木帆船破浪前行。武志贤心急火燎，催促道：

"老陈，能不能快点，照这样下午能赶到王家坝吗？"

老陈说："风不顺，拿的是偏风，我尽量赶快些。"

武志贤急了："老陈，如果能提前赶到，我给你加100块！"

老陈说："武县长，不用加钱，这防汛的事也有我们船民的份，你放心，我尽量赶快些。"

中午饭在船上吃。上船前工作队就准备了些面粉和菜。因急着赶往目的地，武志贤只吃了一碗半面条就又回到前舱，一个劲儿向王家坝方向眺望。快，快了，远处出现模模糊糊的黑影儿，老陈指着说："武县长，看，那就是王家坝……"

武志贤和工作队的同志们都很兴奋，洪水茫茫中的王家坝大闸宛如希望的灯塔。

下午6时许，武志贤和工作队的同志们来到王家坝。这时王家坝水位已经达到 29.19 米，而淮河的水仍在继续上涨。

大雨还在下个不停，武志贤打着雨伞走到大堤上遥望淮河南岸的河南省淮滨县，已经看不见村庄，一望无际的大水中，影影绰绰见到在水面上晃动的黑点儿，他身边的同志说那是露出水面的树头，武志贤心里一阵酸楚，他自言自语地："是，是树头……"但他心里明白，淮滨县城沉了，那一个个浮在水面上的黑点儿都是树梢儿吗？老天爷，都是树吧！千万别是……

武志贤几乎整整一夜没合眼。天麻亮，他就派人去看水位，不一会儿看水位的同志向他报告说："武县长，现在是 29.56 米。"

武志贤的心马上提到嗓眼上："走，我们一起再去看看！"

水位标尺静静地竖在那里，29.57 米的标记清清楚楚地出现在眼前。武志贤急了，他掏出手枪，对着上空，愤怒地说："老天爷，你还要下吗？再下，我就枪毙你！"

天，仍在下雨，淅淅沥沥……

武志贤没有开枪，而是长长地叹了一口气。

……

第二天早上 7 点，县委书记张杰给武志贤打来电话："志贤，接省防总电话转国家防总电令：王家坝立即第二次开闸蓄洪……"

武志贤几乎是忍着泪水回答："好！立即开闸……"

信号枪再次在王家坝上空鸣响。

洪水再次汹涌穿过闸门，奔向蒙洼蓄洪区……

淮河水位又逐渐回落。

河南省的险情缓解了。淮滨县的人民得救了。而阜南，蒙洼人又向灾情迈近了一步。奉献——牺牲——舍局部——顾大局……这就是最好的诠释——延续 50 多年的蒙洼精神从此开始，而且，还将继续延续下去。

第二次开闸蓄洪仅仅过了一天，淮河流域第三次特大降雨又疯狂袭来。而且，雨区主要分布在淮河上游和洪汝河、沙颍河上游。这次大暴雨对已经饱受洪水之痛的河南省信阳、淮滨、潢川、息县等县无疑是火上加油，雪上加霜。7月 17 日，淮滨县城再次被淹没，王家坝水位又上升到 29.31 米。被洪水煎熬半个多月的抗洪大军已经人困马乏，筋疲力尽。但是，老天爷似乎一点儿也不宽容，而是要变本加厉地给刚刚诞生的新中国，给革命干部和人民群众一些颜色看看，显一显老天爷的威风。

党中央、毛主席一直关注着淮河抗洪抢险。从 7 月初至 9 月初，毛主席接连在淮河水灾及治淮汇报的电报上写了 4 封批示信给政务院总理周恩来。最长的一封长达 300 多字，真是句句深情。然而，毛主席墨迹未干，老天爷又耍起淫威。

最严峻的时候到了。为了缓解上游洪水，国家防总不得不第三次向安徽省——阜阳专区——阜南县和王家坝下达开闸蓄洪的命令。当王家坝闸第三次开启时，整整守了半个多月的县长武志贤真的掉下了眼泪，他在电话里向县委书记张杰同志说："这，这，不是要我们的命吗？！……"

张杰握着电话听筒的手颤抖着，深沉地说："志贤，这是上级的命令，我们一定要执行。"

武志贤一只手擦去泪水，一只手握住话筒，连声道："是，是……"

王家坝第三次开闸。

淮河水位第三次回落。

淮滨县城第三次浮出水面。

……

大自然往往就是如此无情。老天爷似乎决意要把共产党人逼上绝路。淮河的洪水刚刚有点回落，淮河流域第四次暴雨又倾盆而来。与以上略有不同的是，这次暴雨区不是上游，而是中游淮南山区和宿县、蒙城一带。沙颍河水奔腾下泄，正阳关至王家坝淮河干流水位猛涨。7 月 20 日下午 3 时 16 分，淮河干流黄郢子淮北大堤顷刻决口，洪水咆哮着向淮北大地漫去……

在此守候的副县长黄勇闻讯赶到，命令停在不远处的一只大木船横在决口处，然后用木桩铁丝固定，再填充装土的草袋。然而，船主顾及自家船的安危，不愿让船上的家人上岸弃船，顶撞说："我们一家人就靠这只船生活，怎么能用来堵口呢！"

工作队的同志向他解释："水火无情，先把决口堵住再说，等洪水过后，我们照价赔偿。"

船主仍是舍不得，固执地说："不要说你们工作队，就是县长来了我也不同意！"

洪水翻滚，决口渐大，眼看将要酿成一起惊天动地的洪水惨案。危急之中，黄勇迅急从怀里掏出手枪，指着船主不容置疑地说："我就是县长！现在我命令你把船上的人送上岸，把船横在决口，以后我们加倍赔偿你的损失！"

船主不再犹豫，迅速将船上的人送上岸，把船紧紧横在决口处，水势立即减小，民工们争先恐后地将装满泥土的草袋填在船底和周围。经过一个多小时的奋战，决口终于被严严实实地堵住，事后，人们称赞说：还是老八路厉害，不是黄县长那一下子，洪水将会夺去千万人的生命！

……

历史的烟云早已淹没了当时的情景。但，千里淮河仍在奔腾不息地流淌着。战胜 1954 年那场百年一遇的特大洪水，王家坝—蒙洼蓄洪区功不可没。在 20 多天时间里，三次开闸，总蓄洪量 11.06 亿立方米，称得上"初战告捷"。

王家坝—蒙洼蓄洪区，应该是奉献——牺牲——舍小家——顾大家，一面洪水冲不倒的旗帜！……

第七章

——

天人合一的搏战

　　1968 年 7 月正值那场浩劫水深火热的时候，老天爷趁火打劫，淮河暴发大洪水，从而发生一场异常残酷天人合一的搏战。

　　无线电波划破长空传向北京，传到中南海。日夜操劳的国务院总理周恩来立即向毛主席报告："主席，河南信阳地区淮河上游发生大洪水，100 多万人被淹，淮滨县城沉没，洪水已经到达安徽省阜南县的王家坝……"

　　对于淮河洪水，毛主席非常关注。但他十分劳累，沉思良久、用手比画着，深沉地说："派部队，派武汉部队，陆海空，一个师不够，两个，三个……"

　　1968 年 7 月正值那场浩劫水深火热的时候，老天爷趁火打劫，淮河暴发大洪水，给灾难深重的淮河上游施加压力，从而发生一场异常残酷的天人合一的搏战。

　　1968 年 7 月以来，太平洋副热带高压稳定在江淮一带，与西北南下的冷空气在淮河上空持续交锋，形成低槽，稳定少变。7 月中旬阴雨绵绵。自 12 日至 18 日，连降暴雨。本次暴雨的特点：雨量大，历时长，雨型恶劣，暴雨日雨量超过 100 毫米者达 3 天，并且，前后期均有连续降雨，累计降雨量 500～600 毫米；降雨面广，信阳地区 9 个县（市）18293 平方公里普遍同时雨量 500～600 毫米，为有记载以来之最。这样，来自上游 56.8 亿立方米的洪水唯一通道就是淮河，必经之路——安徽省阜南县王家坝。从而诠注了上面下雨下面愁的地理特征。

此时的神州大地，大字报铺天盖地，"打倒走资派"、"横扫一切牛鬼蛇神"的浪潮席卷城乡，工厂停产，学校停课……无产阶级"文化大革命"正轰轰烈烈……

1968 年 7 月上旬，淮河桐柏山、伏牛山和信阳地区普遍降雨，而且雨量大，历时长，面积广，产流多，各水文站洪水自 7 月 13 日连续上涨，干流长台关以上平均降雨 496.5 毫米。7 月 14 日 16 时水位上涨至 73.80 米，超过堤顶高程，京广铁路东开始向堤外漫水，到 15 日 3 时出现洪峰水位 75.38 米，超过堤顶 1.63 米；漫顶和主槽合计最大流量 7570 立方米 / 秒，水量 11.97 亿立方米。竹竿河南李店以上平均降雨量 574.4 毫米，洪峰流量 3260 立方米 / 秒。淮河干流息县以上平均降雨 560 毫米，淮干及支流三师河、小潢河、竹竿河等堤内外一起行洪，向息县汇集，7 月 15 日 21 时息县站出现最高洪水位 45.29 米，洪水水面宽 2.5 公里，南至薄公山、北至县城连成一片，洪峰流量达 15000 立方米 / 秒，洪水总量 40.64 亿立方米。潢河潢川站以上平均降雨量 527.4 毫米，16 日 7 时水位达 40.02 米，超过堤顶，潢川南城护城河开始分洪，11 时潢川南城以上右堤全线漫决，长达 6 公里，水深 0.9 米，潢商公路一片汪洋，19 时潢川站出现最高洪水位 40.62 米，淮干加分洪合计最大流量 3330 立方米 / 秒。

在这半个月水深火热的日子里，特别是 7 月 13 日至 15 日大水突降的生死关头，信阳地区和息县、潢川的革命造反派们仍在继续进行批判当权派。就在 7 月 14 日 17 时，洪水超过堤顶，京广铁路东向堤外漫水时，信阳地区水利局的造反派们正在召开批判当权派的大会。这时有人向主持会议的造反派头头报告：长台关以上出现洪水，竹竿河南李店洪峰已达历史最高纪录，息县也在告急……那个造反派头头摆着手，不以为然地说：洪水有什么了不起，淹就淹吧，不能影响我们的"文化大革命"！就在洪水继续上涨中，批斗会一直进行到深夜。

在息县，7 月 15 日早上，一位被造反派夺了权的水利局局长偷偷跑到淮河边看水情，看着不断上涨的水位，他心急如焚，凭多年的治水经验，知道这次洪水一定很大，回到家里立即给支左驻军首长和县生产指挥部领导写信，反映洪水情况，请求组织人力物力抗洪抢险。支左部队和县生产指挥部领导看了后，立即利用广播等形式呼吁各造反派停止批斗参加抗洪。在大多数革命群众的参与下，经过奋战，取得了抗洪斗争胜利。但事后造反派问罪于水利局那位领导，以不经造反派批准擅自向支左部队反映情况为罪名又连续批斗10多天。

在潢川，7月16日当洪水淹没潢商公路时，潢川县两个造反派以公路为分界线，正展开激战。他们置人民的生命财产安全于不顾，在滔滔洪水中留下丑恶的一幕。

7月16日8时，铺天盖地的上游洪水向淮滨县壅聚，淮滨站洪峰水位33.29米，高出堤顶及淮滨县城围堤0.79米，城内进水，淮河主河道最大流量11500立方米/秒，县城至北岗之间行洪宽度1.06公里，分洪流量4800立方米/秒，淮滨县城沉没，1万多群众挣扎在洪水中……

就是在这人命关天的危难时刻，造反派们并没有停止疯狂的争斗。面对肆虐的洪水，许多人自动向高岗处转移，一个造反派头头闻讯指挥手下人继续召开批判当权派的批斗会，并声嘶力竭地叫嚷："洪水不可怕，可怕的是走资本主义道路当权派的阴谋复辟活动。我们要下定决心，不怕牺牲，排除万难，去争取胜利！……"河南省一个造反派头头闻讯淮河洪水，竟摇头晃脑，不以为然地说："洪水淹死人有什么了不起，中国有的是人，淹它几个县也没关系！……"

洪水仍在上涨。7月16日15时28分，淮河淮滨站的最大流量为16600立方米/秒，洪水总量为50多亿立方米。淮滨县城沉了，1万多人陷入绝望中……

无线电波划破长空传向北京，传到中南海。日夜操劳的国务院总理周恩来立即向毛主席报告："主席，河南信阳地区淮河上游发生大洪水，100多万人被淹，淮滨县城沉没，洪水已经到达安徽省阜南县的王家坝……"

对于淮河洪水，毛主席非常关注。但他十分劳累，沉思良久，用手比画着，深沉地说："派部队，派武汉部队，陆海空，一个师不够，两个，三个……"

按照毛主席指示，周恩来向武汉军区下达了派部队火速赶往信阳地区，特别是淮滨、息县等重灾区，执行抗洪抢险的命令。

武汉陆海空抗洪抢险部队迅速赶往洪水灾区展开抢险，一艘艘冲锋舟劈波斩浪在洪水中抢救被围困的群众，直升飞机空投大批救灾帐篷和食品等，官兵们冒着生命危险，帮助转移受灾群众 3 万多人。某部副连长黄树林同志为抢救一位被洪水围困两天的老太太还献出了年轻的生命……

河南信阳地区的抗洪抢险刚旗开得胜，安徽阜阳、六安等地抗洪抢险正如火如荼。特别是阜南县，7 月 16 日 9 时 30 分王家坝水位高达 30.35 米，已经从闸上面漫水。7 月 17 日上午，王家坝闸东 200 米处淮北大堤被洪水冲开决口 200 多米，翻滚的洪水轰轰隆隆向蒙洼蓄洪区奔腾，还没有来得及转移的群众纷纷涌向庄台，发出一阵阵呼救……

进入 7 月，阜南县普遍降雨，县城以南雨量较大。7 月 15 日，由于淮河上游洪水汇流王家坝，实测洪峰流量 17600 立方米 / 秒，加上决口还原，总流量为 20650 立方米 / 秒，洪水超出蒙洼蓄洪区堤顶，向分洪道、谷河和界南河倒灌，致使阜南县城以南 200 多平方公里被洪水淹没，平地水深 1 米左右，最深的湖洼地达 7 米多。

大雨没有消退造反派的狂热，洪水也没有阻挡住"文化大革命"的进程。当时阜南县城的两条主要街道——淮河路、地城路两侧搭建的一排排革命大批判专栏上贴满大字报，什么"北京来电"、"上海通告"、"合肥写真"、"阜阳揭密"等五花八门，应有尽有，上至中央，下至生产队，打倒×××、×××的传单、漫画铺天盖地，比比皆是。脱落的纸片在风中沙沙作响，幽灵般在街路上游荡。……洪水，凶猛的洪水，并没有引起挖空心思的夺权者的注意，他们仍沉醉于你争我夺的美梦里。

最先向县里告急的是生在蒙洼，长在蒙洼，工作在蒙洼的老共产党员郭西奎同志。1968 年郭西奎任崔集公社党委书记。当时崔集公社属于安岗区管辖。"文化大革命"中，郭西奎受到造反派冲击，但他为人耿介，土里土气，工作积极，整天像农民一样风里来雨里去，造反派挑不出什么毛病，让他当靠边站书记。郭西奎担心的不是挨批斗，而是淮河会不会有洪水。刚进 7 月郭西奎就觉着不对劲，他每天都要去淮河边看几次，看着水位上涨，他有些提心吊胆，叮嘱大队、生产队干部和群众早做准备，晒干的粮食堆放在高地上，防止洪水来了来不及搬运。进入中旬，淮河水位直线上升，两三天就升到 28.5 米，按规定二线民工也该上堤了，水利部门的领导早已靠边站，县里的领导也早被打倒，这防汛抗洪的事找谁管呢？这时支左部队和当地驻军组成的生产指挥部宣告成立。郭西奎从广播里听到这一消息，兴奋得一夜没睡好觉。天刚亮，他就打电话给县人武部部长——县生产指挥部第一指挥李璋煜："李部长,我是郭西奎,王家坝闸所在的崔集公社书记,我向您报告,淮河水位已经 28.5 米,一线、二线民工要上堤了。"

李璋煜,河北人,早年投身革命,是位饱经风霜和枪林弹雨的老八路。他为人耿直,英勇善战,居功不傲,平易近人。平素,对自己的戎马生涯讳莫如深。"文革"初期,遵照上级指示,李璋煜对地方上的"文化大革命"从不发表意见与看法。参与地方支左后,他旗帜鲜明地支持广大群众,努力保护老干部,积极抓生产和社会治安等工作。首先介入阜阳地区和阜南县的是省军区独立师,派往阜南的军代表是位副营职干部。那位军代表到处高谈阔论,使阜南的局面一度有些复杂化。经上级部队授权,李璋煜参与部队支左的主要领导工作时,那个军代表有些不服气:"老家伙的屁股坐歪了,怎么不支持造反派呢!"李璋煜知道后,指着那个军代表的鼻子说:"请不要忘了,我头上戴的也是中国人民解放军帽徽。我想我参加革命时,你还穿着开裆裤子呢!"

那个军代表哑口无声,从此也不再张狂,阜南的形势趋于稳定。

经过紧张筹备,阜南县革命委员会于 1968 年 7 月 12 日宣告成立,李璋煜任主任。

伴随县革委会诞生的喜庆鞭炮与锣鼓,淮河洪水耀武扬威地袭来。当郭西奎用焦急沙哑的声音向李璋煜报告水情时,李璋煜正在阅读来自省生产指挥部关于淮河水情与抗洪抢险的加急电报。他听了郭西奎的报告,立马说:"老郭,请你注意王家坝水情,我现在就去那里。"

当时,县里就一部北京吉普。李璋煜找来县水利局的工程师李西林、王广第和武装部一位参谋一起火速向王家坝赶去。

当时通往王家坝的全是泥土路。天上下着雨,道路泥泞,吉普车没跑出几里路就再也不能走了。李璋煜一行人只好步行。当时李璋煜已经 50 出头,身上留有伤痕,一到天阴下雨,走路就疼痛,他刚步行 4 里多路,就倒在泥水里……

洪水就是命令。李璋煜回到县里立即召开抗洪抢险会议,利用广播动员灾区群众特别是蒙洼蓄洪区人民尽快转移,把洪水造成的损失减少到最低程度。

全县抗洪抢险会议结束的第二天,就有人贴出大字报,说:"……有少数居心不良的人企图利用抗洪抢险破坏文化大革命……"

李璋煜愤怒了,他说:"放屁!完全是放屁,如果洪水来了,人的生命都保不住，搞革命还有什么意义！"为了排除干扰，他以县革委会的决定，把一些能量大的造反派头头派往各重要地方抗洪抢险。动员会上，他对造反派头头们说："现在洪水来了，情况危急，你们口口声声造反为革命，造反为人民。现在灾区人民正处于危难时期，希望你们在抗洪抢险第一线，大显身手……"但是，各地抗洪抢险的指挥权不让造反派头头参与，由军队和老干部负责。

正当全县人民奋力抗击洪水的时候，王家坝淮北大堤决口的报警电话震惊了全县上下。李璋煜当时正在打点滴，他立即拔出针头向办公室走去，命令尽快将险情向地区、省里汇报，并组织第二批抗洪抢险工作队赶往灾区。

电波传往阜阳，合肥，南京，北京……

工作队纷纷向灾区奔去。

……

一夜未眠的周总理又急匆匆来到毛主席的办公室。

"主席，安徽紧急报告，淮河洪水到达王家坝，王家坝大堤决口，蒙洼蓄洪区洪水超过堤顶，居住在100多座庄台上的10万人民危在旦夕，请您指示……"

毛主席十分憔悴，良久，他慢慢地说："部队，派部队……"

第二天，也就是7月19日下午，一支支威武雄壮的部队风尘仆仆地奔向阜南，奔向蒙洼蓄洪区，还有颍上、霍邱、凤台……哪里有危险，哪里就有红星闪闪的解放军和一面面鲜艳夺目的红旗。

舟桥部队到了。官兵们一下汽车连忙将舟船推进水里，一艘艘舟船轰鸣着冲向蒙洼，冲向灾区……

空军部队到了。一架架满载着救灾物品的飞机掠过水面，将灾民们急需的食品、药品空投到高地上。

陆军突击队到了。一支支队伍争先恐后地向灾区扑去。

……

1968年7月至2008年7月，已经40个春秋。当年的情景早已荡然无存。但是，岁月磨不去铭刻在人们心头的伤痕，记忆犹新。

郑洪堂，现年70岁，住王家坝镇李台孜村2队。

提起1968年淮河大洪水，饱经沧桑的郑洪堂说："1968年大水来得快，洪水呼呼往上涨。那时正是'文化大革命'，没多少人注意大水。后来水上来了，开始听说淮河上头水很大，淮滨县城也沉了。没等我们喘匀气，我们这里的水也上来了，开始没开闸，后来大水漫过堤顶，紧接着就把大堤冲个半里地的大决口，大水打着滚往蓄洪区里灌。住在庄台上的人都拼命往上跑，谁不怕被大水卷走？我的大女儿才7岁，小的是个崽子，才6个月。当时我们全家7口人住5间土房，全在台子下面，全家分的口粮和鸡鸭都被大水冲跑，只逃出几个光人……"

郑老汉还没说完，他的老伴楚秀珍插话："1968年大水真吓死人哪！互助台孜一船就淹死8个人，有的连死尸也没找到。"

陈凤山，现年61岁，住王家坝镇自由台孜村6队。

1968年大水，陈凤山21岁，身强力壮，一直守护在大堤上。说起当时的情景，陈凤山仍然很激动："真吓人哪！大堤决口，丈把高的水头往蒙洼里扑啊！一眨眼庄台就泡在大水里了。俺自由台孜共7个队，150多户，1400多人，大水过后房屋全部倒塌。后来大闸开闸，蒙洼像大海一样，水浪子打到堤顶上，大人小孩都不知道会咋个死法……第三天，解放军的大船开过来，一座座台子往外面运人。乖乖，那船真大，前面是船头，烟筒有一搂粗，轰轰轰拖着大平板船，四周安着胳膊粗的护栏，全台孜人一船就给拖到安全地带，几十艘大舸在蒙洼来回不停地转。1968年，不是解放军，俺蒙洼人一个也难活命……"老陈比画着，眼里湿漉漉的。

李文焕，现年76岁，住王家坝镇李郢子村5队。1968年大水时任李郢孜大队书记。

李文焕，中等身材，忠厚老实，群众信得过的大队干部。"文化大革命"初，造反派批斗他，群众在会上为他表功。有人写大字报污蔑他搞资本主义，还在他的名字上画上红叉叉，群众一见这样的大字报立马就撕掉。一些人还要和造反派拼命。李文焕闻讯深入群众家中做思想工作："大家要冷静，我是个共产党员，只要有一口气，就要为大家办事。"1968年大水里，他连续10多天风里来雨里去，先后背着10多位老人冲出洪水，将他们转移到安全的地方。事后，获救的老人们说："文焕救了我们的命，比自个的亲儿子还要亲！……"

如今，李文焕老当益壮，仍像一面鲜红的旗帜飘扬在王家坝上空。

现在，王家坝镇正在开展"一个共产党员就是一面旗帜"的活动，王家坝飘扬着许许多多鲜红的旗帜。

……

第八章

一次不寻常的开闸蓄洪

　　王家坝建闸半个多世纪，唯一一次不寻常的开闸蓄洪是 1975 年 8 月 15 日。已尘封 30 多年的不幸应永远逝去，一定不会重演。但是，为了让世人，尤其是子孙后代记住近 10 万遇难者，并化动力书写人类的文明与幸福，还是要重述那场惊心动魄、刻骨铭心的悲剧。

　　王家坝建闸以来的半个多世纪，唯一一次不寻常的开闸蓄洪就是 1975 年 8 月 15 日。提起"75·8"是个非常沉重的话题，已经尘封 30 多年的悲剧应该永远逝去，一定再不会重演。但是，行文至此，我实在不忍心留下这段空白。为了让世人，尤其是子孙后代记住，并化作动力书写人类的文明与幸福，还是要重述那惊心动魄、刻骨铭心的不幸。

　　就是在这样举步维艰的日子里，老天爷插了狠狠一杠子，在淮河上游上演了历史上最罕见的惨剧。

　　按常规，一个地方下雨——大雨——暴雨——然后形成洪水，水位达到一定标准开闸蓄洪。不寻常的是 1975 年 8 月，阜南县以下淮河流域基本上没有下雨，8 月 15 日阜南县滴雨未下，王家坝上空艳阳高照。就是在这一天 12 时 40 分接国家防总传达国务院副总理李先念指示，命令王家坝开闸蓄洪。此时王家坝水位 28.66 米，但蒙洼蓄洪区的群众还没有来得及转移，经请示批准，待群众转移后才开闸蓄洪。经过 4 个多小时紧张工作，17 时 12 分水位 28.71 米时王家坝开闸蓄洪，直到 8 月 20 日 2 时，王家坝水位才有所回落。

人们惊呆了，面对突如其来的滔滔洪水和洪水中时浮时沉的人和畜禽的尸体，眼前闪现出一串串又大又粗的问号……

问号源自河南省驻马店地区洪汝河上游，距王家坝近千里的豫南山区，那里 3000 万人民正经受一场极为罕见的特大洪水的灭顶之灾。据后来出版的一本纪实文学的封面提示里称："须臾之间，赤地千里，3000 万人倾遭荼苦，10 万人在洪水中丧生，以至于家园如洗，民不聊生……震惊中外的'75·8'特大洪水，曾使多少人谈虎色变，噤若寒蝉。'75·8'天灾，拟或人祸，谁人曾与评说？……"

世界上最顽强的是生命，最宽容的是土地。"75·8"特大洪水后，大地从悸动阴森中逐渐恢复了正常与平静。穿越时空隧道，事隔 25 年后的 2000 年 4 月，当我第一次踏上这块曾经满目疮痍的土地时，已是遍地翠绿，鲜花绽放，生机盎然的仲春。此行我怀着对死难者缅怀和劫后复苏繁荣的向往双重心情。

1975 年，久不下雨，持续干旱。太阳像火球一样在空中燃烧，贪婪地吸吮着土地里越来越少的汁液，沟塘干涸，河水断流，水库见底，土地龟裂成一条条纵横交织的沟槽，庄稼枯萎死亡，人们仰望晴空，在心里默默祈祷：老天爷，快下雨吧！……

雨，终于下来了。

8 月 4 日上午 8 时，伴着一团闪电，一个巨雷在半空中炸响，紧接着惊雷滚滚，黑色的帷幕蒙住了天际。须臾之间，暴雨倾盆而下，扯天拉地，翻江倒海，天地间浑然一体，几步之外看不见人影，听不到声音。强劲的狂风乘势而起，高达七八级的风暴一阵强过一阵，雨借风势，风乘雨威，仿佛要把大地吞噬……

滚滚山洪呼啸而下，滔滔洪水似野马奔腾。洪河、汝河洪峰迭起，各水库水位急剧上涨。人们刚刚庆幸大雨解除了旱情，可以免除抗旱之劳，安心地休息几天，却一点儿也没意识到一场空前的灾难即将降临。

浑浑茫茫的雨幕席卷了除新蔡县以外的驻马店地区及南阳、许昌、周口等周边地区，3000 多万人备受洪涝之苦。

在河南省信阳市委大院里，我见到原驻马店地委副书记、信阳行署副专员刘培成老人。2000 年刘老 78 岁，身体虽然有些虚弱，记忆尚好。提起 25 年前的"75·8"，老人有些酸楚与无奈。我理解老人此时的心情。作为驻马店地委当时分管农水的副书记，从精神压力和体力付出都要超出一般领导干部。经我一番解释，老人不再激动，我们一边品茗，一边随着老人的回忆仿佛置身于那不堪回首的岁月里：

8 月 6 日，遂平县境内奎旺河开了口子，因地委书记苏华在省里开会，我和地委副书记魏世昌、地区革委会生产指挥部副指挥长史怀玉商量，想去遂平看看水情，但一打听水大路不通，只好作罢。但我的心里老是直打鼓。军分区程司令员说坐飞机看看全地区的水情，重点放在遂平。这样，7号上午我们 6 人乘车到了驻军飞机场。机场请示上级后，告诉我们说天气条件恶劣，飞机不能飞。

在飞机场吃了一顿饭，停了三四个小时，见雨一直不停，只好绕道明港准备回驻马店。出了明港往北，车到确山县以南簿山水库下游离任店不远的地方，前面到处是大水，汽车无法通行。稍后听说，有一辆卡车在这里强行通过，被大水冲走了，下落不明。看来水势很猛，车子无法通过，只好往回走。到哪里去呢？就到明港附近驻军坦克团去吧。吃过晚饭，大家都困在屋里出不去，看着雨不停地下，我们的心里更加着急。小汽车没法开了，大家商量从明港乘火车回确山，无论如何得尽快赶回去，家里还不知道发生了什么情况。这时，确山往北的铁路已经中断，火车也没法开了。出了确山火车站，我们直奔县委找汽车，连夜往驻马店赶。一路上还算顺当，眼看快到驻马店，车停住了，前面的公路因练江河涨水也被冲坏了，路上坑坑洼洼，横七竖八堵满了被大水冲倒的树木，水流很急，司机心里紧张，不敢走。地区水利局长辛洪江跳下车，站在水里在前面引路。老辛个子不高，身体结实，办事果断。在辛洪江同志引导下，司机小心翼翼地往前开，好不容易通过缺口。回到驻马店，什么东西也不顾，就直奔地区革委会生产指挥部。这时指挥部与各地的联系电话都中断了，同志们都急得像热锅上的蚂蚁。

我们几个领导都担心水库出问题。但驻马店往西的路全被大水冲断了。

没法去板桥水库。薄山水库、宋家场水库、宿鸭湖水库都情况不明。这时有人汇报说，听到薄山水库方向有枪声，大坝已经漫溢。又有消息说，驻军炮二师1000多名官兵和1000多名基干民兵正火速增援薄山水库，情况十分危急。

与各县联系，能通话的地方都说雨大、水大，到处决口。后半夜，指挥部与遂平县失去联系。接着上蔡、西平、泌阳的电话也中断了。

我觉得情况越来越严重，得赶快向省里报告。于是，我们几个碰下头，决定让邮电局长途台快接通省里线路，值班人员一连接了几个地方，线路都不通。怎么办？我急得如果地上有裂缝子就想钻进去。只要不出大问题，就是拿我下油锅也心甘情愿。地直干部们没人动员，都齐刷刷挤在办公室里等候命令。几个女同志感情脆弱，在地委楼上痛哭不止。派出去察看水情的同志回来汇报说：驻马店以北都是水，深浅不分，遂平县城只能看到几个烟囱。

好半天，谁也没有说什么话。我的心里像被掏空了一样，一个不祥的念头在脑海里闪过：该不是板桥水库出事吧？……

公务员送来了夜餐，肉丝面，热气腾腾。可这会儿谁还能吃得下呢？我心中一热，冲着公务员吼道："端回去，谁让你送的？！……"

公务员立刻转身将夜餐端回去。

此时，我也意识到我发的脾气是多余的。但当时我是脱口而出，无法控制住。

时间一分一秒地过去。天快亮的时候，一个浑身湿漉漉的人破门而入，进门就哭喊起来："板桥水库出事啦！"

"出了啥事？"我一把抓住那个人的胳膊追问。

"板桥水库——大坝垮了！"

房间里仿佛凝固了一般，寂静无声。我觉得天地在旋转，整个身子处于冥冥之中……

板桥水库垮坝意味着什么？——即115.7米——相当于40层楼房高约10亿立方的洪水在下游已经平地起水、沟河漫溢的情况下，顷刻之间，以排山倒海之势向水库下游推进。速度之快，危害之大，似原子弹爆炸，似天翻地覆的大地震。和洪水打了多年交道的国家水利部部长钱正英，河南省委书记刘建勋，河南省水利厅总工程师陈煜，驻马店地委书记苏华，驻马店地委副书记刘培成、魏世昌及史怀玉、辛洪江、张群生、贺炳炎等各级领导干部和专家是深谙其后果的。因为板桥水库下面的文城公社 5 万多人正在熟睡中，遂平县、汝南县、平舆县、新蔡县等 500 多万人民都还没有撤离和转移……因此，刘培成在结束我的采访时几乎是流着泪对我说："……听到板桥水库垮坝的报告，我恨不得马上冲往板桥第一个死去。"

……

板桥水库位于泌阳县板桥乡西部丘陵地带。水库设计库容 10 亿立方，蓄水面积 37.5 平方公里，将淮河上游重要支流汝河拦腰斩断，控制流域面积 7000 多平方公里。板桥水库建成于 1952 年 5 月，是新中国治理淮河早期的重要工程之一，先于王家坝闸整整一年，称得上治淮史上的兄弟项目。从竣工到垮坝，板桥水库经历了 23 年零 3 个月的艰苦历程，曾有过辉煌，功不可没。但走到它的尽头——1975 年 8 月 8 日零点那一瞬间，它变成吞噬 10 万人生命的元凶。

……

悲剧拉开帷幕的时间是 1975 年 8 月 5 日。

暴雨如注，倾江倒海，茫茫一片无边无际。板桥水库水位迅速上升到 107.9 米，已接近最高蓄水位。当晚，板桥雨量站测日降雨量 448.1 毫米，最大一小时降雨量 142.8 毫米。按水库千年一遇校核标准，最大日降雨量 306.0 毫米，3 日降雨量 441.4 毫米。

雷电滚滚，洪水滔滔，地动山摇，惊心动魄。

夜幕降临，水库管理局院内积水 1 米多深，总机室等 70 多间房屋被淹倒，库区内电话中断，管理局与水库上游的祖师庙、火石山、桃花店、龙王庙、蚂蚁沟等雨量测报站失去联系。公路交通中断，板桥镇街上积水两尺多深，供销社、银行被大水冲倒。坝外的大水因灌渠阻碍不能下泄，由东向西倒灌，淹没了水库大坝坝基。街上大部分民房倒塌，居民哭喊声此起彼伏，哀声震天。驻军与板桥公社干部在慌乱中组织力量抗洪抢险，组织群众尽快向北山撤退。

夜深沉，雨茫茫，大地混混蒙蒙……

大坝内波涛翻滚，峰浪咆哮，奔腾着，选撞着，碰撞起来的浪头一丈多高，恶狠狠地向大坝撞击，激起两三丈的巨浪和小山一样的峰团。坝外的急流和坝内的洪峰互为呼应，两股恶势力紧紧拧在一起，拼命地摇撼着坝基，大有不把大坝掀翻决不罢休之势。雄伟的大坝此时变成了水中飘摇的一叶扁舟，似乎随时都可以被颠覆。

水库管理局革委会主任张群生忧心如焚，派人立即抢修电话，设法与上游雨量站联系，以便随时了解雨情与水情。水库干部职工大部分上了坝顶，密切监视水情，同时在主溢洪道上提闸放水。

革委会副主任纪严倒是有点满不在乎：雨不就是下得大一点吗？有什么大惊小怪的，该休息还是要休息，他未去大坝上值班。

天，渐渐亮了，雨势稍减，库水位似乎不再上涨。与狂风暴雨搏斗了一夜的人们个个疲惫不堪，有的靠在树上点着烟稍稍缓缓神，有的则一屁股坐在泥地上打盹。

一辆吉普车沿着被洪水冲得坑坑洼洼的公路向驻马店急驶，司机已经加大了油门，水库革委会主任张群生还嫌车跑得慢，不住地催促，快点，再快点，他要到驻马店地区生产指挥部汇报灾情和汛情，同时要求尽快再配一部电话总机，迅速派人修复通信线路，并要求开大闸门泄洪。

地委副书记、地区革委会生产指挥部指挥长刘培成、副指挥长陈斌听了张群生的汇报，立即动身去板桥水库实地察看。

风雨中，刘培成、陈斌和张群生一行匆匆赶往板桥。小汽车顶着扑面而来的狂风暴雨，在被水淹的公路上走走停停，摸索前进，1个小时的路程走了3个多小时。下午2点小汽车驶进板桥，展现在面前的是，满目洪水翻滚，街上断壁残垣，灾民哭声遍野，人心惶惶……

刘培成几位领导立即召集水库、板桥公社和驻军负责人会议，部署抗洪抢险，制定应急方案，互相协作，统一指挥。

会议室里，一身泥水的人们或靠在墙上站着，或席地而坐，把刘培成等围在中间，有的主张加高大坝，有的主张炸开副坝泄洪，减轻对大坝的压力，你一言，我一语，讨论也很热烈，各种意见相持不一。会议持续了1个多小时，直到最后，人们才突然明白有关抗洪抢险的一切方案都无法实施。水库革委会主任张群生无奈地告诉大家：我们的防汛仓库里没有铁锹、草袋，更没有一支雷管和一两炸药，只有几根小木棍和几只民兵训练用的木制手榴弹……

刘培成无可奈何地摇摇头，宣布散会。然后带人到部队营房中察看转移灾民安置情况，到坝上看看水情……

最危急的时刻到了。8月7日，天刚蒙蒙亮，水库管理局全体职工都集中在大坝上，革委会主任张群生发表简短动员讲话，要求大家齐心协力保护好国家财产，组织家属转移。地革委副指挥长陈斌再次召集驻军、水库、板桥公社领导会议，商讨应急措施。与此同时，陈斌派人火速赶往驻马店，催促地委、地革委立即与驻军联系，派解放军到水库抢险，抢修通信线路，运送草袋、木桩、发电机组和其他防汛器材。

正安排之间，在大坝上监视汛情的人跑回来报告：主溢道一二级跌水处腾起1丈多高的水头，溢洪道中间出现严重障碍。老工程师贺炳炎担心溢洪道被冲坏，下令将闸门下压，减少流量。水库革委会副主任陈付安当即表示反对。

贺炳炎一向为人固执，视水库为生命，他板起面孔，生气地说："没到规定水位，闸门根本就不应该开！"

陈付安针锋相对，反问："是要人还是要大坝，还是要溢洪道？"

时间一分一秒地过去，水库水位正以每小时0.3米的速度上升，此时水位已到115.7米，离坝顶只有0.6米。

贺炳炎和陈付安还在争执不下。

以造反起家的水库革委会副主任纪严的精明之处，就是他预料到板桥水库已经到了大难临头的境地。为了安全起见，他以亲自向地委、地革委汇报请示为名，向张群生打个招呼，张群生还没有点头，他就堂而皇之地离开了板桥赶往驻马店家里。

纪严一走，便毫无信息。电话已经完全中断了，陈斌只好到驻军用电台与地委联系，并要求水库和板桥公社组织人员固守坝顶，等防汛器材运到后立即投入抢险。驻军通信兵将两部电话机分别放在大坝两端，便于及时通话。另一部报话机派往板桥水库至驻马店之间的沙河店，接力联络。

这一切依然是一种毫无结果的期待。地区生产指挥部用电话询问地区水利局有没有事先准备的草袋，回答没有；电话又接通供销社、粮食局等部门，回答同样令人失望——没有。

此时此刻，板桥水库下游的林庄雨量站，实测降雨总量1631.1毫米。8月7日24小时雨量1005.4毫米，其中6小时雨量830.1毫米，3小时以上雨量记录分别为本区以往最大记录的1.7～2.3倍。均超过中国内地以往历次暴雨正式记录的最高值，林庄 6 小时降雨量超过 1942 年 7 月 18 日美国宾夕法尼亚密士港 782 毫米的世界纪录。雨量之大，雨型之恶劣不仅在国内少有，在国际上也极为罕见。国家水利部后来将此次大暴雨定为"75·8"雨型，被联合国载入史册。也为后来的美国、英国、荷兰、日本、印度等近 20 个国家和地区的水利、气象专家和媒体记者纷至沓来板桥进行实地考察、采访提供了条件。

……

风在呼，雨在吼，水库岌岌可危。

8 月 8 日 0 时左右，大地晃动了一下，一声天崩地裂般巨响，板桥水库大坝从坝基到坝顶一个趔趄翻了个过儿。洪水翻过防浪墙，剥去沙土层，从大坝跨越汝河河身的地段推开了决口，排山倒海地向下冲去……

水库革委会主任张群生绝望地叹口气："完了，我要下地狱了！……"

张群生没有下地狱。

陈斌没有下地狱。

刘培成没有下地狱。

苏华没有下地狱。

下地狱的 10 多万人，大多数都是群众。男女老少，浮在水面。男子脸朝上，女的面往下，赤身裸体，横七竖八，方圆数百里。年纪最大的 100 岁上下，年龄最小的才刚刚出生半天。遂平县文城公社一个刚满月的婴儿死后小嘴还紧紧地叼着妈妈的乳头……

拂晓，一架银灰色的三叉戟专机徐徐降落在豫南某地军用机场。中央慰问团团长——国务院副总理纪登奎，副团长、全国人大常委会副委员长乌兰夫，农林部部长沙风，解放军总后勤部副部长丁志辉，国家计委副主任邓东哲等走下舷梯，然后在机场换乘两架米格—8 直升飞机，在河南省委书记刘建勋的陪同下，从空中视察被洪水淹没的京广铁路以东大片地区。

8 月 12 日，展现在机翼下的是一幅悲惨的景象。淮河上游重要支流汝河、洪河全部被洪水淹没，分不清哪里是河道哪里是河堤哪里是湖泊沟塘，甚至土丘和高岗全都看不清，像大海一样无边无际，有时只能看见露在水面的树头和还没有倒下的烟囱。遂平、汝南、新蔡、西平、平舆、上蔡等十几个县几乎全是一片汪洋。只有县城点点块块露出水面的高岗宛如茫茫大海中的孤岛和礁石。

飞机以 50 米的高度擦着水面超低空飞行，不时见到水面上的一些高岗、残堤上密密麻麻聚集着很多人。有的高岗地方太小，人太多，很多人只好站在齐腰深的水里。很多人爬到高树上，有的趴在草垛上、楼顶上，见到飞机，饥寒交集的人们不停地招手呼救，希望能营救他们，漂浮在水面上的死人、死猪、死牛羊比比皆是。

纪登奎无言地注视着水面，机舱里谁也没说一句话，气氛异常沉闷。

接着，中央慰问团直升飞机到京广铁路以西，先后视察了被洪水冲垮的板桥水库和石漫滩水库。两座水库大坝从中间断裂，形成深深的敞口，库中积水已经排空，露出了高低不平的库底。从飞机上向下看，大坝以下，沿河两岸，无论是村庄房屋，还是道路树木，都已荡然无存，留下灰蒙蒙的大地，地面上没有人影，没有牛羊鸡犬，仿佛一片远离尘世的荒原……

水电部部长钱正英乘坐的飞机降落在离大坝不远处的大豆地里。

他听取了汇报，又走到大坝旁的高坡，察看了垮坝的残基，然后对张群生说："跟我一起到北京汇报去吧！"

没多久，张群生很快又回到板桥水库，并带回一个多多少少可以使大家宽慰的消息：中央领导说，水库还是要修建的。

……

洪水冲出板桥水库、石漫滩水库，排山倒海地向东南方向推进，沿途仍张开血盆大口，肆无忌惮地吞噬着生命，长驱直下指向安徽省。有的则从宿鸭湖水库抢先由息县、淮滨等地进入淮河，六七天工夫就逼近王家坝。

洪水在新蔡县班台集结。旋涡滚滚，浊浪拍天，一排排巨浪怒吼着向班台大闸扑去。

班台闸位于洪河的中上游，处于河南与安徽两省的接合部。班台早已超过开闸行洪的水位。但是，由于水势过大，闸门提不动，只有炸闸行洪才是唯一出路。

8月15日凌晨6点，三叉戟穿破层层夜幕，徐徐降落在驻马店临时机场。纪登奎、乌兰夫等一夜未眠，下了飞机就来到中央慰问团驻地会议室商讨解决新蔡等被洪水围困的问题。

此时，新蔡县城像一座孤岛浮在水面上，似乎随时都有沉没的可能。田野、道路全被淹在水里，只有大树和电线杆在水面上露点头。

奉纪登奎指派，沙风、盖国英、陈煜和驻马店地委书记苏华乘直升飞机立即赶往新蔡，组织爆破力量炸掉班台闸向洪河和淮河行洪。

武汉军区副司令员孔庆德已经乘小船先期到达，登上指挥船向沙风行了一个军礼，报告说班台闸已经装上炸药，各项准备工作完毕，只等指挥部一声令下实施爆破。

阵阵呐喊声传来，抬眼望去，大闸上和大坝上站满了黑压压的人群，有的拼命摇着手中的旗帜，有的还抡着棍棒。

"这是怎么回事？"沙风不解地问。

"安徽的群众怕淹着他们，不让炸。"孔庆德回答。

"靠近安徽什么地方？"

"安徽的阜阳。"苏华回答。

"请他们的负责人来，看到底还有什么问题？"

安徽省委副书记王光宇和阜阳地委书记张祚荫被请到指挥船上。他们都一身泥水，两眼布满血丝，几天来，也一直忙着组织群众转移，抗洪抢险。

沙风听他们介绍灾情后，严肃地问："你们接到中央的电报了吗？"

"接到了。"

"那就执行命令吧！尽快行动，要知道，河南已经死了几万人，还有很多人泡在水里啊！"

王光宇、张祚荫离开指挥船，立即组织群众转移。按照中央命令，要求临泉、阜南、颍上、霍邱、寿县、凤台都要做好行洪和蓄洪准备，尽快让河南人民从特大洪水中解救出来，减少损失，重建家园……

10点20分，武汉军区副司令员孔庆德一声令下，在10吨TNT炸药惊天动地的爆破声中，几百米长的班台大闸被全部炸开，上游的洪水疾速下跌。

滔滔洪水涌进临泉、阜南、颍上、霍邱……

紧接着临泉县也在行洪区炸堤行洪，阜南县驻军几乎同时在方集炸开草坝，颍上、霍邱都忙着在行洪区、蓄洪区装置炸药实施破堤行洪蓄洪。

8月15日17时12分，王家坝第一次实施了晴天开闸蓄洪。

"75·8"，永远封存在淮河人民的心里。不，全中国人民的心里……

第九章

淮河赤子

在中华民族历史上，在淮河流域，为治理淮河，抗洪救灾献身的英烈可能千千万万。优秀的共产党员、人民的好干部沈恩久同志将永远活在淮河人民的心里。他的死重于泰山，千古流芳……

1982年7月以来，一个闪烁着全心全意为人民服务思想光辉的名字——沈恩久，在安徽省江淮大地上被热烈地传颂着。他那临危不惧、勇于牺牲的大无畏精神可歌可泣。他是淮河的儿子。他为蒙洼地区的解放、建设和发展贡献出毕生的热血和精力，为淮河抗洪抢险献出了宝贵的生命。他永远活在王家坝——蒙洼蓄洪区和淮河人民的心里。

1982年11月16日，中共安徽省委、安徽省人民政府授予沈恩久优秀共产党员、人民的好干部光荣称号，并追认为革命烈士。11月23日上午，省委、省人民政府在阜南县城隆重举行命名大会，号召全省共产党员、共青团员、干部和群众以沈恩久同志为榜样，进一步开展社会主义精神文明建设，为全面开创社会主义现代化建设新局面而努力奋斗……

是年7月，淮河上、中游地区连降暴雨、大暴雨，淮河水位陡涨，洪峰迭起，有40多亿立方水压入阜南县境内。洪水严重威胁淮河大堤、蒙洼蓄洪堤和数十万人民生命财产安全，阜南县各防汛堤段迅速达到了行蓄洪水位，情况万分危急。正是在这危急关头，阜南县郜台公社党委副书记、管委会主任沈恩久同志挺身而出，冒着生命危险走上防汛抗洪的最前线。

曹集区郜台公社地处淮河北岸，蒙洼蓄洪区的南侧。这里是一线长堤，腹背受洪水冲击，是阜南县有名的最险段之一。尤其是刘台孜至曹台孜段，全长8华里，河宽2000多米，堤身单薄，洪水湍急，又是郜台公社的最险段，仅1954年和1968年两次大洪水，就决口50多处，全县人民十分关注这里的安危。

在郜台公社召开的紧急会上，公社党委副书记、管委会主任沈恩久，像奔赴沙场的战士那样，严肃、热诚地请战道："把刘、曹最险段交给我吧，我保证……"

公社党委书记杨振科打断他的话："老沈呀，刘、曹段能否守得住，是直接关系到淮北大堤和蒙洼11万人民生命财产安全的大问题。你有高血压，这段还是我去！"

"不，"沈恩久急切地说，"你是一把手，你要指挥全盘。我自小生活在淮河岸边，与洪水打交道惯了，你放心，我是个党员，我保证人在大堤在！"

杨振科以信赖的目光盯住沈恩久，无限深情地说："那好，就按你的意见办。不过，你得赶快回家安排一下。"

沈恩久摇了摇头说："家里有她们娘儿们，我就顾不得这些啦！"说罢，他就一头钻进茫茫的雨幕中。

……

从7月18日进入刘、曹段阵地以来，沈恩久就像一名卫士，头顶风雨，脚踏泥泞，日夜巡视在8华里的长堤上，严密地监视着水情和险情。

洪水滔滔，险象环生。沈恩久带着民工不停地在大堤上奔波。他的身体本来就比较瘦弱，几天下来，眼睛洼陷成两个坑，憔悴的脸庞写满疲惫。有人劝他说："沈书记，你休息休息吧，有我们守着，大堤不会出问题！"

沈恩久强笑道："没什么，蹲在堤上打个盹就行了。"说着，又继续在大堤上巡视。

7月21日，奔腾呼啸的洪峰正向郜台公社推进。沈恩久带领民工全力迎战。他们排险情，筑堤坝，地毯式地全面排查，苦战了一天一夜没合眼，谁也不知道老沈摔了多少跤。只见他满身泥水，满身汗水，胳膊、腿上布满伤痕。翌日清晨，他刚想坐下歇口气，又听刘台孜来人报险：在马金昌的门前出现两个大漏洞！老沈抱起一抱豆秸就向洞口冲去。

在洞口，老沈先和大伙用豆秸暂时把漏洞堵上，然后和大伙一起跳入水中挡住风浪，指挥民工用草袋装土沿洞外围筑成一道簸箕形的墙，他带领大伙把围墙里面的洪水排出，现出了洞口，再对着洞口从坝顶切开，然后一层土，一排夯，层土层夯，把堤坝恢复到原样。紧接着，他又和民工一起连堵了4个小漏洞，直到下午3点多，他才爬上坝堤，步履蹒跚地去吃这天的"早饭"。

沈恩久刚吃过饭，县委派驻曹集区下段指挥抗洪抢险的县经委主任姜世业来刘、曹段检查，他见老沈两眼充血，面如土色，关切地问："恩久同志，身体怎么样？能不能顶得住？"老沈笑答道："顶得住，没什么！"老姜紧紧地握住他的手说："你把守的这段是历史上的最险段，千万看好啊！"老沈眉一扬，郑重地说："请领导放心，我保证人在大堤在，绝不会出问题！"

姜世业刚走，瓢泼般的大雨一个劲地下来。加上9级狂风，浊浪排空，沈恩久深深预感到一场恶战将要来临。他命三线民工全都上堤，家家户户门前都挂上马灯，随时准备，迎战可能发生的险情。一切安排就绪，他在电闪雷鸣中，带领民工砍树枝，搬柴草，护堤挡浪，不顾风狂雨急，仔细地巡视着漫漫长堤。

24日凌晨3点半，沈恩久已是连续战斗三天四夜没合眼了。农民刘大明的屋后，突然蹿出两根大水柱，每根都有盆口粗。这时，人们的心一下子提到嗓子眼，沈恩久大吼一声："赶快从外水找洞口！"说着就和汪永刚、张洪亮、刘大明等人奋不顾身地扑向水中。风狂雨急，恶浪一排接一排从他们头顶压过，如注的大雨打得人们睁不开眼睛。沈恩久一面指挥大家找洞，一面组织人用草袋、尼龙袋装土准备堵洞。激战中，沈恩久突然觉得眼一黑，头一沉，差点栽到水中。张洪亮看到急问："怎么啦？"沈恩久喘着粗气低声答："可能是又犯病了！"张洪亮要扶他上堤休息，他厉声道："现在是啥时候，哪能顾这些？快，快找洞！"可是，没过5分钟，他就一头栽到张洪亮的背上。大家急忙把他架上堤，只见他头上滚汗，脸上发青，喘着粗气，但他嘴里还急切地问："洞，洞找到没？堵住没？……"

张洪亮安慰他："找到了，也堵住了。"

沈恩久马上吃力地口述报告，要人记录，向上级报告险情。并再次追问身旁的大队长刘克敏："洞，洞可真的堵住了？"

刘克敏含着眼泪告诉他："您放心吧，洞真的堵住了。"

随着轻微的"好——好……"沈恩久抽了两口长气，口吐白沫，慢慢地闭上了眼睛。

此时此刻，人们再也控制不住自己的感情。不少人"哇"的一下哭出了声。只见大队党支部书记汪永刚，把泪一抹冲下堤，大声道："沈书记为咱抗洪抢险献出了命，咱就是拼死拼活也要保好堤，堵好洞！"

人们纷纷扑下水，经过三四个小时奋战，使用了3床棉被，2000多条草袋和尼龙袋，终于堵住了上下两个大漏洞。

沈恩久一人倒下了，千百个人民群众冲上来。

大堤保住了，洪水渐渐回落。

公社党委组织委员李保珍第一个报名接沈恩久的班。刘、曹段男女老少齐参战，日夜严守在大堤上。78岁的老人汪甫然，手拄拐棍一连3夜在堤上巡视没合眼。人们劝他回家休息，老人说："年轻人好困，我年纪大睡不着，熬几夜没事。沈书记用命守的大堤，可不能破在咱手里！"

公社党委书记杨振科号召全社共产党员和干部群众，要以沈恩久同志为榜样，誓死保卫好淮北大堤，要保证人在大堤在！

……

省委、省政府在授予沈恩久同志优秀共产党员、人民的好干部光荣称号的决定中指出：沈恩久同志1952年6月参加革命工作，1953年3月加入中国共产党。30年来，他坚持用共产主义思想指导自己的行动。他不图名，不图利，先后担任过副乡长、乡长、公社副书记、大队书记、公社医院临时负责人。几上几下，从不计较个人得失。1973年，沈恩久同志被派到地处公社边缘、生产落后的宁台大队担任党支部书记，他同社员群众苦战两年，使一向低产的"老灾窝"改变了面貌，粮食单产由过去平均300斤上升到500斤。郜台医院曾是个"老大难"单位，公社党委派沈恩久同志到医院工作，他深入调查研究，建立健全各种规章制度，整顿医疗作风，仅1年时间，使医院恢复了正常的医疗秩序，改变了工作面貌，被县里评为先进单位。他对子女要求严格，从不搞半点特殊，表现了一个共产党员大公无私的宽阔胸怀。他赡老育孤，被群众传为佳话。他8岁丧父，因生活所迫，母亲带着3岁的弟弟改嫁到他乡，三年困难时期，沈恩久把母亲、继父和弟弟接回家里，对继父像对亲生父亲一样给予无微不至的照顾。1959 年他收养了一个 8 岁孤儿,将其抚养成人,并千方百计为其寻找亲人。
……

踏着烈士的足迹,我们仿佛又回到他生前风风雨雨、坎坎坷坷的岁月。

1957 年秋,社会上刮起了一股强劲的"共产风"、浮夸风,特别是表现在粮食产量上,"高产卫星"越放越大,浮夸风愈吹愈烈,眼看一些实事求是的同志被罢官,不少人被打成了右派。这时,上级派沈恩久去旱情严重的宁台大队搞高产,"放卫星"。

在宁台大队,沈恩久认真地查,逐块地地算。他亲眼看到共产风刮得很多群众倾家荡产,家贫如洗,浮夸风吹得群众喝不上稀饭,面黄肌瘦、浮肿并开始饿死,沈恩久拼着丢官受罚,也要为群众进言。一天,一位老贫农拉着他的手说:"沈主任,风这样刮下去咋得了,您千万要为咱老百姓说句公道话呀!"沈恩久心里很沉重,他两眼滚动着泪水说:"放心吧!我是个党员,又是农民的儿子,决不会睁着两眼说瞎话!"结果,沈恩久没有"放卫星",如实上报了产量。他被拔了白旗,挨了批判,还受到党内警告处分,直到 1962 年,才被甄别平了反。

郜台公社地处蒙洼蓄洪区,是安徽和河南两省交界处。边远偏僻,缺医少药,群众看病非常困难。沈恩久看在眼里急在心里,有时愁得睡不好觉,吃不下饭。他多么希望在合肥卫校学习的女儿巨侠能尽快毕业,回到蒙洼台子上来工作。

1978 年底,女儿巨侠在合肥卫校毕业,上级把她分配到阜南县妇幼保健站。巨侠办好手续后,急忙赶回家里报喜,不少人都说巨侠工作分配得好,可老沈听了却把脸一沉。

"我分配到县里,又是全民单位,您还不中意!"巨侠诧异地问。

爸爸半晌没点头,闷闷地抽着烟。

巨侠不解地睁大眼睛:"那……"

老沈打断女儿的话,说:"你呀,你临去上学时我跟你咋说的,将来毕了业,还要回到咱蒙洼台子上来,可现在,你……"

女儿不服气地脸一扭。

"这是领导上分配的,又不是我自己要求的!"

"那你就不能向领导说明情况,主动要求回到蒙洼台子上来?"

"县保健站是全民，公社医院是集体。"

"集体咋啦？"沈恩久板起面孔，"集体单位就不吃饭啦！你搞的是医务工作，讲的是为群众解除痛苦，防病治病，管它是集体还是全民！"

"咱蒙洼交通不方便，看个戏、电影都困难！"

"你是讲工作，还是讲天天逛马路，看戏看电影？你咋能还没工作就考虑到享受。"

巨侠慢慢低下头。

老沈见女儿有了回心之意，又语重心长地说："巨侠呀，你生在蒙洼，长在淮河湾，你看咱蒙洼群众有个头疼脑热的看病有多难。外地医生不愿到这里来，群众看个病要跑几十里路。你好好想想，这里的群众多么需要你啊！……"

第二天晨曦初现，沈恩久就催女儿赶回县城去重办手续。巨侠走后他还不放心，又顶风冒雪赶上去。为了蒙洼人民群众防病治病，沈恩久硬是让女儿由县城全民单位的县保健站，转到了集体单位而条件又很差的郜台公社医院。

这就是一个做父亲的追求。

这就是一个共产党员的胸怀。

……

"咱们是干部，是干部就要干。咱们是共产党员，是共产党员就要带头干！"这是沈恩久同志常讲的一句口头禅。从 1952 年参加工作以来，不论是顺时，还是被罢官挨批，他从来没歇过一次班。他不讲职位不讲权，只讲干工作。

1967 年，沈恩久被造反派打成"走资派"。罢官夺了权，做不完的检查，挨不完的批斗。但他一下会场，高帽子一放，就到群众中去找事干。一天，一位好心的同志劝他说："老沈呀，你咋还这样死心眼？你天天挨批，还有心思去工作？！"老沈笑笑答道："咱们是干部，受点委屈也是暂时的，国家和人民不能白白养活咱们，还是要干些工作。"

一个大雪纷飞的日子，气温下降到零下 10 多度，沈恩久被七扯八拉地批斗了一上午。批斗结束时，造反派宣布下午还要接着批斗。老沈要求说："今年大水灾情重，群众的生活有困难，请把下午批斗的时间放在夜间，我好到宁台大队去看看。"一个造反派头头指着他的鼻子训斥道："你这个'走资派'还在走，你被夺了权，罢了官，绝不许你到处插黑手！"沈恩久理直气壮地说："我是个干部，干部就要干工作嘛！"造反派走后，沈恩久午饭没有吃茶没喝，就顶风冒雪到宁台大队察看灾情，和干部社员们商量生产救灾的门路去了。

在桂庙三队，沈恩久看到丈夫刚去世的女社员刘金英，生下个遗腹子没奶喂，大人愁得哭，婴儿饿得呱呱叫，沈恩久得知后先是买了 6 瓶炼乳送去，又发动干部群众凑钱为婴儿雇奶妈，他一次就拿出 30 元。以后，他每月都送去几块钱，一直把小孩抚养到 1 周岁多能吃饭。为了感谢沈恩久和大伙的帮助，刘金英为小孩取名叫"帮助"。

平凡见精神，润物细无声。沈恩久以一个共产党员的博大胸怀关心每一个群众。但他从没有想着自己，也没有想着家庭。在他在世的日子里，这个 9 口之家，除了几间泥巴房，几床旧棉被，连一件像样的家具也没有，更没有收音机、电视机之类的电器产品。

也是这年秋天发大水，沈恩久冒着"走资派还在走"的压力和训斥，日夜守候在大堤上。一天，农民李继先的门前出了个大漏洞，盆口大的漩涡打转转，屋后的喷口把茅厕缸顶出丈把远，不少民工都吓傻了眼。这时，沈恩久找条大绳拴住腰，抱着棉被就跳了下去。他扎在水中洞口一连堵上 3 床棉被 4 件袄。谁也不知道他喝了多少水。当洞口堵上，大伙把他拉上堤的时候，只见他腰间勒出道大血印子，瘫倒在堤上喘粗气。

……

"一个人做一件好事并不难，难的是一辈子做好事，不做坏事。"沈恩久同志正是这样一位优秀共产党员，人民的好干部。

在郜台，在蒙洼，在王家坝，乃至淮河两岸的许多地方，只要一提起沈恩久家老少三代，人们无不赞颂老沈那闪光的思想纯洁的心。

1959 年冬，浮夸风把人们折腾得苦不堪言。一天，他和妻子刘廷芳商量道："我看把母亲他们都接回来。要苦咱们一家苦在一起。"刘廷芳半天没说话，脸上犯了愁。

原来，沈恩久 8 岁那年丧父，母亲被生活所迫，带着弟弟逃到河南省改了嫁。改嫁的丈夫叫余广仁。妻子问老沈："那老头怎么办？"

"一块儿都接回来。"

"把母亲、弟弟接回来名正言顺，把那老头接来咱可怎么称呼？你在外边工作别人可笑话？"

"都是老人啊，叫爹叫叔都没啥关系。尊老爱幼，是咱中国人的美德，别人笑话什么！"

"唉，咱们这里是农村，说闲话的……"

沈恩久语重心长地劝解道："老人家也是北方逃难去的受苦人。他和母亲生活这么多年，辛辛苦苦把弟弟拉扯成人，把老人接回来咱们待他要比亲生父亲还要亲。这样别人不仅不会笑话我们，还会说咱们是通情达理的人。"就这样，沈恩久和妻子高高兴兴地把两位老人和弟弟一起接回了家。余广仁有病，他们及时请医生治疗，还专门为老人做他最爱吃的回锅肉、面包鸡、清蒸鱼。全家人待余广仁既尊敬又亲热，老人逢人就夸："恩久一家子待我像亲骨肉一样，我这辈子该享福了！"

也是这一年严冬，沈恩久下乡碰到一个躺在雪地里冻得只能哼哼的小男孩。老沈解开棉衣把小孩暖了半天才活了过来。老沈问他家在哪里？小孩摇摇头。问他叫啥名？小孩回答叫小三。

"你家爹娘呢？"

小孩哇地哭起来，半天哽噎道："都死了。"

沈恩久抱起小孩就往家里跑。他叫妻子赶快给小孩灌热汤，又张罗着让妻子给小孩做棉衣，嘴里不住地说："救人要紧，救人要紧……"

1973 年，小三 21 岁，长大成人了。沈恩久得知小三的家是在阜南县城以北的赵集附近，就想方设法为小三找家找亲人。一位知心朋友责怪他："恩久，孩子你养得这么大，眼看中用了，别人瞒都瞒不过，生怕他飞了，你咋能张罗着为他去找家？"

沈恩久笑笑说："以前孩子小，这事就不提了，现在长大成人懂事了，咱有责任帮他去找家。哪个不想自己的亲生父母？再说孩子养大都是国家的人，咱可不能光从自己去考虑。"

这时，郜台公社医院刘奇医生，被县里抽到赵集搞合作医疗。沈恩久再三拜托他为小三找家找亲人。刘医生细心访，认真问，逐村逐队地找，在许多好心人的帮助下，终于在杨大庄找到了小三的家。现在家里只有一个近门的伯伯和堂兄。刘奇马上报了信，沈恩久立即掏出 30 块钱，又买上礼物催小三赶快回去认家看亲人。

一个星期后，小三回来了。老沈问他："现在你家找到了，可愿意回老家？"

小三哭着说："你们救了我的命，又好不容易把我拉扯大，生身没有养身重，你们就是我的亲爹娘，我哪里都不去，死也要死在这里！"

1973年国庆节，沈恩久为小三成了亲。以后又为他盖了房子，置了家具，对儿子、儿媳疼得没说的。人们说，老沈就是吃个蚂蚱，也要给儿子、儿媳留条大腿！

人们赞叹道：沈恩久冲破传统的世俗观念，以共产主义的高尚情操，组成了这祖孙三代三个姓的和和睦睦的特殊家庭！

……

沈恩久牺牲的噩耗，迅速传遍蒙洼大地，千家万户，它撕裂着人们的心肝，使人们陷入无比悲痛之中。当天下午安葬时，数百人冒雨自发地前往护送，吊唁，漫漫长堤一片哭声，大地肃穆，河水呜咽。86岁的五保老人魏凤朝，边哭边说："恩久，你为大家操碎了心，没有享一天福，怎么说走就走了。老天爷！怎么不让我替他死呀！"

魏凤朝是个孤苦伶仃的老人。他无儿无女，无依无靠。但他经常是沈恩久家的座上宾。老沈平时对老人问寒问暖，逢年过节都要把老人接到家里。平时老人头疼脑热，老沈亲自为他请医生，买药送水。1973年老沈娶儿媳，还专门请老人去做客。在沈恩久的墓前，老人捶胸顿足地哭着说："俺没儿子，恩久待我比儿子还要好！还要亲！……"

沈恩久同志走了。在他还没走之前，曾因工作劳累过度病倒过。当时高烧40度，嘴唇烧烂，神志不清。当他醒来时，曾对妻子刘廷芳说："我是喝淮河水长大的。如果我有个万一，我死后把我埋在大堤旁边，我要永远守护着大堤，守护着蒙洼，守护着王家坝……"

沈恩久同志牺牲后，按照他的生前愿望，将他安葬在淮河大堤旁。20多年来，淮河曾发生多次洪水，不论是洪水滔滔，还是恶浪排空，这里总是坚如长城，安然无恙。人们说："这是沈恩久书记把守的堤段，永远不会出问题……"

这是生者对死者的怀念，这是蒙洼人民的期盼。

……

几世贫寒得翻身，

投身革命报党恩。

清正廉洁忠于党，

掏尽红心为人民。
数战洪峰殉职去，
漫漫长堤留丹心。
忠贞一诺千金重，
淮河赤子光照人。

　　这是沈恩久同志逝世后，一位和他朝夕相处的老同志送给他的悼词。它道出了淮河人民的心声。

　　沈恩久——蒙洼人民的骄傲！

　　沈恩久——王家坝鲜红夺目的旗帜！

　　……

第十章

人民大会堂的掌声

　　20 世纪刚刚进入 90 年代，桀骜不驯的淮河又暴发一场特大洪水。一个多月里，近百亿立方洪水倾倒在江淮大地上，4000 多万人受灾，800 多万人被洪水围困，100 多万人无家可归，100 多公里的淮河大堤庵棚相连，人畜混居，成为漫漫无际的滚地龙……

　　20 世纪刚刚进入 90 年代，桀骜不驯的淮河又暴发一场特大洪水。1991 年 6 月、7 月，一个多月里近百亿立方水倒在江淮大地上，安徽全省受灾人口 4314.7 万人。其中重灾和特重灾民 2610.4 万人，278.18 万间房屋倒塌。从 5 月中旬到 7 月中旬两个多月里，全省连降大暴雨，降雨时间之长，强度之大，来势之猛，面积之广，灾情之重，为历史罕见。王家坝两次开闸蓄洪。在北京人民大会堂隆重召开淮河抗洪抢险报告会。来自安徽灾区的 6 位代表介绍了抗洪抢险的动人事迹，赢得 3000 多位与会者一阵又一阵热烈的掌声。阜南县委书记邓成标的发言，使"千里淮河第一闸"的王家坝响彻神州大地，传遍全世界……

　　1991 年淮河流域入汛早，淮河以南 5 月 18 日入梅，较常年提早 1 个月，7 月 15 日出梅，梅雨期长达 58 天，与 1954 年相仿，比正常年份长了 1 个月之久。

"提前入梅,天气异常。"出身于农民家庭,深谙农事和气象知识的省委书记卢荣景,5月22日在全省农村工作会议上讲话结束时临时敏锐地提醒大家,尤其是沿江沿淮的领导同志"务必注意大江大河的防汛工作,要提前准备,未雨绸缪,把灾害造成的损失减少到最低程度"。

6月12日至14日,沿淮地区连降3日暴雨,致使沿淮上、中游干支流各站水位同时陡涨,淮干息县、潢河潢川、洪河班台分别在6月15日2时、14日23时出现洪峰水位,其中班台洪峰水位36.65米,为新中国成立以来的第二位。14日7时,王家坝水位高达28.31米,从而拉开了抗击淮河特大洪水的帷幕……

这是一片倔强的土地!

这里是淮河上中游的接合部。

淮河,她既以母亲的胸怀哺育了这块沃土上繁衍生息的儿女,又以桀骜和暴戾的禀性,将这块土地浸渍得无比苦涩。

无私奉献,顽强拼搏,奋力抗争——成为淮河儿女义无反顾的选择。

"1991年淮河抗洪抢险对我们是一次严峻的考验。"15年后,全国政协常委、原安徽省委书记卢荣景在回顾当时的战斗情景时感慨地说。

洪水开始发生在巢湖地区,巢湖的湖面平时为780平方公里,而1991年大水时的湖面竟达1200平方公里,合肥、蚌埠、淮南、马鞍山等工业城市和38个县市城区进水,43700个村庄892万人被水围困,其中大部分被水围困长达两个月左右,每天靠船送粮、送煤、送医,老百姓对此很受感动。面对严重的洪涝灾害,全省党政军民在党中央、国务院的正确领导下,在全国人民大力支持下,振奋精神,团结协作,以泰山压顶不弯腰的大无畏英雄气概,奋起抗洪救灾,出现了许许多多可歌可泣的事迹。安徽人民在这场特大的自然灾害中,表现的百折不挠的英雄气概和勇于牺牲局部利益、保护全局利益的共产主义精神,受到党中央、国务院的充分肯定和赞扬,在海外也产生了很大的影响。

1991年6月14日17点30分,国家防总发出第1号命令:蒙洼蓄洪区在15日12时前人畜全部转移完毕,准备蓄洪。23点,国家防总根据淮河汛情,水情,命令王家坝闸6月15日8时开启向蒙洼蓄洪区行洪。

命令如山倒,刻不容缓。

开闸时间提前了4个小时。这就意味着在短短的8小时内必须将散居在183平方公里内的48000多名群众,9000多头牲畜全部撤离到安全地带,几年来群众节衣缩食集资 1000 多万元兴建的水利基本设施将毁于一旦，16 万亩小麦、油菜将付诸东流。

一直坐镇王家坝指挥的县委书记邓成标，立即召开蒙洼蓄洪区干部电话会议，部署迁移安置：要严，严格执行上级命令；要抢，抢救人、物资；要细，措施要细，安排要细；要快，以最快的速度通知每家每户搬迁转移……

组织迁安，刻不容缓。县委、县政府立即增派 95 名县直干部，连夜奔赴蒙洼 8 个乡；蒙洼 3 个前线指挥所负责同志立即带领 66 名包点干部奔赴各村；区乡迅速组织 900 多名区乡村干部，深入 32 个低洼庄台和平地居住的农户，逐家动员，组织搬迁。

这是一个悲壮的不眠之夜！这是一场没有硝烟的战斗！蓄洪警报声、高音喇叭声、干部叫喊声，伴随着急风暴雨，电闪雷鸣和手电光交织成气壮山河的交响曲，响彻蒙洼夜空。

4 万多名群众拖儿带女，扶老携幼，牵牛赶羊，成群结队向安全地带转移。他们一步三回头，步步流着泪，恋恋不舍地告别了自己的家，按照上级的安排要到陌生的地方栖身，或者去投亲靠友……

这已经是第十几次搬迁了，很多人都没有记住。他们记住的是省吃俭用刚刚建造的房子，将再一次被洪水冲倒，房子里的床、桌子、凳子和衣被等用品又要被冲走或者变成废品。

大雨，低洼地积水齐腰；黑夜，分不清哪里是沟洼，哪里是道路。干部党员走在人群的前面探路，还安排后卫进行检查，防止漏掉任何一个人。这时的蒙洼，1000 多名干部、2000 多名党员，几乎都在跑着，喊着，没有顾上自家的财产，没有同家人一起转移，而是忙着帮助困难户搬迁，同广大群众心贴心，肩并肩，相依为命，生死与共。

年近 60 的区委书记郭西奎，连发 3 天高烧，硬是撑着身子赶到搬迁最困难的胡套乡、老观乡，动员、组织群众尽快转移。被水围困的新建村，党员郭国礼正驾船抢运小麦，得知蓄洪提前，毅然将麦子掀到水里，帮助被困的群众转移。

15 日凌晨 5 点，蒙洼人民终于以最快的速度完成了人畜安全转移，无一死亡。这是一场惊心动魄的特殊战斗，这是一次生与死的严峻考验。

15 日 8 时，王家坝 13 孔闸门缓缓启动，凶猛的洪水以每秒 1640 立方米的流量翻腾着向蒙洼大地奔去。在蒙洼工作了40多年的区委书记郭西奎望着被洪水吞噬的情景禁不住潸然泪下。

在合肥指挥全省抗洪抢险的省委书记卢荣景当时正在打吊针。他已经连续数天没有正常休息，有时在车上打个盹就又继续工作。当他听完蒙洼蓄洪区人畜已经安全转移，王家坝闸按国家防总命令开启蓄洪的电话后，眼睛湿润了，喃喃地说："蒙洼人民的日子咋过啊……"

此时，王家坝水位29.33米，闸的上下水位落差近5米。顷刻间，滔滔洪水奔腾着扑向蒙洼18万亩良田。为了保护淮河流域人民生命财产，保护两淮能源基地，保护京沪铁路和沿淮大中城市的安全，蒙洼人民又一次牺牲自己，总计损失约5亿元，平均每人4000多元，需要拼搏三四年才能恢复元气。1个多月后，当县委书记邓成标在人民大会堂介绍这一情况时，激起全场一阵热烈的掌声。

同样，寿县、凤台、颍上、霍邱、凤阳等县也在经历一场抗洪抢险的殊死的决战。凤台县焦岗乡一所小学的教室被洪水冲倒。开学时孩子们临时在马路边上课。当时正赶上省委书记卢荣景在那里检查指导工作，便亲自给孩子们上第一节课。课堂上，卢书记语重心长地对孩子们说："同学们！今年我们安徽受了大灾，希望你们要记住这次灾害，好好学习，奋发向上，将来为建设更美好的家乡作贡献……"

王家坝开闸蓄洪后，淮河水位逐渐回落，严峻的抗洪抢险有所缓解。

但是，老天爷并没有就此罢休，一场更加残酷的抗洪抢险战斗紧接着再次打响。

7月6日，淮河水位再次猛涨，狂风大作，暴雨如注，巨浪排空，被水浸透的大堤眼看就要毁于一旦。没有动员，没有命令，沿淮4万多干群，手挽着手，肩并着肩，筑起一道39华里长的人墙，这是用血肉之躯筑起的钢铁长城。桂庙乡纪委书记沈瑞是抗洪烈士沈恩久的女儿，她像男同志一样潜入水中，查找隐患，打桩夯土，过度的劳累使她晕倒在大堤上；胜利村村长程西魁长时间泡在水里，脚趾由红变黑，腿上生出白霜，起了许多疙瘩，手一抓就流黄水……这群英雄好汉，忍着饥饿、寒冷和病痛，任凭风吹浪打，坚持13个小时。

排险堵口要器材，有人就回家腾袋子，甚至抱来棉被；大堤加固需木桩，有人就拆门板、劈架车。安岗乡一位年逾古稀的老人竟要劈自己的棺木，村干部拦阻，他老泪纵横地说："算什么，要是大堤破了，我还不知道往哪里埋哩！"

是夜，接国家防总命令：为了保护上中游，为了全局，王家坝要再次开闸蓄洪。洪水下降后回庄台上的 2 万多群众和 2800 头牲畜需再次转移。这时，因洪水冲断线路，有 4 个乡的电话不通，怎么办？

这可是生死攸关啊！危难之际，县委决定：立即组织干部乘船摸黑前往通知。从 6 日 19 时到次日 6 时，倾盆大雨下个不停，县委主要领导乘坐小船，摇摇晃晃，在漆黑的夜里划向不通电话的 4 个乡，行程 100 多公里，摆船的农民郎士连事后说："我驶了这么多年的船，这么危险的情形还是头一回，稍有不慎就有翻船淹死人的可能。"

在这场战斗中，我们的党员干部经受了公与私、生与死的考验。段台乡党委书记戎宣桂，为了护堤，自家的小麦冲走了，房子倒塌了，爱人哭着找他，他说："我们的小家就交给你了，没吃没住自己想办法，我不能丢下全乡 1 万多人不管。"这就是蒙洼干部的胸怀。汪堰村村长杨新德，用塑料布包着筐箩当船，用铁锨划水，一个庄台一个庄台地检查转移安置。

……

蓄洪后的蒙洼，成了浊浪滔滔的泽国。第二次蓄洪后的蒙洼，更成为伤痕累累的水乡。

麦秸腐烂，人畜混居，蚊蝇孳生。

灾区人民的健康牵动着各级领导的心。省委书记卢荣景、省长傅锡寿立即指示卫生部门迅速派出医疗队赶往灾区。

卫生部门和区乡村通力协作，制定了"全面防，普遍治，重点保"的疫病防治措施，区乡村健全了三级医疗网络，区有医疗中心，乡有医疗站，庄台有医疗组，做到一般疾病不出村，较重疾病不出乡，疑难重症不出区。消灭老鼠，防止疫情蔓延。

省委书记卢荣景将那如火如荼抗洪抢险的日子视为一生中最难忘的岁月。他回忆说："面对肆虐的洪水，我心急如焚，吃不下饭，不分昼夜去现场察看水情。电话几乎一个接一个地打来，都喊形势严峻，请求帮助。我当时感到压力很大，但头脑非常清醒，上上下下方方面面都在看着我们。不论洪水多么凶狠，形势如何严峻，我们都不能手忙脚乱，要镇定、坚强、果断，任何一丝一缕的疏忽和失误都将可能造成无法挽回的损失。在电话里我对有关领导同志斩钉截铁地说："'现在我们面临的洪水就是生与死的考验。党中央、国务院在关注着我们，千千万万人民在看着我们，广大灾民在盼着我们。我们一定要有泰山压顶不弯腰的大无畏精神，勇敢冲向第一线，靠前指挥，身先士卒，坚决战胜洪水，确保广大人民的生命和财产安全，把灾害造成的损失减少到最低程度……'"

寿县县长乔传秀不负众望，置老人生病和孩子生活于不顾，家里的事全毛付给爱人，一连10多天战斗在抗洪抢险第一线。直到洪水退后，她才拖着疲惫的身体回到家里。当她走进家门时，儿子一愣已经认不出来了。母子俩相视而立。俄顷，乔传秀扑下身子抱着儿子，亲着孩子的小脸蛋，母子俩都流下了热泪。

10多年过去了。当我问起身为浙江省委副书记乔传秀当时的心情时，这位由农家女儿磨炼成长的领导干部仿佛又回到那风雨潇潇的岁月。她感慨地说："大水围城，通讯中断，人心惶惶。作为一县之长，几万人的生活怎么办？我压力很大，一点儿也想不到家了……"

这就是一个领导干部的责任。

这就是一位共产党员的风采。

……

冬天即将来临，考虑灾民越冬困难，这年秋天，北京从中南海到中央各机关各部门，从中央领导到老百姓，全面地大张旗鼓地发动一次捐献活动，中央领导同志都不声不响地通过当地政府向灾民捐款，小平同志每天都在关注灾情，挂念灾民安危，他让家人将捐款送到有关部门；平时生活十分节俭的邓颖超大姐，捐钱捐衣表达对灾区人民一片心意；92岁的聂荣臻元帅捐出了相当于几个月工资的积蓄；94岁的帅孟奇大姐把家里节余的1025元，要秘书拿出1000元捐献给灾区，陈秘书提醒说，这个月一半还没过去呢。帅大姐深情地说，灾区人民比我们日子难过呢。陈云同志捐献的新羽绒被分配在绩溪县，杨尚昆同志捐献的21件衣被分配在长丰县，邓小平同志捐献的29件衣被也被分配在安徽灾区。凡北京送衣被的车队一经安徽境内，沿途各地老百姓，男女老少就像迎接自己的亲人一样，送茶、送水、送食品，场面非常感人。这些地方老百姓都是淮北地区的，特别是宿县、阜阳，车队经过比较多，但他们并没有拿一件衣被，北京负责带队的同志和司机对此深有感触。他们说，新中国成立后有两次捐献活动最令人感动：一次是抗美援朝，另一次是北京捐献安徽灾区的活动，这充分体现了社会主义制度的优越性。

2002 年 7 月，当我采访省政协副主席、原阜阳地委书记、行署专员秦德文同志时，这位毕业于北京农大，为人正派，平易近人，对王家坝情有独钟的领导干部异常动情地说："王家坝人民真好，面对一场场大洪水，冲光了拼死拼活挣来的粮、衣被、用具，还有房子，很多人不是伤心痛哭，而是坦然面对，没有一句怨言，也没有一点气馁，真了不起！"

……

这就是王家坝人的风采。

这就是王家坝人的胸怀。

这就是王家坝人的精神。

50 多年了，外面的世界很精彩，许多地方人民的生活很优越，空调、电脑、汽车、别墅……

王家坝呢？

1991 年 9 月 11 日在北京人民大会堂淮河抗洪抢险报告会上，当阜南县代表介绍王家坝—蒙洼蓄洪区人民的事迹时，在热烈的掌声中，许多人眼睛潮湿了，有的人滚下了泪水……

泪水无言。

泪水有情。

当一个人、一双伉俪、一家人、一群友人徜徉在风光旖旎的公园里，身居于金碧辉煌舒适宜人的豪宅，觥筹交错于山珍海味的宴席时，是否脑子里会闪现出王家坝人洪水来临转移在庵棚里的艰辛与凄凉？

能回答吗？……

斗转星移，世事沧桑，人民大会堂那一阵又一阵掌声还在回荡吗……

第十一章

——

"狼来了！……"

　　"狼来了！……"是句土话。

　　"未雨绸缪。……"是桌面上的词语。

　　两者本来是风马牛不相及的事。但是，由于淮河，两者已经绞合了50多年。不，应该追溯与延续很远，很远……

　　"狼来了！……"是句土话。

　　"未雨绸缪。……"是桌面上的词语。

　　两者本来是风马牛不相及的事。但是，由于淮河，两者已经绞合了50多年。不，应该追溯很远，很远……

　　王家坝建闸50多年来，开闸蓄洪15次，扣除一年两次开闸，平均每4年一次开闸蓄洪。其实，每年一进入6、7、8月三个月，这里的人民，不，应该说淮河两岸和淮河流域就进入"狼来了"和"未雨绸缪"的非常时期。这不是愿意不愿意的事，而是不可逆转的大自然决定的。

　　《阜南县志》载：阜南县人民政府1950年7月成立。1950年10月就发布了《治理淮河和兴修水利》的通知。从此，每年都有治淮、兴修水利、抗洪抢险等一类的文件。累计起来约300多次，30多万份，3亿多字。

《颍上县志》载：颍上县人民政府成立后的第二个文件就是治淮和兴修水利。

《凤台县志》载：凤台县人民政府成立后的第二个文件也是治淮和兴修水利。

《寿县县志》载：寿县人民政府成立后的第二个文件也是治淮和兴修水利。

《霍邱县志》载：霍邱县人民政府成立后的第二个文件也是治淮和水利兴修。

以上是安徽省，下面是河南省。

《桐柏县志》载：桐柏县人民政府成立后的第二个文件是治淮和兴修水利。

《信阳县志》载：信阳县人民政府成立后的第二个文件也是治淮和兴修水利。

《潢川县志》载：潢川县人民政府成立后的第二个文件也是治淮和水利兴修。

《固始县志》载：固始县人民政府成立后的第二个文件也是治淮和水利兴修。

《息县县志》载：息县人民政府成立后的第二个文件也是治淮和水利兴修。

《淮滨县志》载：淮滨县人民政府成立后的第二个文件也是治淮和水利兴修。

在江苏省我只看到泗洪、泗阳和淮阴县志。这些县人民政府成立后的第二个或第三个文件也是治淮和水利兴修。

是上级人民政府的指定，还是巧合，或者是历史的必然？我认为是后者。因为，对于新生的人民政权，第一个要做的就是巩固政权，即打击一切反对新生人民政权的反革命势力。至于第二个或第三个，都是出于保护人民的生命财产安全，发展生产，也就是由淮河而决定的。至于这些地方是不是每年都要发这样的文件，我可以绝对负责地说，不仅年年都要发这样的文件，而且，还不止一次。淮河源头的原桐柏县水利局总工程师张相成告诉我说：1975年8月，桐柏县大坡苓水文站记载：淮河水流量4220米/秒，水位高达104.36米，是淮河有史以来洪水最大的一年。1989年6月，桐柏县淮河发生一次历史上罕见的大洪水。仅这两年，县里每年印发的抗洪抢险和治淮的文件都在10次以上。据不完全统计，新中国成立以来，沿淮和淮河流域各省、地（市）县发出的关于治淮和水利兴修的文件约 10 万次，300 多亿份。这些文件能装多少卡车，是很难计算的。应该说，这都缘自"狼来了！"和"未雨绸缪"。

……

年年都要"狼来了！"，年年都要"未雨绸缪"。

这是不容置疑的"准备"，也是不准侥幸的"谋划"。党中央、国务院，连经济与科学都相当发达的美英等国面对自然灾害的袭击都毫不动摇地遵循着这样的守则：宁肯信其有，不可信其无。正是本着这一原则，50 多年来沿淮和淮河流域的各级人民政府和人民每年都要做好以下准备：

一、提高认识：各地大致相同，略。

二、加强领导：主要领导（一、二把手）亲自负责，相关部门和同志为领导成员。

三、明确责任：哪些河流、湖泊、沟塘，哪些堤段×××负责，上多少民工等。

四、建立健全组织：县设指挥部、区设指挥所、乡设指挥组（后撤区并乡，乡设指挥所），村设一、二、三线民工，张榜公布，班组明确。

五、严明纪律：要绝对保证安全，出了问题要追究责任，出了什么样的问题，追究哪一类的责任，直至开除党籍、开除公职、绳之以法。

六、器材准备：木桩××万（千）根，铁丝××吨，草袋××万条，尼龙袋××万条，船只×××只（20 世纪 80 年代前，还有柴油××吨，煤油××吨，雨衣，胶鞋，火柴，食盐，等等）。凡是防汛期间所需要的都要事先准备好，有的放在仓库里，有的露天堆放。

前 1～5 项，事先发发文件，开开会，动员动员就可以办好。第 6 项不是发文件和动动嘴就能解决的。必须花钱购置，而且，每年还是一笔不小的经济开支。1975 年，由于正处于"文革"时期，许多地方，特别是处于板桥水库下游的遂平县，事先没有做好防汛物资方面的准备，结果付出惨重的代价。给全区、全省，乃至全国留下了血的教训。1991 年 3、4 月，沿淮一个贫困县财政状况一度处于非常困难时期，财政局账户上仅有 1 万元资金。机关干部和教师的工资拖欠两三个月甚至半年、大半年都发不出。但在财政困难的情况下，县委、县政府领导研究，砸锅卖铁也要按计划购置防汛器材，后向银行贷款 200 多万元购买木桩、铁丝、草袋、尼龙袋、石子等。有人提意见，县长无可奈何地解释说："狼来了！这是压倒一切的大事。就是勒紧腰带也要办。万一出了大问题，要掉脑袋的！"

……

关于沿淮和淮河流域的防汛和抗洪抢险，当了 10 多年安徽省委书记的卢荣景说："谁都知道水火无情。那期间，每到汛期，我的心里像压着块石头。虽然还有长江，但长江的洪水没有淮河那么频繁，淮河的上中游落差大，中下游落差小，容易滞洪，从王家坝到洪泽湖共有几十个'锅底子''水袋子'。只要有洪水，大小多少都要淹，让人提心吊胆……"

安徽省人大常委会副主任、阜阳市委书记、市人大常委会主任胡连松参加工作 30 多年，一直在崇山峻岭和江南水乡工作。因工作需要，受命于所谓"重灾区"的阜阳市。几年来，胡连松同志按照中央、省委"把风气端正，按规矩办事，把经济搞上去"的指示精神，扎扎实实地开展工作。但不论工作多忙，他一直把淮河岸边的王家坝和蒙洼蓄洪区人民的疾苦放在心上，多次深入农民家中调查研究，帮助农民发展经济，尽快致富。2003 年淮河抗洪抢险期间更是夜以继日地在第一线身先士卒，指挥战斗。一次蹚着一米多深的大水到庄台上检查灾民生活情况，浑身衣服湿透，后临时买了件红不红黄不黄又短又粗的裤子，好像一位老农，群众说："有这样的市委书记和我们在一起，天塌下来我们也不怕！……"

阜阳市市长孙云飞，年富力强，朝气蓬勃，虽然才 40 岁出头，却有着大学机关和县区市领导工作经验。他思维敏捷，开拓力强，在阜阳工作仅仅两年，就总结出"抢抓机遇，奋力崛起，科学谋划，扎实工作，知人善任，狠抓落实"的工作思路。这位出身于农家书香门第的年轻干部，谦虚谨慎，平易近人，牢记一位著名教授、作家、书法家的长辈对他的谆谆教诲和"一身正气，两袖清风"的座右铭，时刻把人民群众的冷暖放在心里，多次深入王家坝和蒙洼地区调查研究。他说："蒙洼人民要针对 6、7、8 月汛期的特点，在早熟和晚熟作物上大做文章，趋利避害，巧用时段。例如汛前的小麦、油菜、毛豆和蔬菜，汛后的大蒜、大白菜和绿豆、荞麦晚秋作物以及柳编、养殖等都是脱贫致富建设新农村的最好途径。当然小麦、油菜一定要选择早熟优质高产品种，争取在洪水前收获上来……"群众听了很受感动，他们说："孙市长为我们想得真周到啊！"

面对每年洪水的可能挑战，安徽省委书记王金山、省长王三运和阜阳市委书记宋卫平、市长孙云飞都再三叮嘱大家：一定要从思想上、组织上、物资上提前准备，决不能麻痹大意。一定要扎扎实实，决不能有半点侥幸……言之凿凿，掷地有声。

"6、7、8，大水发，有雨无雨都要抓（指防汛和抗洪抢险）。"这是曾在1991年担任阜南县县长后任安徽省水利厅副厅长的赵献贵同志的切身体会。他说："水火无情，老天爷什么时候下雨、涨洪水，从现在的科学角度是无法准确预测和控制的。处于被动的各级领导和人民群众只能预先做好准备，别无好办法。"

"在沿淮当县长，头一条就是要重视和抓好防汛和抗洪抢险的准备工作。"1991年淮河特大洪水期间曾担任寿县县长，后任浙江省委副书记的乔传秀同志说，"那个日子，真叫人一言难尽！"

"我当县长、县委书记那几年，淮河虽然没有涨特大洪水，两三年也要开闸蓄洪。主要为了保上游和中下游。一蓄洪，十几万人民生活困难，我几乎整天都在蒙洼里转，哪里有情况就往哪里跑，蒙洼100多座庄台，我每一座都去过。有的干部和群众家里几口人，锅门朝哪我都清楚！"曾任阜南县县长、县委书记，后任阜阳市副市长、市人大常委会副主任的王春魁一直把阜南作为自己的第二故乡。这里的乡乡村村和道路几乎都留下他的脚印，洒下他的汗水。

"我们县是淮河的'锅底子''水袋子'，洪水一来上壅下堵，面对滔滔洪水，想哭都哭不出眼泪。"原凤台县委书记，后任省人大常委会秘书长白泰平百感交集地说，"1991年特大洪水使全县近一半被淹，毛集、焦岗、董岗等乡村一片汪洋。我们每年用于防汛和抗洪抢险的资金都在3000万左右，1991年达到5000多万元。在沿淮地区工作，最担心的就是6、7、8月防汛和抗洪抢险。因为，这是与大自然斗争，防不胜防……"

原颍上县委书记，后任阜阳市人大常委会副主任的陈怀贵说："洪水一来，就像躺在颍上县一样，下泄非常缓慢，群众叫'关门淹'，真是叫天天不应，喊地地不灵，有苦难言，防汛和抗洪抢险成为压倒一切的工作，重中之重……"

"淮河熟，天下足。这是自古以来人们对淮河的赞誉。淮河四季分明，土地肥沃，五谷丰登，是中华民族的福地。"曾任阜南县委副书记，后任阜阳市委副书记、黄山市长，安徽省统计局局长的饶益刚说："在阜南工作期间，我多次去王家坝和蒙洼地区农民的家里，那里的人民很淳朴，很勤劳，尤其是在居住条件那么艰苦的环境里，洪水一来，那种舍小家顾大家，义无反顾的牺牲精神令人感动。年年都要抓防汛，防患于未然，是制约这里经济发展的重要因素，国家应该给予政策上的倾斜和经济上的支持。例如在这里工作的县乡干部，工作量比别的地方还要大，条件还要差，而工资待遇却低很多，这种因自然环境造成的现象，政府应进行调控，以优厚的条件吸引更多的有识之士，到那里发挥才智，加快那里的新农村建设……"

"天不怕，地不怕，就怕淮河把水发。"河南省淮滨县副县长叶长青如是说，"淮滨县虽然在淮河上游，由于上游3个地（市）28个县3万多平方公里的洪水都经过淮滨进入安徽阜南县，加上淮滨全县地势低洼，湖洼地几乎占一半，所以，大水一来，就有些撑不住了。总希望王家坝尽早开闸蓄洪，降低我们的水位，减少我们的损失。我是分管水利的，每年防汛到来，我就开始失眠，做梦大堤决口，有时吓出一身冷汗……"

"桐柏洪水天上来，山洪暴怒灭顶灾，防汛抗洪年年抓，未雨绸缪早安排"。这是淮河源头河南省桐柏县委书记齐文生同志给我的题词赠言。齐书记是一位颇有才华的大学生，苍劲洒脱的书法也深有功夫。但对于地处淮河源头桐柏县的书记有如此感慨，我却有些不解。他见我有些茫然，微笑着说："桐柏山顶是扇形地势，西高东低，山上1000多平方公里的大水从1140米的高度向山下扑来，桐柏县绝大部分人民都住在桐柏山东面山下丘陵和平原地带，洪水一来跑都没有地方跑。1989年6月，桐柏山山洪暴发，全县大部分被淹没，34人死于洪水中……"说到这里，齐文生的声音有些低沉。

中游如此严峻，上游也同样艰辛。那么，下游呢？

"住上不住下，年年洪水发，上面往下泄，谁能堵住它，有苦肚里咽，防汛天天抓。"在江苏省泗洪县，一位和水打了一辈子交道的原县委副书记陆永年感叹道，"由于黄河夺淮，淮河下游水系紊乱，洪泽湖湖底淤高，入海口通道不畅，中上游洪水一来，就苦着我们了。我原来在公社里工作，后调到水利部门，再后来还是分管农水直至退休。想想过去天天泡在水窝里，差一点把小命给丢了……"

在江苏省洪泽县经过一番努力才找到县水利局。在局会议室里王局长对我说："作为淮河下游，我们是喝水的部门。洪泽湖蓄水量越来越少，上面的大小洪水使得我们都不得安宁。1991年淮河特大洪水，我们一连两个多月不知道啥是休息，全县50万干群整天守在大堤上，后又忙着修复水毁工程，加固堤坝……"

从上游河南省桐柏山，经中游安徽省，到下游洪泽湖几乎是同一种呼声："狼来了！""未雨绸缪"……

这就是淮河的现状。

在上下近千公里的各级领导和各部门之间，我还听到另一种声音。我本不想说出来，说出来也是多余，因为，我知道这也是缘自大自然的因素，不是人的意志与行为所决定。

尽管不是当代人们能够解决的事，但却是一部分人心中抹不去的情结，哪怕是一种憧憬、追求，也许未来的未来，总有一天会实现吧！

气象和水利专家为什么不能提前预测哪一条江河，哪一年会发生大洪水，哪一年不会发生大洪水，从而不再"狼来了！"，也不再"未雨绸缪"。这是淮河岸边某贫困县一位分管农水的副县长的话。他说，我们连续3年每年投入300多万元的防汛资金，结果3年都没有发洪水。买来的一堆堆草袋有的沤成灰浆，木桩、毛竹也开始腐朽、生虫，来年还要重买。3年，快千把万块钱，不要说可以用来干别的，就是用来发工资，也使大伙的工资少拖欠几个月。他的神情有些无奈。老天爷很会捉弄人，有时候连年涨洪水，有时候又几年也不涨。谁能提前一年两年就能预测到？

带着这个问题，我找到中央气象局的气象研究中心。一位不愿透露姓名的老气象专家听了我的陈述，他先是觉得有些好笑，后听说，我是专程赶来，很受感动，认真地向我解释说："这个问题世界上现在任何一个国家也解决不了。不要说现在，美国、英国、俄罗斯，很多国家100多年前就开始研究怎样提前预测洪水、地震、海啸等自然灾害问题。新中国成立后，毛主席、周总理也曾安排中科院、水利部等研究如何提前预测大江大河的洪水问题。"

慈祥的老人很热情，问我还有什么问题。我不再拘谨，直言不讳地说："我小的时候，家乡的农民爱听广播里的天气预报，每当天气预报不准时，老百姓总是骂广播里骗人，在听说是气象台发出的预报，大家不再骂广播……"

老人没在乎我的直率，继续解释："过去，由于条件限制，那时缺乏气象卫星的高科技气象分析，天气预报的准确度相对低些。现在就好了，一般可以提前 1 个月，甚至更长时间准确地预报出天气的变化。当然，随着科学技术的发展，不久的将来，也可能会提前几个月，半年，或者 1 年预测出天气的变化。到那时，也可能提前 1 年或几年预报哪条江河什么时候会不会涨大水，那只能是将来的事……"

在以后的日子里，围绕着这个问题，我的心情仍不轻松。一个县，平均每年投入防汛的资金 200 万元，沿淮和淮河流域共 5 省 36 个市（地）180 个县，总投入可能要超过 10 个亿。10 个亿，多么令人震撼的数字。

"狼来了！……未雨绸缪。"必须年年都要认真对待的大事。

最近，我在王家坝采访，只见一辆辆满载着草袋、尼龙袋、木桩、毛竹……的卡车正向这里驶来。

……

这是"狼来了！……"的象征。

这是"未雨绸缪"的答卷。

据新华社电，来自淮河防汛总指挥部的消息说，去冬今春以来，淮河流域天气变化较大，降雨较常年同期偏多，根据国家气象部门的预测，淮河流域今年气象整体形势复杂多变，防汛形势不容乐观。

淮河防总常务副总指挥、水利部淮河水利委员会主任钱敏介绍说，根据国家气象部门预测，2006 年极端天气气候事件较常年同期偏多，主要多雨带可能出现在华北南部至长江中下游之间。淮河流域地处长江黄河之间，流域气象形势复杂多变，洪涝灾害将时有发生。目前，沿淮 19 项骨干工程建设工作全面铺开，在建工程度汛安全问题尤为突出。

今年淮河流域防汛工作的主要目标是：以确保人民群众生命安全为首要任务，遇防洪标准内的洪水，确保淮北大堤、洪泽湖及里运河大堤、新沂河大堤等重要堤防、大型和重点中型水库、大中城市及主要交通干线的防洪安全，力保中小河流、中小型水库安全度汛；遇超标准洪水按应急方案主动防御，最大限度地减轻灾害造成的损失。

这是官方发布的权威信息。

这也是每年必不可缺的汛前公告。其内容大同小异。不变的主题是："狼来了！未雨绸缪……"

第十二章

——

惊心动魄的 2003

2003 年夏，正当全国人民战胜非典疫情，全力建设小康社会的关键时刻，暴雨，大暴雨，特大暴雨无情地倾泻在江淮大地，淮河流域又一次发生了特大洪水。豆肥稻菽的田畴被淹，生机盎然的家园被毁，洪水滔滔，浊浪滚滚，一场惊心动魄的抗洪抢险战斗如火如荼……

2003 年夏，正当全国人民战胜非典疫情，全力建设小康社会的关键时刻，暴雨、特大暴雨无情地倾泻在淮河大地，淮河流域发生了又一次特大洪水。豆肥稻菽的田畴被淹，生机盎然的家园被毁，洪水滔滔，浊浪滚滚，一场惊心动魄的抗洪抢险的帷幕拉开……

6 月 29 日，淮、洪河流域骤降大暴雨。阜南境内平均降雨量 100 毫米。7 月 2 日达 107 毫米。6 月 29 日 8 时至 7 月 4 日 8 时，阜南降雨量 322.9 毫米，曹台孜最大雨量 359.5 毫米，连续 5 天大雨滂沱，河水陡涨。

6 月 30 日 2 时至 23 时，21 小时内，淮河王家坝水位从 25.29 米上涨到 27.21 米。至 7 月 3 日 1 时奉命开闸蓄洪仅 56 小时，水位上涨至 29.39 米，超保证水位 0.39 米，上涨 3.39 米，4 时洪峰水位 29.42 米，涨势之快，历史罕见。

洪河方集水位也急速上涨，从 6 月 30 日 8 时 27.07 米，至 23 时 29.08 米，即超设防水位。7月3日14时即达最高洪峰水位31.70米，超保证水位0.3米。

同时，内河水位也节节上升，3日均超汛限水位，其中谷河、润河超保证水位1米左右。

外洪内涝，沿河洼地一片汪洋。全县150万亩农作物遭受涝灾，成灾135万亩，绝收82万亩，受灾人口135万人。全县上下笼罩在水的氤氲中。

王家坝告急，蒙洼告急，内河告急！……

国家防总明传，省委、省政府明传，淮河防总明传，省水利厅明传，市委、市政府明传，一份接一份传来。

北京电话，合肥电话，阜阳电话，各水文站电话，一个接一个打来。

县长葛启凡，不停地传阅明传，接听电话。

葛启凡神情凝重。几天来，中央电视台、安徽电视台、河南电视台的天气预报节目是他一次也不能拉下的必看节目。6月30日中午，他正在陪一位上级部门领导就餐，一看时间，悄悄走出去，人们等了好久不见他回来，后看他正在一台电视机前专注地看天气预报——此时他已预感到一场抗洪抢险的战斗即将打响。

这是大自然的挑战！

这是一场特殊的厮杀！

……

自6月21日以来，淮河中上游流域出现持续降雨，降雨量一般在120～160毫米。受降雨影响，淮河干流水位持续上涨。7月2日8时，淮河上游干流息县水文站洪峰水位41.66米，超警戒水位0.16米。洪峰直扑王家坝。此时淮河的滔滔洪水通过卫星屏幕正出现在中南海中央领导的眼前。7月2日，中共中央政治局常委、国务院总理温家宝对当前淮河防汛抗洪作出重要指示，提出了四点要求：一是要确保人民生命安全；二是要最大限度地减少财产损失；三是要从全局出发，兼顾上下游、左右岸利益；四是要强化领导，紧张有序，忙而不乱，扎扎实实地抓好防汛抗洪工作。

此时，协调河南和安徽两省的难题摆在了刚刚于6月1日才成立的淮河防汛总指挥部的面前。

6月29日，一场暴雨再次袭向淮河流域，淮河水位突然上升。雨下到7月2日上午又停了，太阳也出来了。正当人们可以松一口气时，淮河水位突然开始迅猛上涨，最快的时候每小时涨 7 厘米，平均涨速将近每小时 4 厘米。洪水来势之快，令人吃惊。

面对骤然而涨的洪水，河南省防汛总指挥部一方面不断打电话提醒淮河防总注意王家坝水位；一方面派人到现场严密监测，要求及时启用蒙洼蓄洪。

7 月 2 日下午 3 点 50 分，王家坝水位达到防洪预案规定的启用蒙洼蓄洪区的启用标准 29 米时，河南省给国家防总发出了由副省长吕德彬签发的明传电报——《河南省防指关于开启王家坝进洪闸向蒙洼蓄洪区分洪的请示》。电报称：根据国家防总下达的《淮河洪水调度方案》，鉴于我省目前严重的防汛形势，请求淮河防总下达命令，开启王家坝进洪闸向蒙洼蓄洪区分洪。电报发过来后，河南省水利厅厅长又打电话给淮河防总常务副总指挥（淮河水利委员会主任兼职）钱敏，请求尽快开闸蓄洪。淮河防总则紧急起草一份《蒙洼蓄洪区运用意见》上报国家防总。

洪水依然快速上涨，到傍晚时已达 29.3 米。

晚上 9 时，国家防总总指挥、国务院副总理回良玉召集相关各方进行异地会商。20 点 55 分，回良玉提前到达北京主会场，钱敏和淮河防总的人员在蚌埠分会场，安徽省省长王金山在合肥分会场，河南等其余各省的领导们则守在各自的电话机旁等待结果。各方领导身后都坐着各自的专家团。北京、合肥、蚌埠、郑州等都处于洪水欲来风满楼的气氛中……

其时，王家坝水位已涨到 29.33 米。

会上，淮河防总称，按原来规定，王家坝开闸的水位是 29 米，但由于近几年国家投资加固了淮河河南省境内的河圩，同时，废掉了 3 个滞洪区（居民整体搬迁），使河南省境内的泄洪能力得到了加强，另外，考虑到具体的雨情和水情，所以，建议将开闸水位定在 29.3 米。

安徽方面说：能不能不用蒙洼？如果实在要用的话，请最后再给一次机会让我们坚守到 29.42 米，如果到时候水还上涨的话再开闸……

河南方面说：国家防总有防洪预案，预案上规定得明明白白，开闸时间还往后推吗？……

会场空气顿时出现短时凝固。过了一会儿，安徽分会场的可视系统被切换，由国家防总和淮河防总进行单独会商。

约半小时后，可视系统重新切回，国家防总总指挥、国务院副总理回良玉宣布：原则上同意开闸放水，但具体怎么操作，开几孔闸门，流量控制到多大，由淮河防总决定。

眼看启用蒙洼的决定已是不容商量。近22时，安徽防汛指挥部请求：虽然我们要求居民在下午6点前撤出蒙洼蓄洪区，因面广人多，请让我们在22点至24点之间对蒙洼再进行一次地毯式的搜查，确保不死一个人。

这时候，天空中突然又下起了大雨，情况更加危急，国家防总经过慎重考虑后同意了安徽的请求。

22点至24点，仅仅两个小时——120分钟……

蒙洼——180多平方公里，100多个庄台，19142需要转移的人能都一个不漏地转移吗？……

与洪水多次较量并取得一定经验的安徽省领导，阜阳市领导，阜南县领导在国家防总做出决定前，根据雨情、水情，从7月2日6时，王家坝水位达28.67米，超警戒水位2.17米时，就开始动员蒙洼各乡镇紧急行动，迅速组织人员搬迁。

8时许，阜南县防指根据省、市指示，先后下达10道命令，抽调近百名县直机关干部，从北部13个乡镇紧急调动4000名党员干部和基干民兵，帮助蒙洼群众紧急转移。

9时许，阜阳市委书记胡连松、市人大副主任王春魁、县长葛启凡在王家坝听取蒙洼抗洪抢险及蓄洪前准备情况汇报。

9时40分，省防指总指挥、副省长赵树丛，副总指挥王首萌、吴存荣紧急赶赴王家坝防汛第一线，指导防汛抗洪，督促蒙洼群众转移。

13时，王家坝水位达29.03米，超过保证水位0.03米，洪水来势异常迅猛。

15时30分，省长王金山就淮河防汛抗洪抢险提出具体要求。

此刻，省、市、县淮河防汛紧急现场会议正在王家坝闸管理所的防汛会商室里召开。在7月3日之前，舆论对于这场洪水的评述是"1996年以来的最大洪水"。但随着王家坝站水情信息，一小时一次刷新、上蹿，人们很快发现，这场洪水的来势可能要比想象中凶猛得多，人们担忧：淮河会不会再现1991年大水？蒙洼会不会真的要启用？……

蒙洼，你牵动了多少人的心？！

近万名县乡党员干部拿着手电筒和小喇叭进入了蒙洼，灯光闪烁，人声鼎沸。

22点12分，淮河防总常务副指挥钱敏签署2003年第01号调度命令：在7月3日凌晨1时王家坝闸蓄洪。

此令一出，在合肥的安徽省委书记王太华再也坐不住了，他说："我现在就赶往王家坝去。"

省长王金山立刻说："洪水面前，行政首长负总责，我是省长，还是我去吧！"

……

24时，搜查人员确定蒙洼内再没有人后，关闭了蒙洼的所有通道。

接近凌晨1点，王家坝水位已达29.39米。而此时，雨还在下，大堤上一片漆黑。一会儿后，人们将汽车灯打开，近5000人涌在大堤旁。

还差10分钟就到1点了，安徽省副省长赵树丛举着信号枪出现在大坝两侧。风雨中，人们屏住呼吸，凝视着洪水，坚守着仅有的宁静。1点6分，信号枪终于在风雨中鸣响。

王家坝开闸后，凶猛的洪水翻腾着扑向蒙洼大地。很快，蒙洼一片汪洋，126座庄台犹如126个孤岛……在场的省、市、县领导和群众没有一点轻松，而是一直守到天明。一个个木木的脸上写着无奈与沮丧……

撤离就是命令！2日22时40分，接到国家防总下达的开闸蓄洪命令，省、市、县严格按照命令要求，再次进行紧急部署安排。此时离开闸只有两个半小时。不能让一个群众落下，夤夜，伸手不见五指；风雨，交织着横扫着大地。省、市、县、乡、村数千名干部和党员毫不犹豫地冲进风雨中，进行第三次拉网式大清查，摔倒了，再爬起来；漏掉了一家，又转回去，不漏一户，不漏一间屋，不漏一个人，反复清查，一户户，一个人一个人地核对，确保了蓄洪时无一人伤亡。

这一夜，16个小时内紧急搬迁转移19142人。其中撤至安全庄台上8508人，淮河大堤上8030人，蒙洼大堤上2604人。

当完成人员撤离转移时已是深夜零点，阜南县委常委、常务副县长杨文久在王家坝前的风雨中接受中央电视台、中央人民广播电台的记者现场采访，郑重宣布：到此为止，蒙洼蓄洪区四个乡镇，在洼地居住的19142名群众，已全部转移到安全庄台和堤坝上。

　　这里要记述的还有，当数千名干部党员忙于蓄洪区内群众撤离转移的同时，开闸前的具体工作也在争分夺秒地进行着。

　　7 月 2 日晚 22 时，王家坝淮河水位 29.32 米，淮河上游仍在不停地降雨。

　　蒙洼堤防正经受着特大洪水的考验，也时刻考验着人们的心理防线。

　　汛情如军情，军情如山倒。此时，阜南县防指会商室内，人人表情严肃，个个心情沉重，气氛异常紧张。国家防总、淮委、省、市及有关省市和部门正在通过电视电话系统进行紧急会商。一个事关淮河防汛大局、事关阜南蒙洼地区 15.2 万人生命财产安全的重大决策即将出台。

　　22 时 40 分，当淮河防总常务副指挥钱敏正式下达王家坝闸 7 月 3 日凌晨 1 时开闸蓄洪前，阜南县蓄洪前的准备工作已经到了白热化程度。县长葛启凡一边看着面前的蒙洼蓄洪区地图，一边翻着笔记本，凝神沉思，奋笔疾书，一项项，一条条，逐字逐句，细而又细，丝丝缕缕，分分秒秒……

　　这是一个不眠之夜。夜幕笼罩下的王家坝闸两端，可以用“人山人海”来形容。人们的脸上都是沉重。在没有正式开闸蓄洪之前，为保证王家坝这座病险闸的安全，防止洪水把闸门压翻，省、市、县水利专家组决定，紧急向闸门底部下压三层装满石子的沙袋；王家坝闸门闸顶高程 29 米，上面有 0.3 米的叠梁。为防止洪水漫溢，闸门的叠梁上面又迅速加上 20 厘米的沙袋。

　　倾盆的暴雨，咆哮的洪水，指挥员坚定的神情，紧张有序的启动准备和抢险工作……在云集的媒体记者闪光灯中定格。

　　2 日 24 时，经过再次确认，需要转移的 19142 人全部转移到安全地带后，紧急报警系统启动，警报声在蒙洼上空久久回荡。这是王家坝闸建闸 50 年来第 13 次开闸蓄洪，也是 50 年来开闸蓄洪水位最高的一次。

　　王家坝开闸蓄洪后，淮河削峰的效果非常明显。56 小时后，蒙洼进洪 2.03 亿立方米。7 月 4 日 12 时，王家坝水位由 7 月 3 日 1 时的 29.39 米，回落至 28.99 米，低于保证水位，大大减轻了淮河上下游防洪的压力。

　　寝食难安的河南省领导松了口气。

　　蒙洼地区 19142 人却居住在一排排临时帐篷里。

　　180 多平方公里的蒙洼一片汪洋，洪水滔滔。

　　牺牲，奉献，舍小家顾大家，舍局部保全局，是来自北京、合肥、阜阳的各级领导和 100 多家新闻媒体给予王家坝—蒙洼人民的赞扬、解释和安慰。

帐篷、食品、药品，灾区人民所需要的物资正源源不断地从四面八方运往这里。

精神上的安慰，物质上的支持，使 10 多万蒙洼人民备受感激。他们好像忘记了蓄洪后的数亿元损失。其实他们永远也不会忘记。

这就是王家坝的风采。

这就是蒙洼人民的胸怀。

更让王家坝—蒙洼人民不能忘怀的是，7 月 2 日下午，也就是淮河汛情特级报告刚刚送到中共中央办公厅，中共中央总书记胡锦涛先后打电话给安徽省委书记王太华、省长王金山和水利部部长汪恕诚，指示各级党委、政府，一定要加强领导，靠前指挥，科学调度，强化措施，千方百计战胜洪水，确保广大人民群众的生命安全，确保淮北大堤、京沪、京九铁路安全，把灾害造成的损失减少到最低程度。同时转达他对灾区广大干群的慰问……

7 月 3 日 4 时 12 分，第一次洪峰顺利通过王家坝，洪峰水位 29.42 米，列有资料记录以来的第 6 位，流量 6400 立方米／秒，列有资料记录以来的第 7 位。接着，王家坝水位缓慢回落。

7 月 2 日晚，地处洪河入淮口的洪河桥镇张沃村大儿庄段发现险情，在新老堤结合处出现堤坝纵向斜裂，深度无法确定，此处堤外无滩地，堤内有水塘，是历年防汛的重要险段，如不及时排除险情，后果将不堪设想。险情就是命令。县、镇、村干部和技术人员赶来了，党员突击队赶来了。经勘察分析，指挥部决定在洪堤内侧加筑长 95 米、宽 12 米、高 2 米的戗堤，同时，迅速准备两艘货船和 1000 吨块石，并对堤身裂缝进行分层夯实处理，务必于 7 月 5 日 12 时完成任务。命令一下，包点干部、共产党员唐运广第一个跳入水中清除堤坝树木等障碍物。水流太急，他就用绳子拴在腰上在水中作业。接着全村党员干部也纷纷跳进水中一起战斗。民兵突击队和 300 多名抢险民工先后赶到，一场紧张的抢险战斗连夜打响了。39 名党员、28 名村干部个个冲锋在前，连续奋战两天两夜没合眼的唐运广在运抢险石料中头部被撞伤，鲜血直流，他用手帕沾了一下头上的血迹，又投入战斗。大堤的安全时刻牵动着各级领导的心，听说大堤出现险情，7 月 5 日上午，正在视察淮河防汛和抗洪抢险的中共中央政治局委员、国务院副总理回良玉，国务院副秘书长汪洋，水利部部长汪恕诚及安徽省省长王金山，阜阳市委书记胡连松等领导乘冲锋舟专程赶到大儿庄抢险现场，看望一线的干部群众，极大地鼓舞了参战干群的斗志，73 岁的徐世友老人主动参加抢险。7 月 5 日 12 时前完成了除险任务，保证了大堤的安全。

　　7 月 3 日上午 10 时许，方集镇范湾村果头段洪河大堤出险，穿堤漏洞翻砂鼓水，情况十分危急。村党支部书记王志林第一个赶到现场，随后赶来 400 多名抢险民工，跑在最前面的是 21 名党员和村干部。王志林率先跳入湍急的水中，冒着生命危险查找洞口，随后党员们一个个争先恐后跳下水，在漏洞处筑起人墙。后又赶来 400 多名抢险民工立即展开一场填实墙洞的紧张战斗。现场指挥的县委副书记宁传林、王伟也一道并肩作战，历经 10 多个小时的奋战，大堤化险为夷。当时王伟因水土不服，正在闹肚子。但他仍奋不顾身地跳进洪水里和民工们一起战斗。由于过度劳累，身体虚弱，战斗结束时，王伟脸色苍白，晕倒在水里，被架上岸立即打点滴，才慢慢苏醒，在场的民工都非常感动。

　　王家坝淮河水位继续回落。

　　然而，防汛抗洪大军还没有来得及喘口气，7 月 8 日又一场暴雨接踵而至，息县、潢川、淮滨、阜南等又连降暴雨，阜南降雨 145.8 毫米，王家坝水位立即又止落回涨。王家坝—蒙洼—阜南县再一次成为上上下下和各方媒体关注的焦点。

　　7 月 10 日晚 23 时，王家坝水位已涨至 28.79 米，淮河上游来水凶猛，中游已超历史最高水位，淮南山区五大水库均超汛限水位。

　　淮河再次进入防汛紧急状态。

　　上游的洪水仍在继续上涨。

　　中游的洪水也在不断攀升。

　　根据气象和雨情、水情综合分析，7 月 10 日晚 23 时 30 分，国家防总、淮委、省、市防指与专家再次紧急会商后，国家和淮河防总第二次下达王家坝开闸蓄洪命令。11 日 2 时 36 分，王家坝闸再次开启分洪，完成了它第 11 个年份第 14 次蓄洪的历史使命。

　　再次蓄洪 5.6 亿立方米的蒙洼蓄洪区一片汪洋，126 个庄台犹如 126 个岛屿。岛上，群众在，干部在，党员在，大家互相关心，情同手足。整个蒙洼，

11 个湾区乡镇以及全县 3 万多名共产党员，在县委、县政府领导下，开展了争做"抗洪堡垒支部"和"我为党旗添光彩""一个支部一个堡垒，一个党员一面旗帜"的活动，广大干群再次体会到风雨同舟、患难与共的炽热亲情，刻下了"洪水无情人有情，党和人民一条心"的深刻烙印。

7 月 3 日凌晨 4 时 20 分，在合肥刚刚参加过与国家防总电视电话会商会的省委书记王太华、省长王金山一行冒雨连夜赶到王家坝，视察蒙洼蓄洪区的抗洪抢险工作。王太华、王金山要求市县各级党委、政府，要把抗洪抢险和救灾的各项工作做得"细之又细，实之又实，严之又严"，真正做到"群众无怨，干部无悔"。

……

洪峰一次又一次通过王家坝。可怕的是大别山区的第二轮强降雨又形成，其洪峰主要来自淮河干流和干流南侧的史灌河、淠河等支流。

梅山水库水位一天暴涨 6.2 米。淮河干流、淠河、史灌河洪峰迅速形成，矛头直指三河汇聚地——正阳关。一旦正阳关水位超过 26.5 米的保证水位，必将造成淮河干流全线告急。

国家防总、淮河防总、安徽防指异地会商并达成共识：必须想方设法让干流来水与史灌河、淠河洪水错峰。

此时，大别山区五大水库全部超过汛限水位，且水库水位仍在上涨，在迫不得已时水库将加大泄洪流量。梅山水库也难再憋，否则下泄流量超过 1500 米／秒，附近的金寨县城将难保。

面对严峻的形势，国家防总、淮河防总、安徽省防指紧张有序，迅速采取措施：7 月 11 日 1 时，关闭响洪甸水库泄洪隧洞，停止泄洪，使淠河洪水与淮河干流错峰。

2 时 36 分，王家坝闸二次开启再让蒙洼削峰蓄洪，减少干流洪水压力。

6 时 10 分，压缩阜阳闸流量，再次启用茨淮新河，把颍河水直接分洪至蚌埠涡河口，减轻正阳关压力。

由于洪水超标过大，三项措施实施后，淮河洪水依然来势汹汹。经与国家防总、淮河防总会商，安徽防指决定：启用邱家湖行洪区和城东湖蓄洪区，进一步消减淮干的洪峰。

12 时 30 分，邱家湖行洪。

14 时 35 分，城东湖行洪。

由于佛子岭水库正在加固，无法更大程度地拦截淠河洪水，这样干支流来水叠加，流量近 9000 立方米 / 秒，而正阳关安全过洪流量只有 7500 ～ 8000 立方米 / 秒。

怎么办？一个又一个问号在安徽省防指副指挥长、安徽省水利厅厅长吴存荣的脑海中萦绕，一个又一个数据在他的心中权衡。

时间就是生命。

经过专家组反复慎重会商，鉴于城东湖群众已全部转移，加大城东湖分洪流量，流量从 800 立方米 / 秒增加到 1200 立方米 / 秒，直至最大流量 1600 立方米 / 秒。

18 时 30 分，省防指下令关闭梅山水库，为淮干错峰。

21 时 15 分，省防指下令全开茨河铺闸，启用茨淮新河分洪。

正阳关水位依然在涨，但涨势似乎有所减弱。

下午 19 时，正阳关水位自动仪显示，水位达到历史最高 26.8 米。

僵持，令人窒息的僵持。这是物质的较量，也是智慧的较量，更是意志的较量。

在经过 8 个小时对峙后，正阳关水位在凌晨 2 时降了可贵的 1 厘米。至此，从王家坝一个接一个洪峰在科学的调度中接二连三地顺利通过正阳关。

紧接着，滔滔洪水又在运筹帷幄中通过了洪泽湖，磕磕绊绊地汇入了东海。

……

事实再一次雄辩地说明，洪水是可以战胜的。王家坝—蒙洼蓄洪区人民在 2003 年淮河抗洪抢险中又一次作出两次蓄洪的重大牺牲，也书写了抗击自然灾害最动人的华章，受到了党中央、全国人大常委会和国务院领导的亲切关怀和殷切期望。

惊心动魄的 2003 年过去了。

这一年的淮河抗洪抢险，许多地方都是有惊无伤，唯有阜南县，尤其是王家坝—蒙洼蓄洪区人民却付出了沉重的代价。因为，王家坝顶在枪口上。特殊的地理位置，这样的结果今后还可能不可避免。值得庆幸的是：中南海没有忘记，党中央、国务院没有忘记。

王家坝永远铭记。

王家坝永不气馁。

王家坝的明天更绚丽。

……

第十三章

——

该死的老天爷

　　淮水滔滔，红旗猎猎。2007 年 7 月 2 日，受上游来水及区域降雨影响，素为淮河洪水"风向标"的王家坝水位陡涨，淮河防汛抗洪进入紧急关头。地毯式拉网，日夜死看硬守，传统的人海战术；拦洪、削峰、错峰，现代化科学调度。再次书写顽强，无奈，奉献，牺牲……

　　是历史轮回，还是老天爷造孽，被国人称之为最难治理的淮河，2007 年 7 月又一次暴发 1954 年以来全流域最大洪水。"千里淮河第一闸"的安徽省阜南县王家坝首当其冲，按照国家防总命令，最先于 7 月 10 日 12 时 28 分开闸分洪，蒙洼蓄洪区实施了建闸以来第 15 次蓄洪。15.78 万蒙洼人又以"舍小家，保大家"的奉献精神与洪水展开一场殊死的厮杀和决战。

　　这是灵与肉的搏斗。

　　这是生与死的较量。

　　这是……

　　没有硝烟。也没有炮火。但面对全流域数千平方公里 200 多亿立方汹涌而来的洪水，其残酷不亚于一场烽烟弥漫的战争。战争，往往讲究兵法、策略。尤其是现代化战争，在高科技装备下，一般先进行侦察，制定作战方案，实施远距离打击，空中轰炸，压阵的才是地面搜索和面对面的肉搏。洪水肆虐时是不讲套路的。尤其是决口、破堤造成的后果，古今中外触目惊心。新中国成立以来，最令人震惊的就是淮河流域 1975 年 8 月板桥水库垮坝失事死亡数万人和几百亿经济损失的惨痛教训。

6 月，大家不愿面对的气象条件一步步向淮河人民逼近。一种不祥之兆压在地处"两头翘"的淮河中游安徽省上上下下领导，以及处于特殊位置的王家坝人的心头，成为挥之不去的"心病"。月末，连绵不断的持续降雨，在"6、7、8，洪水发"这种不是自然规律胜似自然规律的不寻常日子里，党中央、国务院和淮河人民预感到老天爷可能要撕破脸皮施展淫威，淮河流域将要进行一场抗洪抢险的恶仗。刚刚进入 7 月，淮河流域先后普遍降雨，部分地区大到暴雨。根据气象预报，国家防总宣布淮河流域进入主汛期，豫皖苏鲁立即启动预警方案。大家正厉兵秣马日以继夜地备战时，淮河流域再次出现强降雨，沿淮、淮北和洪泽湖周边，部分地区暴雨到大暴雨。豫皖苏鲁几乎同时发布了暴雨橙色预警，拉开了淮河流域抗洪抢险的帷幕。随着中央气象台发布的气象和雨情报告，素有淮河防汛抗洪"风向标"的王家坝再次被推向抗洪抢险的最前沿，成为世人注目的焦点。

特殊的地理、气象等原因，每年进入 6、7、8 三个月，淮河流域几乎都要发生或大或小的汛情与洪水。早在 3、4 月，气象和水利专家就预言淮河流域今年可能要暴发洪水，提醒各地未雨绸缪，提前做好防汛抗洪准备工作。虽然是老生常谈，但对于经历多次淮河抗洪抢险战斗的安徽省各级领导，尤其是饱尝水患之苦的阜阳市、阜南县上上下下"防大汛，抗大洪"的弦早在脑子里绷得紧紧的。至于地处淮河岸边的王家坝，从领导到百姓，从大人到小孩几乎都处于谈水色变的敏感状态，不但每天的天气预报一定要看，只要是大雨来临，防汛和抗洪的可能立刻会在潜意识里闪现，除了抓紧时间拼命抢收成熟的庄稼，还要挤时间到淮河岸边看水情。只要进入 7 月，只要天气预报有雨，只要是下雨天，尤其是上游的大到暴雨，王家坝就自动进入了临战状态。这时，当你走进王家坝时，眼前是人心惶惶，行色匆匆，连天加夜地不停忙乎。为了抢时间，很多人家都把小孩锁在屋里睡觉，带上工具，带着马灯或者手电筒不分昼夜地到几里甚至十几里外的地里不是忙收就是忙运，饿了吃些干粮，渴了喝些白开水，困了就地和衣而睡。当过 20 多年王家坝村党支部书记，年过花甲的老人王庆山深沉地说："每年进入汛期，王家坝人就整天看着老天爷的脸提心吊胆地熬日子，特别是 7 月，夜里尽做些不是洪水来了就是开闸蓄洪的噩梦……"

这就是王家坝人的生活。

这就是蒙洼人的心声。

困惑，无奈，期盼……

"狼来了，狼来了！……"每年的 6 月就开始呐喊。

"狼来了，狼来了！……"呐喊声中，有时狼并没有来。到了 9 月人们悬着的心才能渐渐平静。

然而，也有反常的时候。1996 年的 10 月中旬，已经接近冬季，淮河上中游又普降大雨，淮河水位陡涨，超过警戒水位，王家坝经历了将要开闸分洪的险情。省市县乡兴师动众组织几百名干部和几万名民工日夜守护在淮北大堤上，直到洪峰顺利通过王家坝大家才松了一口气。

桀骜不驯的淮河就是如此刁钻，有时又那么暴戾。

"狼来了，狼来了！……"今年，专家们的呐喊会应验吗？

经过高科技对气象水文资料的精确分析，专家们会商，淮河全流域洪水已不可置疑。

7 月 4 日，阜南县县领导在淮河王家坝防汛紧急会议上说："从 7 月 1 日到 3 日，淮河王家坝水位迅猛上涨，3 天涨了 6 米多，全县已启动了防汛应急预案。"

从皖南山区到淮北平原刚刚上任 1 年的县委书记倪建胜虽然还不完全熟悉淮河的情况，却有着惊人的胆识与毅力。他说："在党中央、国务院和省市委正确领导下，我们一定认真贯彻落实胡锦涛总书记和温家宝总理关于淮河防汛抗洪的重要指示精神，坚持科学发展观，以人为本，万众一心，夺取抗洪抢险全面胜利。"

2007 年淮河抗洪抢险的战斗在王家坝打响。

阜阳电传。

合肥电传。

北京电传。

电传，一份接一份，络绎不绝。

电话，一个连一个，万分紧急。

节奏最快，频率最高的主要是：

"王家坝现在的水位多少？"

"27.68 米，超警戒水位 0.63 米。"

"指挥人员到岗没有？"

"已全部到岗，正紧张运作。"

"上堤民工多少？"

"26850 人，日夜巡查，寸步不离。"

……

从 7 月 1 日起，县领导就搬到王家坝办公，和指挥部全体同志一起同吃同住，察看堤坝，了解水情，和有关专家与技术人员研究分析具体抗洪抢险的实施方案，经常从早晨忙到深夜。有时遇到重大险情，亲自到现场指挥参加战斗。不能按时吃饭是常事。有时还要工作通宵。省人大常委会副主任、阜阳市委书记胡连松，自从王家坝超警戒水位，几乎每天都要驱车赶往王家坝察看水情，看望护堤的广大民工。阜阳市市长孙云飞，既要指挥全市的防汛抗洪战斗，还要挤时间赶往王家坝了解情况，协调淮委和河南省信阳、淮滨等市县及有关部门的关系，及时通报上中下游的雨情水情，为科学决策，合理调度提供第一手资料。战斗在百里淮堤上的 2 万多名民工睡着窝棚，吃着干粮，日夜在巍巍长堤上仔细查巡，哪里有没有裂缝？哪里有没有管涌口？分分毫毫，点点滴滴，一寸不漏。察看水情的同志，哪怕正下着瓢泼大雨，都要一秒不差地准时察看，认真记录，并及时反馈到有关部门……

随着王家坝水位继续上涨，淮河防汛抗洪的形势日趋严峻。当中央气象台天气预报随着王家坝的小点儿不断闪烁，人们的目光再一次投向王家坝。

7 月 5 日下午，中共中央政治局委员、国务院副总理回良玉受胡锦涛总书记、温家宝总理委派，率领国家有关部委和武警部队领导在省委书记郭金龙等省市领导陪同下，深入王家坝察看汛情，并就未来淮河流域汛情要求沿淮人民振奋精神、积极做好迎战更大洪峰的思想准备和物资准备，坚决夺取淮河抗洪抢险的胜利，把灾害造成的损失减少到最低程度。

在中央、省、市领导的关怀支持下，王家坝灯火通明，秩序井然。堤坎上，庄台上，一面面印着党徽和突击队字样的红旗鲜艳夺目，熠熠生辉。随着洪水的继续上涨，王家坝闸可能要开闸和蒙洼蓄洪区将要蓄洪的信息一天天逼近，面临着搬迁和转移的近 16 万蒙洼人从容应对。许多人望着自家的房屋可能会被洪水冲倒，和18万亩绿油油丰收在望的庄稼即将被滚滚洪水吞噬时，那种无奈和茫然在"舍小家，保大家"的精神鼓舞下，也难免生出缕缕"7月，该死的老天爷！……"的诅咒与叹息。

随着淮河流域持续性降雨，特别是上游的大雨，暴雨，大暴雨，作为上游洪水下泄总通道的王家坝备受关注。7月3日，省委书记郭金龙和省委常委、副省长赵树丛冒雨赶往王家坝察看水情，研究抗洪抢险方案。面对一直上涨的洪水和上游汹涌的来水，郭金龙语重心长地对市县乡领导同志说："据气象和水利部门预测，未来一段时间，淮河流域将有持续强降雨，我们一定要百倍警惕，全党动员，全民发动，以人为本，科学调度，坚决夺取抗洪抢险的胜利。"

老天爷仍在肆无忌惮的大雨倾盆。

王家坝水位不停地往上涨。省委书记郭金龙又风尘仆仆地赶往王家坝，一下车就朝大闸奔去，眺望着淮河对岸河南省一望无际的汹涌大水，又回望身后10多万亩蒙洼蓄洪区，对身旁的市县领导说："抓紧时间动员蓄洪区的人民，做好开闸蓄洪的准备，大局为重，大局为重。"

国家水利部副部长矫勇率工作组也从北京星夜赶来。面对一直上涨的滔滔洪水，矫勇神情凝重地说："王家坝又要作出牺牲。"这是第十几次牺牲，作为水利战线上专家型的领导者，他的心里非常清楚。

时间在一分一秒地流逝。

王家坝的水位在一毫一厘地上涨。

一分一秒，一厘一毫，在平常的日子里在人们的眼里只是白驹过隙，稍纵即逝。但此时，人们的心里却异常沉重，恨不得时光倒流，水位下降，哪怕是万分之一秒之一厘之一毫，也是多么的珍贵……

然而，这只是人们的愿望。老天爷，不，大自然不会理会这一套。雨，照样在下；水，照样在涨……好像看不见的魔网笼罩在高高的苍穹，又好像觉不着的利刃刺在人们的心头。

这是一种特殊的战场。卫星探测，电子眼跟踪，计算机分析……只能是预测，当排山倒海的洪水发生和袭来时，什么样的高科技通通无济于事。

……

现实是残酷的。数十几亿立方米的洪水会给人们带来灭顶之灾。

时间就是生命。7月10日12时28分，根据国家防总命令，王家坝开闸分洪。

期待，当王家坝水位达到 29.35 米时，在场的省市县乡领导和王家坝人民的眼睛还目不转睛地盯着闸门旁边的标尺。那一刻，人们好像要喘不过气来，甚至屏住呼吸瞅着以厘以毫显现的红杠杠。

"天啊，水位千万别升了。"

"天啊，该降下一点儿吧！"

"天啊，降吧！一毫，一厘，就那么一点儿，闸门就不需要开了。"

……

然而，期待、宽容，一切都姗姗来迟。

北京。中南海。水利部。从 7 月 9 日上午到 10 日上午，国家防总共召开 5 次高规格的会商会，会议的焦点是要不要王家坝开闸启用蒙洼蓄洪区。

9 日深夜，国家防总办公室的值班室里灯火通明。淮河干流王家坝的水位牵动着每个人的心，许多同志彻夜未眠。王家坝是淮河防汛的"风向标"，在它以上的淮河上游，水位落差 178 米，坡陡水急，倾盆而泻，防洪压力特大。

国家防总副总指挥、水利部部长陈雷主持国家防总会商会，研究王家坝开闸蒙洼蓄洪区运用有关问题。

作为决策者，人们的神情都那么凝重。陈部长环视大家，意思是请大家充分发表意见。会场里异常宁静，大家互相注视着，眼神里都是同样的期待与庄重。期待的和正处于王家坝抗洪前线的各级领导、专家和老百姓的一样，希望王家坝的水位能够回落。

"防汛抗洪决策难，最大的难就难在行蓄洪区里居住着广大群众。需要科学决策，慎之又慎。"这是国家防总秘书长、水利部副部长鄂竟平的发言。

防汛抗洪调度决策的难度，还体现在雨情水情预测预报上。水文、气象部门 24 小时实时监测水雨情，洪峰推进演算也在紧张进行。"能不能再计算一次，精度再准确些，力求万无一失。"一位专家再一次郑重提示。

"对，再计算一次。"另一位专家立即附和。

"对，再计算一次。"又一位专家点头称是。

"再计算一次。"

……

再演算的结果出来了，10 日 8 时水文部门根据演算数据判断：10 日 12 时王家坝水位将达到分洪水位 29.3 米，11 日 14 时王家坝将出现 29.6 米以上的高洪峰水位。按照这个数据，如果王家坝水位超过 29.3 米不分洪，不但王家坝淮河堤防全部超保证水位，随时都有决堤行洪的危险，上游河南省淮河、白露河 14 个圩区的 42 万人的生命财产也危在旦夕，40.4 万亩耕地也将淹没在大水中。权衡利弊，最终果断决定：王家坝立即开闸实施蒙洼蓄洪区蓄洪。

会商结果和命令传到惊涛骇浪的王家坝。在"舍小家，保大家"的精神鼓舞下，王家坝 13 孔闸门迅速开启，汹涌的洪流像脱缰的野马向蒙洼蓄洪区奔去。广袤的蒙洼大地，波涛滚滚，浊浪阵阵。13 万多人民住在蓄洪区里 136 座庄台上，成为汪洋中"孤岛"上的居民，只有用船只与外界来往。特别是住在低洼地上的 1257 户 3684 人，房屋淹倒了，财产冲光了，吃穿住都靠政府救济。据统计，蒙洼蓄洪后经济损失达 6 亿多元。但蒙洼人并不悲观，也没有怨天尤人。奉献，成为蒙洼人的精神支柱和战胜困难的力量源泉。位于蒙洼蓄洪区老观乡和平村的农民陈如松全家 6 口人，住在庄台下面的平地上。接到搬迁转移通知后，他二话没说，立即将家里的粮食装上拖拉机朝庄台上运。老陈为人憨厚勤劳能干，不但耕种着 20 多亩土地，还养着几十头猪，日子过得较为殷实。平地上的房子和猪圈建了六七年了，每次洪水一来他都要搬家，洪水退后再搬回来。提起搬家的事，老陈说："水火无情，不搬不行。"

"你家的损失严重吗？"

"少说也有几千块。"

"你一定很心疼！"

"庄稼人的钱都是用汗水换来的，哪能不心疼。"

"你家损失那么多，心里啥滋味？"

"为了大家，损失的以后再挣。过去政府救济我们那么多，如今的日子好过了，奉献一些，值得！"陈如松的表情一点不沮丧，还挂着笑意。

陈如松没什么文化。这位面朝黄土背朝天的敦厚农民为了蓄洪义无反顾地搬出原来住的房子，住进临时的庵棚里，无怨无悔。

他没有豪言壮语，也讲不出深邃的道理。他铭记着党和政府给他的好处，怀着感恩的心理，在政府和社会需要他作出些牺牲时，他没有犹豫，更没有想到索取，而是按照指令默默无闻地提前完成了搬迁任务。

采访中，听乡村干部介绍，陈如松除了提前完成自家的搬迁，还用自己的拖拉机分文不取地帮助村里其他 3 户完成了搬迁。对于陈如松的言行，除了奉献给他的力量，还能用什么能诠释呢？！

奉献，蒙洼人的精神支柱。

蒙洼人，中华民族的脊梁。

……

昏庸无情的老天爷好像铁了心要将王家坝人逼向绝路。从 6 月下旬，雷雨，中雨，大雨，大暴雨已经在淮河上中游盘桓近 1 个月了。有时放晴刚给人点儿惊喜，稍稍喘口气，转眼间又出现流域性强降雨，心中的弦又绷得紧紧的。

经历了 50 多年风风雨雨惊涛骇浪的王家坝人好像也领教了老天爷的暴烈和任性，任你把天塌下来，王家坝的蒙洼人也要挺直腰杆活下去。

进入 7 月以来，淮河全流域发生了自 1954 年以来最大汛情，抗洪救灾形势异常严峻。为了淮河抗洪的大局，王家坝的蒙洼人民又一次敞开胸怀分担洪灾。在"舍小家，保大家"的奉献中，这一次，无论是党员干部还是普通群众都深深感到，哪一次都没有这次水大，哪一次都没有这次搬迁转移快速从容，哪一次都没有这次秩序井然气氛和谐。对此，阜南县委书记、县长深有感触地解释说：是党的好政策凝聚了人民的心，是党旗给了我们战胜洪水的信心和力量……

淮河流域性汛情发生后，牵动着上上下下人们的心。省委书记郭金龙从汛情发生，在不到 10 天的时间里 3 次来到王家坝和蒙洼蓄洪区，每到一地都反复强调："生命至上，人民至上，安全至上，各级党委政府都要以高度负责的精神，全力投入抗洪抢险，确保人民群众生命安全和淮河安澜。"省长王金山结束在国外的访问提前返回合肥后，就立即奔赴省防指检查指导防汛救灾工作，部署当前抗洪救灾和灾后重建。省人大常委会副主任、市委书记胡连松坐镇王家坝、和当地干部群众一起并肩战斗。阜阳市市长孙云飞居无定所，哪里最紧张、最危险，他都最早最快地出现在那里，身先士卒，一边指挥，一边战斗。连续每天工作 10 多个小时，甚至通宵。7 月 15 日深夜，颍上县焦岗湖大堤发生险情，孙云飞闻讯后立刻驱车赶赴现场，和县里的领导一起指挥加固除险战斗，浑身汗水泥水，直到排除险情后他才坐下来打一会儿盹。阜南县县领导在王家坝水位最严峻的时刻，每天都彻夜难眠，不分昼夜地奔波在第一线，连续十几天哪里最吃紧他们就出现在哪里。

7月9日，王家坝水位一直往上涨。在这紧急时刻，南京军区的官兵赶到了。安徽省军区的官兵赶到了。武警安徽总队的官兵赶到了。阜阳预备役团的官兵赶到了。冲锋舟、救生艇、药品、防汛器材……以最快的速度运到最需要的地方。

安徽省阜南县城红旗闸西，县防汛指挥调度中心大楼，县水务局局长许和贵和他的同事们夜以继日地工作着。楼上楼下，人员穿梭，忙而有序，如火如荼……县交通局局长丁传珠冒着倾盆大雨，带领干部职工抢修被洪水冲垮的公路，保证道路畅通。

这是党和政府的脊梁。

这是人民群众的主心骨。精神的力量是无穷的。在安徽，在阜阳，在阜南，在临泉，在颍上，在王家坝，在每一个行蓄洪区，都说今年是自1954年以来淮河流域性最大洪水。同时都说也是抗洪抢险最严峻、最紧张、社会秩序最正常、群众情绪最稳定的一次。

……

"洪水可怕吗？"

"不可怕！"

"住房塌了可怕吗？"

"不可怕！"

"庄稼淹了可怕吗？"

"不可怕！"

"生了病可怕吗？"

"不可怕！"

"为什么？"

"因为，有党和政府给我们的关爱，有人民子弟兵的帮助，有地方党委政府管我们吃住，有医疗队，有临时党支部和广大党员为我们服务。我们没有想到的他们都为我们想到了，办好了，怕啥哩！……"

这是一位远在外地打工的亲友和家在蒙洼蓄洪区里的亲戚在电话里的一段对话。

没有豪言壮语，也没有动人的画面。这简洁的话语正是发自蒙洼人内心深处的真实表白。这种表白胜过千言万语，令人心驰神往。

为抗洪救灾提供坚强有力的组织保证，淮河汛情刚刚出现，安徽省委组织部第一时间发出紧急通知，要求在抗洪救灾中充分发挥基层党组织的战斗堡垒作用和广大共产党员的先锋模范作用。阜阳市委，阜南县委提出了"把党支部建起来，把党旗飘起来，把党徽戴起来"的要求。阜南县从县直机关抽调了140名科级干部和后备干部，在蓄洪开始前就分赴136个庄台和4个保庄圩组建临时党支部，担任临时党支部书记。

这些临时党支部负责安置受灾群众，宣传政策，排查危房，核实灾情，发放物资，救治病人，维护治安等工作。为方便服务群众，告知服务地址，每个临时党支部办公室门前都飘扬着鲜红的党旗。"说实话，洪水上来了，这生活咋过，本来心里没啥底，现在好了，看到这面党旗，俺这心里头就踏实了。"蓄洪区里郜台乡一位50多岁的老汉说出了心里话。

"我们的职责就是确保灾区群众有住、有吃、有衣、有医、有序、有干净饮水，无人身安全事故，无重大疫情发生。"蓄洪区曹集镇王垴庄台临时党支部书记徐道辉说，"这'六有二无'是每个临时党支部成立时都要在党旗下作出的承诺，立下的责任状。"

采访中，许多灾区村民对临时党支部赞不绝口："临时党支部就在俺身边，书记是上面派来的，没亲没疏，没偏没向，办事公道，一视同仁，他们啥都为俺们想到了。只要看到党旗，我们的心就踏实了！……"

这踏实，来自关爱，来自安全，来自公正，来自……

"爹亲娘亲，没有党亲。"这句曾经传唱几代人的歌词，随着时间的流逝，社会的变革，人的观念的变化，它的内涵似乎已经改变。但在重大事件发生、发展的关键时刻，其永恒的意义却凸现出来，并迸发出惊天动地可歌可泣的光辉形象和无穷无尽的力量。

时势造英雄。许多英雄模范就是在党的感召下挺身而出，光耀千秋。战斗在蒙洼蓄洪区的广大党员，特别是140名临时党支部书记却以默默的忘我精神，在蒙洼大地上实践着"全心全意为人民服务"的庄严使命。

7月12日，曹集镇镜湖村大杨庄台的村民王米丽生命垂危。但面对滔滔洪水，庄台医生和她的家人都束手无策。上午9时20分，县派驻工作队员、县房产局干部、村临时党支部书记程鉴吾得知情况后，一边组织紧急救助，一边向县、乡、村三级防汛抗洪指挥部报告情况，请求救助。县防指接到报告后，立即安排乡镇和卫生部门及时救援，迅速调来船只。在程鉴吾亲自护送下，9时50分，病人被安全转移到曹集镇卫生院。这时卫生院已经接到县卫生局局长骆桂新"全力以赴，免费救护"的指示，医护人员立即投入抢治病人的战斗中。病人最终脱离危险，住院治疗。病人家属感激地说："真是社会主义好，共产党亲啊！"

"一个支部就是一座灯塔"，"一个党员就是一面旗子"，"一名干部就是一根标杆"。大杨庄台的受灾群众说："这些平时喊在嘴上，写在纸上，贴在墙上的话一点都不假，这实打实的事真暖人心啊！"

肆虐的洪水，吞噬了美好的家园。危急关头，党组织充分发挥领导核心和战斗堡垒作用，积极组织和动员一切可以动员的力量，形成了一道冲不垮的"钢铁长城"，谱写了气吞山河的抗洪壮歌。

在王家坝镇郎湾村防汛大堤上，始终有一对特殊的身影，一瘸一拐来回走动，这是郎湾村党支部书记王德中和他的妻子。十几天前，老王在搬运防汛物资时出了车祸，腿被撞断。卧床期间，了解到防汛抗洪形势严峻后，王德中要求妻子搀扶着他，一起坚守在堤防上，参加巡逻查岗。

7月4日5时，淮河王家坝水位达到27.72米，一线民工全部上堤了。王德中躺在病床上，对妻子说："现在就扶我到堤上防汛。就是爬，我也要爬到埂上。"他妻子眼看拧不过去，只好用板车把他拉到村指挥所。为了照顾他，妻子就陪同他一起防汛，在巡堤时，她用手扶他，艰难地行走在大堤上。

郎湾村防汛大堤有1500米长，作为一个正常人，来回一趟不费劲，而王德中却要费好大的精力，来回一趟要2个小时。同事们劝他休息，让他别再巡堤了，只管坐在那里就行了，他坚决不从。"我是党员，又是村干部，为了大堤安全，牺牲点个人利益不算什么。"说着，他又在妻子的搀扶下巡堤查险去了……

一道道闸门缓缓升起，共产党员、54岁的冲锋舟手郎泽群心里也是阵阵发紧。家里3亩多地的毛豆，只能眼睁睁地看着大水淹了。他正驾舟待命，来人通知他："你爱人晕倒在家里。"爱人颈部锁骨骨折还没有痊愈，郎泽群出门前就劝她在家休息，她舍不得地里的庄稼，对他说："你抗洪抢险要紧，只管好好忙你的，家里的事我能干多少是多少，你是党员，应该带头，俺不扯你后腿……"

郎泽群回到家，立马请人为爱人打点滴。爱人刚刚苏醒，他的手机响了："6名群众被大水围困，赶快驾舟前往救助！"时间就是生命，郎泽群来不及向爱人打招呼，就飞一般跑了出去。

7月8日上午，风大雨急。老蒙河口大堤上，一面鲜红的党旗被风刮歪。共产党员赵年义急忙冲到雨中，紧紧地握住旗杆，用力重新将它稳稳地扶正插牢。看着迎风傲雨的党旗，全身湿透的赵年义意味深长地对守护大堤的党员和村民们说："党旗下，咱王家坝人永不动摇！"

铿锵有力，气壮山河。

……

雨，还在淅淅沥沥地下。在党中央、国务院和省市县委领导下，王家坝人矢志不移地坚定信念：众志成城，重建家园！

……

第十四章

——

梦寐临淮岗

美丽的传说，中南海的关怀，历史选定临淮岗这方风水宝地。临淮岗正谱写不朽的华章。梦寐中的临淮岗将成为淮河上又一座丰碑。

王家坝与临淮岗，有一个美丽动人的传说：很早很早的时候，淮河两岸风调雨顺，五谷丰登，处处一派欢乐祥和的景象。一年夏天，突然淮河洪水暴发，滔滔浊浪铺天盖地而来。大水扑向王家坝时，一位美丽的姑娘临危不惧，顺手从河边池塘里采撷一片硕大的莲叶。莲叶浮在水面上，姑娘端坐莲叶中央仿佛含苞待放的莲花，时而抛向浪尖，时而跌进旋涡……当莲叶沉沉浮浮向下漫游时，一位身强力壮的小伙子拼尽全身力气用巨锹一连挥起两丘土填进河里将洪水拦住，顿时出现两座高岗。莲叶慢慢靠近一座高岗时，莲叶上的姑娘因粒米未进已奄奄一息。小伙子将姑娘抱回家中，百般呵护，精心调养，美丽的姑娘终于苏醒。后两人相依为命成为美满夫妻。由于洪水被高岗拦住，方圆数百里百姓也幸免于难。人们纷纷向这对年轻伉俪祝福。从此，临淮岗由此得名。王家坝与临淮岗的传说也令人神往。

但是，更令人神往的是运筹半个多世纪的临淮岗洪水控制工程何时成为现实？

……

102

历史选定临淮岗这块风水宝地。临淮岗正谱写不朽的华章。梦寐中的临淮岗将成为淮河上又一座丰碑。

当我走进如火如荼的临淮岗建设工地时，巍峨的大坝，高矗的铁塔，威武的大闸和巨龙般的长堤构成靓丽的风景。入夜，灯光通明，霓虹璀璨，欢歌笑语，此起彼伏，宛如一座不夜城。机器轰鸣，焊花飞溅，浇筑工地、安装现场，处处一派争分夺秒，你争我赶的繁忙景象。

临淮岗洪水控制工程是国家"十五"重点建设项目，也是迄今淮河上最大的水利枢纽工程。工程于2001年12月正式开工，2003年11月提前一年实现淮河截流，投资22.67亿元的枢纽主体工程2005年底全面完工，比计划提前一年发挥效益。这是治淮历史上最宏伟的工程。也是淮河人民梦寐以求的夙愿得以实现的见证。

临淮岗主体工程位于"七十二水汇正阳"的淮河中游正阳关以上28公里处，几乎全部控制了淮河正阳关以上的洪水。临淮岗以上地形为两岗夹一洼，可蓄滞大量洪水，控制工程百年设计坝上水位28.41米，相应库容85.6亿立方米；千年校核坝上水位29.49米，相应总库容121亿立方米，将根本改变淮河干流洪水长驱直下，威胁淮北地区1000多万亩耕地、600多万人口和沿淮城市、铁路、工矿安全的被动局面，建成后的临淮岗洪水控制工程在百年一遇的洪水面前，可避免向淮北分洪，减少129平方公里的淹没面积。按1998年价格水平计算，一次性防洪效益为235亿元，工程运行期间内的年平均防洪效益为2.3亿元。

这是多么令人震撼的现实啊！然而，当2001年12月8日上午10时，水利部、安徽省领导为临淮岗工程重建开工挖下第一锹土，2003年11月23日，安徽省省长王金山宣布：淮河临淮岗截流成功，标志着淮河干流上中游无控制性枢纽的历史从此结束，标志着临淮岗洪水控制工程从此进入一个崭新的历史阶段时，萦绕在几代治淮人心头的情结绽放出瑰丽的光彩，将永远载入人民治淮的史册。许多人的眼睛潮湿了，兴奋、欣慰、激动，写在一张张脸上。然而，对于饱经沧桑、历经磨难、付出毕生心血的老治淮人来说却有着诸多难以言表的心情与诉说。82岁的蔡敬荀老人就是其中之一。

蔡敬荀原任淮河水利委员会主任。提起临淮岗，他深沉地说："临淮岗工程来之不易啊！1950年，淮河流域发生大洪水，毛泽东同志提出'一定要把淮河修好'，中央人民政府随即颁发了《关于治理淮河的决定》，同年成立了治淮委员会，进行淮河的综合治理，从此拉开了新中国治淮的序幕。1954 年淮河特大洪水，水利部开始制定《淮河流域治理初步规划》，计划在淮河上游建设一个洪水控制工程。1957 年，淮委选定在淮河中游正阳关以西建设集灌溉和防洪效益于一体的临淮岗水库。1958 年 8 月国务院批准建设临淮岗水库。由于经济困难，临淮岗工程只完成姜家湖大坝、10 孔深孔闸、49 孔浅孔闸、船闸及上下游引河等工程，后于 1962 年停、缓建。40 多年来，临淮岗水库工程成为'晒太阳'工程，没有发挥效益。1969 年、1971 年、1981 年、1985 年国务院治淮规划小组会议都肯定了临淮岗工程建设的必要性，并规划把临淮岗水库工程改为特大洪水控制工程，但都没能实施。1991 年江淮大水后，国务院作出《关于进一步治理淮河和太湖的决定》，确定'九五'期间研究建设临淮岗洪水控制工程。同年，临淮岗洪水控制工程被国务院确定为 19 项重点骨干治淮工程之一。1998 年国务院批准工程项目建议书；2000 年批复可行性研究报告并列入《国民经济和社会发展第十个五年计划纲要》；2001 年水利部批复初步设计报告；2000 年 9 月淮委临淮岗建管局成立；2001 年 12 月 2 日临淮岗洪水控制工程正式开工……"蔡老精神矍铄，思路清晰，他简单叙述临淮岗工程前前后后的过程后，长长舒了一口气，神情凝重起来。许久，老人感慨地说："回想 40 多年的漫长历程，有时我真想到临淮岗大闸上大笑一阵，再大哭一场！……"

老人为什么要大笑，又为什么想大哭？作为曾参与临淮岗工程的淮委主要领导不难理解。长期凝结在心头的酸甜苦辣甚至悲欢离合，除了笑或哭，还有什么方法能释怀呢？！

和蔡敬荀同志一样，几十年一直在治淮战线上奔波的原淮河水利委员会总工程师王玉太老人，1999 年 5 月在《写在淮河临淮岗工程即将复建之际》的文章中写道，为解决淮河中游防洪问题，在 1956 年和 1957 年水利部淮河水利委员会两次提出的淮河流域规划报告均提出，淮河干流正阳关以上来水面积近 9 万平方公里，在上游干支流水库建成以后，尚有三分之二的来水面积不能控制，需要在中游修建洪水控制工程。淮委设计院于 1957 年 2 月编制了《淮河干流中游控制工程方案选择报告》，从工程布局、工程规模、地质条件、工程安全性和迁移安置等诸多方面，详细比较了峡山口、临淮岗和润河集三个方案。最后选定中游洪水控制工程的位置在临淮岗。1958 年 8 月 13 日正式开工，1962 年 4 月因国民经济调整而停工缓建。停工时已建成 10 孔深孔闸、49 孔浅孔闸、500 吨级船闸及姜家湖内土坝和上下游引河部分工程等。

1991 年淮河洪水后，经多方努力，临淮岗洪水控制工程 1998 年 5 月经国务院批准立项。1999 年 3 月 29 日至 4 月 3 日，受国家计委委托，中国国际工程咨询总公司组织数十名国内水利专家，对淮委重新编制的《淮河中游临淮岗洪水控制工程可行性研究报告》进行认真评估。通过实地考察，科学论证，专家组一致认为，建设临淮岗洪水控制工程不仅是必要的，而且，建设时机已经成熟，建议尽快实施。中国国际工程咨询总公司即提出评估报告。至此，临淮岗洪水控制工程这一事关淮河中游防洪安全大局中的骨干性关键工程，在经过 40 余年的反复比较与科学论证曲折历程后，当第二次，也就是重建开工仪式礼炮鸣响时，我担心以后会不会因为什么原因再出现停建？ 2003 年 11 月 23 日截流成功时脑子里也有这样闪念，就像挥之不去的阴影一直伴随到工程全部竣工……

这就是治淮人的情结。她书写着一个"老治淮"的孜孜追求。不，是所有参战者的内心写照。

经过漫长的酝酿、等待，复建临淮岗工程的重任落在新一任淮河水利委员会领导同志们的肩上，临淮岗工程为一等大（1）型工程。根据党和国家领导人的批示，2000 年 9 月淮委临淮岗建管局成立，淮委副主任汪安南任局长，10 月作为项目法人进驻工地，2001 年 12 月 2 日，正式拉开建设临淮岗洪水控制工程的帷幕。

临淮岗工程是治淮历史上最大的枢纽工程，也是治淮历史上的经典工程，单位工程 40 多项，施工战线长，涉及面多，影响范围广，各种矛盾相互交织，管理难度较大。在水利部和淮委的领导下，建设者勇于探索，大胆创新，创建了"临淮岗模式"。

在谈到"临淮岗模式"，第一任淮委临淮岗建管局局长汪安南介绍说："'临淮岗模式'就是根据各单项工程的不同特点，在一个法人的前提下，采取不同的建设管理模式，因地制宜，科学合理管理各单项工程。一个法人就是淮委临淮岗建管局，由其直接组织实施主坝、副坝、49 孔浅孔闸、姜唐湖进洪闸工程建设。而安徽省临淮岗工程建管局作为项目法人派出机构，负责引河主体工程现场建设管理。占地拆迁及移民安置由河南、安徽两省水利厅与项目法人签订包干合同并分别组织实施。"

这种建设管理措施，当时在我国水利建设史上还没有先例。在风险与争议并存的情况下，汪安南不但付出了大量的精力与心血，也承受了许多压力。在过去一切应该全部由项目法人总揽的格局影响下，这种全面出击、各自为战的建设思路能不能取得优异的效果，在当时连汪安南自己也捏着一把汗。作为一个知识型，长期从事水利研究、设计、施工和领导工作的水利工作者，汪安南怀着一颗赤子之心，将个人的一切置之度外，在反复研究中外水利重大工程和实地考察我国当代重大水利工程的前提下，依靠建管局领导班子和水利专家、技术人员及广大职工的集体智慧，依靠地方政府和水利部门的大力支持与协作，创造了水利建设史上的辉煌。据一位知情者介绍，从临淮岗建管局成立那天起，汪安南就全身心地投入到临淮岗工程建设上。当时的工地是一片河滩地，既偏僻又荒凉，条件相当艰苦。而汪安南同志和普通职工一样吃住在工地上，有人要他搬到附近的宾馆吃住，汪安南说："我是一名水利建设者，工地就是阵地。这是一场没有硝烟的战斗，却是一场生与死的考验。我去过1975年洪水垮坝的板桥水库，宁肯血洒沙场，也不能愧对淮河父老乡亲！……"

汪安南因工作需要离开工地后，接替他的建管局局长陈光临同志，在总结前期工作经验的基础上，对"临淮岗模式"又进行了大胆的改进与创新，主要是现代科技的运用与科学管理的结合，实现了几代治淮人建设临淮岗工程的世纪梦。这种创新体制与模式的运用，虽然看起来比较复杂，增加了项目法人的工作量，但却充分调动了各方面的积极性，体现了"以人为本"的科学发展观，团结治水，谱写了治淮史上新篇章。

在临淮岗洪水控制工程建设中，最先遇到的问题就是移民。这是一项政策性强、涉及面广、工作难度大的系统工程。从2001年底到2002年10月，仅霍邱县就先后移民3万多人，涉及姜家湖、城西湖、新店3个乡镇16个行政村。其中，生产安置人口6064人，建房安置人员9321人，拆迁各类房屋9847间，总面积18.39万平方米，工程永久占地9546亩。

在姜家湖，统一规划的移民新居鳞次栉比。新住户虽然舍不得离开故土，为了顾全大局，早日建设好临淮岗工程，移民户还是高高兴兴地搬进新居。尤其是民营企业家姜一勇，那种舍己为公的精神令人感动。姜一勇是庆发集团董事长。庆发集团原是一家小作坊，是姜一勇从无到有，从小到大，一步步发展起来的。十几年来，他风里来雨里去，省吃俭用，精心经营，倾注了大量心血，取得了骄人的成绩，成为远近闻名的企业家。视企业为生命的姜一勇得知临淮岗工程占地要拆掉公司部分建筑时，他当即表态："一切服从工程建设需要，要多少就拆多少。就是把我拆成穷光蛋，只要建好临淮岗，我也心甘情愿。到那时，我再进行第二次创业！"

这不是豪言壮语，也不是心血来潮，而是一位企业家赤诚的心。据有关同志介绍，在拆迁补偿时，姜一勇没有讲一点价钱，也没说过半句怨言。

在双井村，村民刘晓华苦心经营一家小饭店。他怎么也没想到，忙乎半年刚建好的小楼，就成为首批要拆的建筑物。开始，他彻夜难眠，眼前不时出现为了建楼自己被摔伤，妻子手脚流血，连5岁的儿子也吭吭哧哧往工地搬砖的情景……但是，为了建设临淮岗工程，他多次做妻子的思想工作。这里，他们有段非常耐人寻味又异常动人心魄的对话：

"咱家的小楼要拆了。"

"还没有住过一天呢！"

"没住一天也要拆。"

"图啥哩？"

"临淮岗工程要用地。"

"咱不是白花十几万？"

"十几万算啥，临淮岗工程几十亿。"

"几十亿是多少？"

"咱整个楼也盛不下。"

"那需要多少人的血汗啊？"

"你说呢？"

妻子不语。半晌，她微笑道："那就拆吧，说不定今后我们还能挣更多的钱……"

为了临淮岗工程，除了拆迁安置，还有淹没影响工程。河南省固始县部分乡镇就在淹没区，这里的人民也经历一次"舍小家、顾大家"的严峻考验。

固始县沿淮地区淹没影响面积306平方公里，现有人口29.9万人，其中淹没区140平方公里，包括陈族湾、大港口等5个圩区和淮河史灌河道滩地，人口5.1万。临淮岗工程启用后，这些地区在遭受大洪水时要作出较大牺牲。面对这样的现实，固始县委书记郭永昌坚定地说："为了大局，历史把我们推向不容选择的位置。今后不管遇上什么样的困难与牺牲，我们将义无反顾地拼搏，战斗，经受住一切考验！"

生活千变万化，考验无处不在。在临淮岗建设工地上，我见到了霍邱县水务局设计室主任姚宪文。这位纤纤女子，在副坝建设中担负着繁重的施工监理重任。从大坝动工那天起，不论是酷暑，还是严冬，工地上几乎每天都会出现她那柔弱而又矫健的身影。施工中，施工单位有人想投机取巧请她网开一面，不要把关太严，姚宪文婉言拒绝，她恳切地说："临淮岗工程事关子孙后代，也是千秋伟业，我不能有丝毫懈怠，也不容有半点私情。一定要经得起历史的考验，让党和人民放心。"

姚宪文任劳任怨、积极进取的精神，受到领导和同志们的赞誉。她的先进事迹在水利系统广为传颂。她没有辜负党和人民的期望与重托。但是，姚宪文却有着诸多的忏悔与内疚。几十年来，为了工作，她没有尽好一个做女儿的孝道，也没有尽好一个做妻子的义务，更没有尽好一个做母亲的责任。正当她没日没夜一心扑在工作上时，不幸突然向她袭来，大学毕业刚参加工作的儿子因突发重病住进医院，她不得不离开痴爱的岗位，走进儿子的病房，面对"植物人"儿子，姚宪文百感交集，她喃喃地说："孩子，原谅妈妈吗？……"

儿子静静地躺着，没有回答。

病房里，姚宪文失声痛哭。

经历过很多困难、挫折和痛苦的姚宪文从没有掉过泪。此时，她却再也抑制不住自己。

她是为工作的艰辛痛哭吗？

她是为没有很好报答父母的养育之恩痛哭吗？

她是为生活的磨难痛哭吗？

她是为儿子的重病痛哭吗？

……

是，但又不完全是。姚宪文是一位很有个性的水利专家。她知道临淮岗工程可能是她工作的最后一站。当时，她负责的工程正处于即将竣工的关键阶段，如果稍有不慎将会出现无穷的后患。在亲情与事业同时需要她抉择时，姚宪文选择了后者，她将陪护孩子的事交代给妹妹，含着泪离开病房，回到临淮岗工地上。

回到工地上的姚宪文不停地忙碌着。只有当一天的工作完成后，她才想起打电话询问儿子的病情和治疗进展情况。有一次，她拨通妹妹的手机，竟脱口而出："接头处做好了吗？"

一时无语的妹妹知道，姐姐问的是工程，她的心中装着临淮岗。

……

一心扑在工程上的还有很多很多。

临淮岗是二度施工。经专家论证鉴定，早在 20 世纪 50 年代建设的部分工程还可以利用，但必须进行科学处理。为了保证工程质量，建管局组织专家进行科学攻关，经过多方努力，终于取得成功。原 49 孔浅孔闸建于 1958 年，已经严重老化。为了充分利用已建工程，建管局专家组会同河海大学专家教授进行联合科学攻关，联合优化设计，专门研究"老闸加固外包薄壁混凝土防裂研究及应用"课题，经过反复论证、实验，采用凿除老闸墩混凝土碳化层，重新浇筑 15 厘米厚新混凝土方案，解决了新浇混凝土开裂的技术难题，不仅节约了投资，也为今后闸墩防裂施工积累了经验。该项课题获得国家水利部大禹水利科技三等奖、淮委科技一等奖。

在临淮岗建设中，淮委和建管局及中水十一局十分注重科学施工，积极引进先进技术解决施工中的难题。淮河截流是最大的难题之一。为了攻克这道难关，请来国内各路专家，集思广益，反复研究，最后确定"单戗堤单向进占，定位沉船，双向合龙"的施工方案。其原理是每条船犹如一座墩闸，船与船之间的孔洞就是闸门，每条沉船用块、串料压镇稳定后，逐步闭气，在安全环境中实施截流。为了万无一失，许多年逾古稀的老专家，不分昼夜地翻阅研究有关资料。有的实地勘察，有的反复论证，确保截流成功。经过专家和技术人员的共同努力，淮河成功截流，实现顺利改道。定位沉船的截流技术对于平原河道等缺乏石料的地区，是一种科学的创举。淮委临淮岗建管局常务副局长宁勇说："淮河截流的顺利成功，不仅填补了我国水利史上的空白，对今后的水利建设也将发挥重要作用。"

在临淮岗，还有一项施工技术为世人瞩目——电解质式位移监测系统。这项技术能够及时监测在软土地基上修建大坝坝体变形情况，及时根据监测数据科学合理控制施工强度，具有精度高、稳定性好等技术特点。同时减少了原施工方案中的间歇工期，不仅为施工安全提供了技术保障，也取得了显著的经济效益。这对于地处平原地区的临淮岗工程的施工如虎添翼。并获得 2005 年淮委科技一等奖。在颁奖大会上，现任淮河水利委员会主任钱敏动情地说："临淮岗工程为治淮人施展才华提供了良好的机会。在众多施工项目、施工现场，从普通职工到每一位专家，所有参战人员都为科学施工，建设优质工程刻苦攻关，献计献策。据不完全统计，全系统大小发明创造，技术革新上千次，大到机器安装，墩基浇筑，系统测试，小到节约一度电，一滴水……都凝结着参战同志们的赤诚和心血。"钱敏代表淮委号召全体参战同志，"……认真学习邓小平理论和'三个代表'重要思想，学习科学发展观，将被誉为'三峡'和'小浪底'的临淮岗工程胜利完成，向党和人民交一份合格的答卷……"

这是治淮人的庄严承诺。

重新施工的临淮岗工程像长江三峡一样机械化程度比较高，不像50年代的"人海战术"一开工就汇集近10万大军。为了让党和人民满意，中水十一局项目经理王铁山亲自上阵，带领精兵强将日夜奋战在工地上。所有参战单位和人员都鼓足了劲，发挥到极致。中水十一局拖拉机手孔艳丽为了抢进度，连续工作10多个小时。手碰破皮，鲜血直淌，她包扎一下又继续工作。十方机械公司经理任伟，率领职工开动20余部机器，夜以继日地战斗在工地上，提前完成预定的工作任务，受到水利部领导的表扬。在临淮岗新镇移民安置区，承担建设任务的皖西全力集团，霍邱八建、新店等建设公司数千名施工大军不分昼夜地紧张施工，为工程建设全面提速作出了重要贡献。

在临淮岗淮河截流现场，水利部副部长陈雷目睹了火热的战斗情景，他感慨地说："淮河提前一年实现截流，是认真贯彻落实国务院治淮工作会议精神的具体体现，是在新一轮治淮高潮中向党中央、国务院和淮河人民交上的一份满意答卷。我们要全面认真贯彻国务院领导的重要批示，艰苦奋斗，开拓进取，精心施工，保证质量，发挥效益，为'一定要把淮河修好'作出新贡献……"

"落霞与孤鹜齐飞，秋水共长天一色。"当年，大禹在涂山娶涂山氏为妻，矢志治淮，留下了"三过其门而不入"的千古绝唱。如今，治淮人在临淮岗安营扎寨，厉兵秣马，科学施工，顽强拼搏，写下了"史诗工程"的世纪新篇。

临淮岗工程竣工后，王家坝镇的领导率领一行人前往参观。他们伫立在巍巍的大坝上向远处眺望，目光炯炯，喜气盈盈，是寻觅昔日莲花姑娘的倩影，还是憧憬即将崛起的新农村……

滔滔淮河水，滚滚向东流……

第十五章

——

不能省略的插曲

　　金无足赤，人无完人。世界上可能没有十全十美的水利工程。耗资 30 多亿元的临淮岗洪水控制工程也经历了而且还将继续经受实践的检验与世人的评说。

　　淮河地处中原腹地，跨豫、皖、苏、鲁、鄂五省，40 个市（地），181 个县，流域面积 27 万平方公里，人口 1.65 亿，耕地面积 1.87 亿亩，人口密度每平方公里 607 人，居全国各大江河第一位。

　　淮河是一条多灾多难的河流，12 世纪起黄河夺淮的 700 多年间，它基本上是以频繁灾害而存在。新中国成立后，由于 1950 年 7 月淮河特大洪水，毛泽东发出"一定要把淮河修好"的伟大号召。是年 10 月，政务院作出《关于治理淮河的决定》，淮河成为新中国第一条全面系统治理的大河。伴随着新中国前进的步伐，50 多年来，几经曲折，历尽艰险，治淮思路日臻完善，治淮事业取得了举世瞩目的成就。

　　1954 年淮河发生了新中国成立以来最大洪水。1951 年 4 月在政务院《关于治理淮河的决定》指引下，治淮委员会建立后第一次制定的治理淮河的规划——《关于治淮方略的初步报告》，反映出当时规划的防洪标准有些偏低，达不到党中央根治淮河的要求，有必要进行重新规划。1956年由淮委编制了《淮河流域规划报告》，规划淮河水系在淮河上游豫西山区及南岸支流山区修建山谷水库，拦蓄部分山区洪水；中游修建临淮岗洪水控制工程；淮河下游以入江为主，入海为辅，加固洪泽湖大堤，整治入江水道，开辟入海水道等。

1958年淮委撤销，各地自行治理。由于工程缺乏统一规划，各地采取了不同的治淮方式，有的只蓄不排，有的重排轻蓄，致使淮河控制无序，涝洪旱灾害加剧，水事矛盾经常发生。

1971年2月，国务院治淮规划小组制定了《淮河流域规划报告》，规划在淮河水系山区增建干流出山店，支流游河顺河店、竹竿河张湾、潢河袁湾、白露河白雀园、史河盛家山、浉河白莲崖、沙颍河燕山、前坪、黄冈、人和等大型水库；中游进一步发挥蒙洼、城西湖、城东湖等蓄洪区的蓄洪调控作用，增建姜家湖、唐垛湖蓄洪区，继续完成临淮岗洪水控制工程，以确保淮北大堤安全，抗御50年一遇的特大洪水的袭击。

1991年6月、7月，淮河流域发生特大洪水，洪水之大，灾害之重，历史罕见。党中央、国务院和全国人民给予特别关注和大力支持。中共中央总书记江泽民，中共中央政治局常委、国务院总理李鹏在抗洪抢险的关键时刻，亲临第一线视察并指挥战斗。后两位领导人又第二次亲临灾区视察，慰问灾民。

据文献记载：早在20世纪50年代，毛泽东、周恩来等党和国家领导人就有建设长江三峡水利工程的设想，并组织有关专家进行实地考察。毛泽东、刘少奇、周恩来都先后乘船专程在长江上进行考察。由于当时的国力有限，工程一直拖延到20世纪90年代才实现。

同样，据文献记载：早在1950年初，特别是1954年淮河特大洪水后，党中央、国务院就有建设临淮岗洪水控制工程的设想。最早萌发这一方案的就是后来担任国家水利部部长的钱正英同志。

原新四军宣传部干事、《安徽日报》副总编、省文联副主席、著名作家江流先生曾对我说："……1950年底，中央决定在安徽省颍上县润河集和淮河对岸霍邱县城西湖境内修建'蓄泄兼筹'的润河集分洪闸。"这是当时亚洲最大的水利工程。为了加强工程建设的领导，治淮委员会成立了润河集闸坝工程指挥部，并派时任治淮委员会工程部副部长钱正英任指挥。

江流还说："当时我是《皖北日报》(《安徽日报》前身)派驻指挥部的记者，

经常接触钱正英同志。一次在谈到治淮这个主题时，钱正英同志说：现在我们的国家还处于困难时期，抗美援朝的战斗正在打，国内生产救灾的任务也很重，用钱的地方很多。等今后国家经济好转了，从淮河的地理特征、水系情况，在临淮岗建个洪水控制工程效能可能要好一些……这说明当时在淮河岸边工棚里生活了半年多，指挥 5 万多名建设者，年仅 28 岁的年轻水利专家钱正英就慧眼识中了这块风水宝地……"

"关于临淮岗工程，可以说是钱正英同志的呕心之作。"原淮委设计院副院长、安徽省水利厅副厅长兼厅总工程师，85 岁的老水利专家胡廷洪老人回忆说，"1950 年 11 月 6 日，治淮委员会在蚌埠成立时，我任秘书科长。钱正英同志是工程部副部长，后来担任水利部部长。从开始在淮委工作，可以说到现在，她对治淮倾注了大量的心血。1969 年 12 月，钱正英同志带领豫、皖、苏、鲁四省水利专家和行政领导，从信阳地区沿淮河进行实地考察。她当时建议，在上游和淮南山区修建水库，在中游临淮岗建洪水控制工程。当时，也有人建议在凤台县峡山口建大型水利工程。因为峡山口河床窄，只有 400 米，两侧都是山，卡着洪水泄不下去。但做峡山口工程，水位抬高，上面淹没的面积大，工程量也大，只有临淮岗较合适……"

"临淮岗工程应该说是经过 50 多年几代人努力的结果。"原安徽省水利厅厅长郭旭升说。郭旭升现年 81 岁。1950 年毕业于上海交通大学，分配到设在南京的治淮工程总局，也是淮委成立时的老同志之一。在淮委工作时先在庙台蓄洪区、城东湖蓄洪区和佛子岭水库工地负责技术施工。后调到安徽省水利厅。从处长到厅长，几乎年年月月都在和淮河打交道。关于临淮岗工程，郭老说："建设临淮岗洪水控制工程，应该说是治理淮河的较理想方案。临淮岗工程是个综合性的治淮工程。工程配套系统全部完成后，可以拦蓄正阳关以上的洪水，保证正阳关以下淮北大堤、京沪铁路和两淮煤炭基地安全，只要搞好科学调度，实现 50 年一遇的大洪水安全度汛应该是没有问题的……"作为一位专家型的省级水利部门的主要领导干部，郭老的措辞比较讲究，也感到非常欣慰。

催生临淮岗工程的还有一位领导同志发挥了重要作用，功不可没。他就是全国政协常委、原安徽省委书记卢荣景。1991 年夏，淮河特大洪水后，为了争取临淮岗工程早日上马，卢荣景给中央领导写信，陈述淮河不根治，安徽难安，国家也难安的观点，进一步阐述建设临淮岗洪水控制工程的重要性，请求中央在尽可能的情况下，尽早上马临淮岗工程，以便更大程度地缓解淮河洪水造成的灾害，加快安徽经济发展，促进沿淮和淮河流域人民早日脱贫致富，安居乐业……后卢荣景同志又多次向中央领导和水利部门的负责同志当面请示汇报，倾注了巨大的精力与热情。卢荣景深情地说："为了治理淮河，为了临淮岗工程，我愿尽最大努力！"

为临淮岗工程奔波和辛劳的还有一位老同志——原水利部淮河水利委员会主任蔡敬荀同志。蔡敬荀现年82岁，身体硬朗，神采奕奕。初春的3月，在蚌埠市治淮路66号的淮委家属生活区老干部活动中心的接待室里，蔡老热情地接待了我。蔡老50年代初就在淮委工作，后调水利部工程局，20世纪80年代初又调回淮委任副主任，后任主任多年。既是一位德高望重的老水利专家，又是足迹遍布淮河上下的"治淮迷"。50多年来，他曾多次到王家坝—蒙洼蓄洪区检查指导工作，慰问灾民。他多次强调说："由于特殊的地理条件，王家坝处于上游洪水首当其冲的位置，蒙洼蓄洪区人民作出了很大的牺牲。作为一个老水利我对蒙洼人民备受洪水之苦深感不安。王家坝—蒙洼蓄洪区人民的奉献精神可歌可泣，令人敬佩……"

在谈到临淮岗工程时，蔡敬荀说："临淮岗工程从1954年就开始酝酿，水利部和淮委曾多次组织专家和技术人员进行实地勘察，设计方案也进行了多次修改，力争把工程做得较完善，发挥较好的效益。1958年开始施工，当时投资6400万元，49孔泄洪闸的闸基刚浇灌出地面，由于种种原因被迫停建。自那时起，仍没有停止对临淮岗工程的论证和考察。经过多方面多年努力，尤其是1991年淮河大洪水和1998年长江大洪水的暴发，中央下决心建设临淮岗工程，投入30多亿元资金，这是继长江三峡工程之后我国治理大江大河的又一个大型水利枢纽工程。"

但是，上马临淮岗工程谈何容易？

按设计方案，临淮岗工程建成后，正阳关以上水位将大大抬高，淹没的面积扩大，群众搬迁的任务很重。首先提出异议的是河南省。

历史不能忘记。

早在20世纪50年代，听说要建临淮岗工程，河南省淮滨县委、县政府给毛主席写信，提出反对临淮岗工程的四条理由，其中一条就是建设临淮岗工程，淮滨县要有几万群众从低洼地搬走，家园难舍啊！请主席予以关心……

关于临淮岗工程，曾任河南省水利厅总工程师的陈煜说："淮河的洪水主要是淮河的地理特征决定的。淮河流域处于南北气候过渡带，受复杂的气候因素影响，造成本流域易洪、易涝、易旱。淮河河道窄、河床高、泄洪慢是洪涝灾害的主要原因。治理淮河应重点放在加宽河道加深河床上。要不要建设临淮岗工程值得进一步商榷……"

"拿几十个亿建临淮岗工程，是不是有点急躁？"河南省人大常委会副主任、原信阳市委书记李中央说，"用这些钱在淮河和支流的上游和淮南山区多建一些大型水库不是控制淮河洪水的好措施吗！上游一旦暴发洪水，先用水库拦蓄起来，等淮干洪水下降后再一个个有计划地将水库里的水放下来，保持淮干水位长期处于一定的标准，既可遏制河水污染，又方便航运事业的发展，还可保证中下游的抗旱用水。"

……

在安徽，对临淮岗工程持反对意见的也大有人在。我在霍邱县采访时，正赶在霍邱县动员、组织淹没区群众搬迁的最紧张阶段。一位乡镇干部因为动员搬迁和安置建房多次受人责骂。他望着热火朝天的临淮岗建设工地，痛苦地问："临淮岗建成后，能保证淮河不发生洪水吗？"

问得好。带着这个问题，我拜访了水利部、淮委、省、市有关领导和专家，大家的回答几乎是一致的：谁也保证不了。

这个问题出自于乡镇干部之口是可以理解的。

不能理解的是，在水利系统，在省、市、县水利系统的技术人员、专家中，包括淮委在内，对临淮岗工程的认识也不能统一。原水利部淮河水利委员会科长、安徽水利设计院副院长、《安徽水利志》编辑室主任张友德说："临淮岗工程经历了漫长的历程，20世纪50年代初开始酝酿，1968年大水后，当时正是'文革'时期，6408部队进驻安徽。6408部队后勤部长吴斗泉是省革委会生产指挥组组长，组织有关方面人员进行调查研究，制定了综合治理淮河方案，河南、江苏、山东三省也都作了治淮规划。"安徽省的治淮规划报到中央后，李先念、钱正英都支持安徽省将临淮岗工程列入重点工程的方案，钱正英当时说："临淮岗工程是战略性骨干工程，包括茨淮新河、怀洪新河和淮河清障等一系列配套工程做好了，还有峡山口河道拓宽、入海口加宽等完成后，淮河安澜的日子基本上可以实现。"

　　张友德也是老水利专家，几十年来一直和水打交道。随着临淮岗工程即将竣工，他也听到一些异议，他说："问题的焦点主要集中在峡山口和临淮岗两个方案上，有人主张上峡山口工程，有人主张上临淮岗工程，各说各有理，议论纷纷，争执不休。特别是近两年，不仅河南省的人大代表和政协委员提出这方面议案，安徽也有人公开发表质疑。当然，作为一个工程方案有不同意见也是正常的，大家应本着互相商量，各抒己见，取长补短的原则来对待，任何事物都不可能完美无缺……"张老平易近人，语言谦和。

　　关于临淮岗工程，何止是省市县有不同意见，连国家有关部门的领导和专家对此也有不同看法。1991年淮河特大洪水后，安徽省领导积极要求上马临淮岗工程，国家计划委员会的一位司长就当面表示反对。

　　原国家水利部一位领导对临淮岗工程也持反对态度。在一次全国水利工作会议上分组讨论时，这位领导说："不能上临淮岗工程，做了也可能……"

　　临淮岗工程正如火如荼。

　　临淮岗的配套工程也在紧张地进行。

　　然而，回顾临淮岗工程的酝酿过程，探讨它的得失，从学术的角度，应该说并不多余。

　　带着"峡山口工程和临淮岗工程设计方案的比较，到底哪一种方案最可取"这个问题，我请教了许多专家。

　　原淮委主任蔡敬荀说："峡山口地处淮河中游，河道窄，是淮河有名的'卡脖子'地方。为了治理好淮河，20世纪50年代初也曾考虑过在峡山口做个大型水利工程。但是，在峡山口做大型水利枢纽工程，就是淮河的'小三峡'，峡山口以上的地方淹没面积要比临淮岗大得多，搬迁安置的群众也比较多，工程的投资预算也要比临淮岗大3倍。两个方案这样一比较，取临淮岗还是较合适。至于峡山口河道窄问题，拓宽那一段也就解决了，不必在峡山口搞大型工程。"

　　原安徽省水利厅厅长郝朝德说："峡山口淮河两岸都是山，做大型水利工程比较困难，投资比较大；临淮岗地势平坦，做起来较容易些，投资也小些。舍易取难，弃小求大，从理论上说是不科学的。"

　　原国家防汛总指挥部办公室常务副主任、水利部防汛司司长李健生说："从20世纪50年代初，水利部和淮委及安徽省就曾做过峡山口和临淮岗水利工程两个方案。经过多次考察、论证，最后还是取临淮岗工程，我个人认为是正确的选择。至于临淮岗工程竣工后，淮河的洪水能不能彻底解决，现在不好下结论。就是上峡山口工程，哪一个又能保证彻底解决淮河的洪水问题呢？自然灾害是一个复杂的问题，需要几代人，甚至十几代人的努力才能解决，我们应该辩证地对待，不可以急于求成，更不能靠一个工程就能解决一切问题。"

关于峡山口，这里要介绍的是，1991 年大水后，国家拨出 1638 万元，于当年 11 月开工，由南京军区某部工兵连官兵 100 多人，经过 1 年半时间的日夜紧张施工，用炸药 68 吨、雷管 46 万支，在淮河左岸，将峡山临河部分爆破 11.6 万立方米石料直至河床底部，深度达 14 米，加上土方部分，使峡山口河道拓宽 200 米，长 1956 米，原河道 430 米，加上拓宽的 200 米，峡山口河道达 630 米，解决了"卡脖子"问题。

临淮岗工程不久就要竣工。

这段插曲什么时候会画上句号，天知道……

第十六章

—

喜看蒙洼新农村

"千里淮河第一闸"的王家坝，已成为淮河防汛抗洪的焦点。这里虽然还没有彻底告别贫困，但生机盎然欣欣向荣的社会主义新农村建设正在崛起。固若金汤的保庄圩，花园式居民区，医院、学校、超市，春风拂面，欢声笑语……

车到钐岗，呈现在眼前的是一座宏伟壮观的高架大桥。大桥长 1.7 千米、宽 8 米，22 座钢筋混凝土桩柱，架起一条钢筋混凝土结构、高出分洪道地面 4.6 米的巨龙。汽车飞驰而过，结束了洪水一来必须乘船涉水才能到达王家坝的坎坷历史。

大桥的建设凝聚着省市和淮委领导的心血与深情。经当时的省委书记王太华多方协调筹集资金 4000 万元，于 2002 年 12 月 26 日开工，2003 年 6 月 28 日竣工。大桥竣工时，省委书记王太华专程从合肥赶来参加竣工典礼，并亲自剪彩。大桥建成后，有关部门命名为蒙洼防汛交通大桥，当地群众则称为连心桥、幸福桥。这不是作秀，而是蒙洼人民发自肺腑的心声和骄傲。

王家坝生机盎然，蒙洼人心花怒放。

"看，那就是保庄圩，蒙洼的新农村！"王家坝镇党委书记、镇长李玉峰用手指着不远处一排排整整齐齐的平顶砖混房，兴奋地说，"里面路通、电通、水通，医院、学校、商店都有，还有公共厕所和花园呢！"

李书记很忙，我不让他陪。由镇民政办的黄主任带路到那里转转。

王家坝保庄圩位于淮北大堤赵郢段内侧，南至淮堤，北至小叶园，2003 年底开工建设，面积 1.26 平方公里，辖赵郢、崔集、李台三个村，圩堤长 2453 米，宽 6 米，与淮河大堤高度相同，圩堤外坡完全由护坡石浇砌，再大的洪水也进不去。移民建房用地 531.6 亩，发展用地 1291.2 亩。一期移民安置 1434 户，5452 人，建房 2880 间，其中统建房 192 户，209 间；自建房 1234 户，2671 间。群众已搬迁入住。

进入保庄圩，仿佛进入一个崭新的世界。一座投资 60 万元的王家坝淮河医院主体工程已经竣工，正在装修。整个大楼占地 3 亩，3 层楼房，1600 平方米，门诊部、住院部、各科室、花园、喷泉一应俱全，既壮观又恢宏；投资 130 万元的保庄圩学校也基本建成，也是 3 层楼房，16 个教室，还有微机室、实验室、办公室、操场、花园等。新学年开始时孩子们就可以坐在窗明几净，焕然一新的教室里上课。说来也巧，在正在施工的工地上，我见到了正在指点着施工人员装修教室的李校长。李校长 40 多岁，饱经沧桑的脸庞看上去比他的实际年龄要大得多。李校长很兴奋，他停下来紧紧地拉着我的手说："我在王家坝教了 20 多年书，过去是泥巴房、泥巴地、泥巴桌、泥巴路，老师和学生的脸上也整天不是泥就是灰。一个趴在泥巴桌子上学习的孩子的照片还上了《人民日报》《光明日报》以及海外的报纸。那时大水一来，王家坝开闸蓄洪，学校的教室不是房倒屋塌，就是墙外长腿，大家整天提心吊胆。说起那时学校的情况真是一言难尽。"站在即将竣工、新学年就可以使用的崭新的教学楼前，李校长的脸上绽放着喜悦的光彩，他笑容可掬地说，"在各级党委政府的关怀下，王家坝有了这么好的学校，有保庄圩堤护着，就是洪水来了，开闸蓄洪我们也不犯愁，更不用停课……"

王家坝—蒙洼蓄洪区教育落后，人才匮乏的局面，正在开始改变。

王家坝—蒙洼蓄洪的孩子即将永远告别东倒西歪的泥巴房教室，进入宽敞美丽，窗明几净的校园和课堂。

王家坝—蒙洼蓄洪区人民无知、愚昧和落后的时代，将永远成为历史。

王家坝—蒙洼蓄洪区的孩子们将在即将诞生的摇篮里汲取科学文化知识，

苗壮成长，不久的将来他们不但要成为建设蒙洼新农村的栋梁，还将会沐浴着灿烂的阳光，铭记着历史的创伤，由王家坝一蒙洼人民一代又一代不屈不挠的抗洪精神焕发出巨大的动力，在建设新农村的道路上创造出更加骄人的业绩，走向全国，走向世界。从而彻底改变世人对"王家坝就是贫穷，王家坝人靠救济生存"的偏见，展现出王家坝一蒙洼人民不但甘于牺牲和奉献，还有着坚韧不拔、勤劳智慧的精神和风采。

保庄圩中心还有一个大花园，占地两亩多，中间有喷泉，四周花团锦簇，曲径四通八达，草坪造型别致，月季、玫瑰、樱花、映山红等几十种花卉争奇斗艳，花香四溢，绿草茵茵，垂柳依依……置身于空气清新、香气袭人的花园里，神清气爽、心旷神怡……许多老人正坐在绿荫下、花圃旁，望着玉珠四散的喷泉开心地笑着，一位拄着拐杖的银发老大爷感叹道："托共产党的福，咱蒙洼人也过上城里人的好日子了！……"

正值双休日，一群系着红领巾的小学生正在花园里为花木除草培土，阳光明媚，和风习习，孩子们做得很认真，稚嫩的脸上有的渗出汗珠，有的累得通红，但一双双小手仍不停地用小铲除草、挖土，又小心翼翼地往树根部培土……未来，不，明天的王家坝更美丽……

保庄圩内共有笔直的四横四纵4米宽的马路，全是水泥路面，两边的下水道畅通无阻。马路每天都有人清扫，没有尘土，更没有垃圾，人躺在上面也不会沾灰。为了保持圩内的清洁卫生，村民委员会成立了卫生队，分段包干，责任到人，专人检查，边查边改，所以，圩内干干净净，清洁宜人。

保庄圩还成立了治安队，每天夜里按村民组除老弱病残者和女同志外，所有青壮年都是治安队成员，轮流巡逻检查，站岗放哨。1年多来，这里从没有发生盗窃、打架等治安案件，男女老少安居乐业、幸福愉快……

保庄圩家家户户都通水通电。由于蒙洼地区地质特别复杂，国家投资为保庄圩按不同方位打了四眼120米的深水井，然后安装地下管道，井井有条地将清泉送到每一户家中。同样，经过精心设计、施工，每一户都用上电灯。60岁以上的五保户、单身户等特困家庭国家无偿配备1台彩色电视机。许多家庭不但有电视机，还有电冰箱、洗衣机、摩托车和VCD，三分之二的家庭都有农用三轮车和电话。忙起农事，机动三轮嘟嘟嘟发动起来，带上机械或者化肥、种子、农药以及中午的干粮和开水向田野驶去，收获时节，又嘟嘟嘟将丰收的粮食或蔬菜运回家，运往周围的城市或四面八方。王家坝毛豆、大蒜、大葱、萝卜已成为远销上海、合肥、徐州、郑州等大中城市的绿色食品，市民们热购的放心菜。

在保庄圩十字路左侧一排平顶砖房前，我随意走进丁郢村二队郭明富家。郭明富现在苏州打工，他的爱人凌兴云原来也在苏州打工。不久前凌兴云回来接建第二层楼房。第二层的楼房已经浇灌好，正在建两间厨房。小家庭过得很殷实，电话、大彩电、家庭影院、电冰箱、VCD、全自动洗衣机、微波炉等城里人有的他们家基本上都有，银行里还有存款。

……

在保庄圩建设中，有统建房和自建房两种。凡是五保户、年龄超过 60 岁以上的单身户和夫妻俩与子女分居的老年户的住房，全部由国家出资按设计面积与格局统一标准统一质量建设，个人不花一分钱；自建房，按户均统一标准设计面积、格局，国家每户补贴 1.5 万元，个人出资 1.1 万元，统一建造，门、窗、锅灶、水、电、室内装修等都按照统一标准，严格检查验收。一切齐全后，本着民主协商和自愿结合的原则落实到户，统一搬迁入住。

经过 1000 多人整整 1 年紧张施工，王家坝保庄圩胜利竣工，经淮河水利委员会、省、市、县有关部门严格检查，水、电、路和 2880 间房屋全部验收合格。平展展的路面，高耸的水塔，一排排电线杆，一盏盏路灯、老年活动中心、花园、娱乐场、绿树、鲜花，整个保庄圩生气勃勃，欣欣向荣，尤其是一排排还散发着油漆香味的宽敞明亮的居室正等待着主人们的到来。

王家坝彩旗飘扬。

蒙洼人民刻骨铭心。

人们簇拥着，奔走着，像欢庆盛大的节日，欢声笑语，此起彼伏，男女老少都沉浸在幸福和喜悦之中。

镇里组织了 30 辆卡车、机动三轮车和拖拉机，分批将入住保庄圩的群众一户户从原来蓄洪区居住地搬进保庄圩的新家，家家户户都像过节一样事先都买来鞭炮，村委会还请来吹鼓手，沿途鞭炮齐鸣，喇叭声声，优美的旋律，欢快的笑声，在保庄圩回荡，响彻王家坝上空。

镇党委书记梁永勤、镇长李玉峰，分别带领镇村干部帮助群众搬迁，登门祝贺。他们累得满脸是汗，不抽群众一支烟，不喝一杯茶，从上午一直忙到晚上，群众感动地说："梁书记和李镇长为我们头发丝的小事都想到了，人也都瘦了一圈，真是和俺老百姓贴心贴肺的好干部啊！……"

在王家坝保庄圩最激动的可能是自由村 64 岁的五保户老人王兰清。王兰清孤身一人，无儿无女，也没有找到对象结过婚。自小就是一个人过日子。小时候靠父母抚养。父母死后，四处流浪，饥一顿饱一顿总算拉出张人皮。人穷命大的王兰清几十年就住在淮河边，几根柱子或毛竹一撑，一捆麻秆一搭，上面再蒙上几条捡来的旧芦席，就成了他的栖身之处，实际上只是个三四平方米的破庵棚。庵棚里面，垒个坯床，床旁边垒个泥巴灶，床上是政府救济的一条旧棉被，锅灶上是只铁锅和两只碗，一把锅铲，一把菜刀，一把盛饭的勺子，外加一双竹筷，全部家当只有 20 元钱左右。每次洪水一来，他背起被子，拎着锅碗瓢勺搬到高地上，洪水退后再背着被子拎着锅碗瓢勺回到原来的地方重新搭起庵棚，月复月，年复年，他从来没有住过砖瓦房，经常感叹自己：做梦也没有想到能人模人样的过个好日子！

是上苍有眼，还是时来运转，王兰清做梦从没有想到的好事会降临到他的身上。镇长李玉峰和村干部在会上宣布他入住保庄圩时的一霎间，他以为自己在做梦，手足无措。当他拿到新房大门的钥匙时，一向"想得开"的王兰清竟哇地哭起来。他老泪纵横、泣不成声地说："我的爹娘没有给我留下片瓦，我也没有本事造个像样的窝，是共产党给我一个家。托共产党和政府的福，我这辈子算没有白活。"

我想看看王兰清。黄主任陪我走到他的大门口，里面传出《没有共产党就没有新中国》的歌声。我们推门进去，王兰清正半躺在床上听收音机。房间里整洁干净，我上前握着老王的手说："老王，您生活还好吧？"

"还好，还好！"老王下了床，用双手握着我的手说，"有吃，有穿，有住，看电视，听收音机，遛遛花园，简直是神仙过的日子！"

黄主任和王兰清是几十年的老相识，打趣道："老王，你还缺一样啊！"

老王一头雾水："没有呀？"

"怎么没有，还缺一个暖脚的！"

随后进来的村委会主任赵寿明笑着插话："老王正在唱夕阳红，搞黄昏恋啊！不久，我们还要喝你的喜酒呢！"

王兰清哈哈大笑。

院子里一派春光。

……

告别王家坝保庄圩，我们驱车来到老观乡保庄圩。乡党委书记尹维川热情地接待我们。尹维川原是蒙洼蓄洪区郜台乡党委书记，2003 年淮河抗洪抢险时，他曾在中央电视台新闻节目里与记者有一段对话。

记者："王家坝今年两次开闸蓄洪，蓄洪区人民的生活怎么样？"

尹维川："很好，有衣，有吃，有住，有医，有序。"

记者："温家宝总理到蒙洼灾区视察，慰问灾民，群众的生活还有什么困难吗？"

尹维川："温总理到蒙洼视察、慰问，灾区人民很受鼓舞，纷纷表示一定不辜负党中央、国务院对蒙洼人民的关怀，克服困难，重建家园。"

记者："灾区的医疗条件怎么样？"

尹维川："南京军区和省、市、县都派来医疗队，群众看病就医很方便。不会发生大的疫情。"

……

老观保庄圩就坐落在老观乡淮北大堤北侧，占地 1710 亩，圩堤与淮堤同样高、同样宽，而且，外坡全用护坡石浇砌并涂上又白又亮的防护漆，远远看去，仿佛坚不可摧的钢铁长城，又好像一尘不染的帷幕。

按统一设计，老观保庄圩也有一所国家投资 130 万元的学校正在建设中。3 层教学楼 16 个教室的主体工程已经基本完工，像王家坝一样，从小学到中学，实行 9 年制一条龙教学格局。医院大楼正动工兴建。水、电、路、花园，老年人活动中心也和王家坝一样正逐步完善。入住的 1289 户，3900 多人心情愉快，精神抖擞，孩子们天真活泼走向学校，老人们有的在家听收音机、看电视，有的在花园里观赏花卉……保庄圩一派祥和团结的新气象。

家住淮河边，

身居保庄圩。

住的平顶楼，

吃穿不用愁，

有线电视天天看，

水电样样都方便。

勤劳致富奔小康，

社会主义新农村赛过那电影里的朝阳沟，

朝阳沟……

　　我们正徜徉在保庄圩的大院里，不远处传来欢快悦耳的豫剧的唱段。仔细听听，不像电视里播放的传统豫剧唱段，也不像 VCD 里豫剧节目。循着声音我们来到和平村 5 组的徐如礼家。徐如礼，64 岁，十几岁就学会拉二胡，16 岁就进了区业余剧团当起乐师。他的老伴名叫巴兴云，62 岁，夫妻俩 4 个孩子，两个儿子两个女儿都在外地打工，每个月都有钱往家里寄。家里还开个小商店，老两口不停地忙着生意。女主人正在忙着给孩子们拿铅笔、本子和吃的东西，男主人热情地为我打座倒水。陪同的乡党委陶副书记和他们是常来常往的老熟人，开门见山地说："徐如礼是我们方圆几十里有名的老戏迷。当年穷得当当响，靠唱戏娶了个如花似玉的老婆，又生两双儿女，如今是屁股沟里夹大麦——磨成仁（人）了。"他们是老朋友，三句话没完就要互相开玩笑。

　　徐如礼，性格开朗，吹拉弹唱算得上行家里手。陶书记的话还没说完，他就毫不在乎地抖出自己的老皇历："我呀，要不是会拉二胡，会唱戏，还勾引不来河南的妹子呢！"

　　刚刚忙完的巴兴云听老伴的俏皮话，学着宋丹丹和赵本山演小品时的口吻说："看看你那猪屁股脸，不是腿上那块皮，你追得上我啊！"

　　"咋的，我那叫猪屁股脸，正宗的皇帝相！"徐如礼不甘示弱，乐滋滋地说，"我演唐明皇，你还是演杨玉环呢！"

　　"杨玉环咋的，"巴兴云捂着肚子笑，"杨玉环可是世界级顶尖的大美人呢！"听话音，巴兴云不像当地人。我正有点纳闷，徐如礼有些傻了眼，可能是老婆咬住他的麻骨了。快人快语爱说爱唱的巴兴云道出端底：1964 年，会拉二胡的徐如礼为了混饭吃抱着把二胡到处搭班子。巴兴云的老家住河南省邺城县，她自小就在当地一个业余剧团里学艺，花旦、青衣、刀马旦、武生是她的强项。一次她所在的剧团在河南省商城县一个公社里演出，正巧徐如礼所在的

124

剧团也在那里唱对台戏。两个剧团的演出地点一个在街南，一个在街北，观众来来回回地两头跑，有的为巴兴云叫好，有的为徐如礼鼓掌。一天晚上两个场子散戏后，经一位老师牵线，两个人真的在一株大树下演出《西厢记》来。提起徐如礼腿上那块伤疤，陶书记打趣地问："老徐腿上的皮咋破的？"

巴兴云得意地递个眼色："你问他自己。"

徐如礼不打自招："在地上跪的。"几十年过来了，孩子们也不在身边，老徐厚着脸皮说："当时巴兴云如花似玉，我跪在她的面前说，你要是不答应嫁给我，我这个唐明皇就跪死在这里！"

巴兴云是个软心人，当时就答应和徐如礼结婚。巴兴云接着说："说实话，我第一次见到他也就喜欢上他了。虽然我家和他家相距千把里，古戏里常说'但愿人长久，千里共婵娟'。只要两人真心相爱，什么苦啊，难啊，都能克服。现在，孩子们都大了，我们住在保庄圩里，高兴得每天都要唱上几句。"

我不由自主地问："你们天天唱什么？"

徐如礼说："一闲下来，我拉她唱，有时还来个二人对唱，混合唱。"说着徐如礼从屋里拿出二胡，巴兴云亮亮嗓子，兴高采烈地唱起来：

> 中国有个王家坝，
> 淮河水大要开闸。
> 如今建了保庄圩，
> 开闸蓄洪不害怕。
> 五业兴旺新农村，
> 永远感谢共产党！
> ……

周围聚集着很多男女老少，一个个脸上都洋溢着欢笑，那么开心，那么自豪，那么……

怀着欣喜，带着兴奋，我们驱车来到蒙洼蓄洪区的曹集保庄圩。这里除了规模略有不同外，建设标准、格局和水、电、路、学校、医院等一切设施和王家坝、老观的保庄圩基本相同。所不同的是，这里另有一种特色和一个个动人的故事。

曹集保庄圩的特色，除了已经建房1588间，路、水、电三通和公园、医院、学校等公共占地45亩，移民安置797户，3135人外，还在圩区内建设一批颇具潜力的乡镇企业。最抢眼的是家乐园面业有限公司。这家公司原来是搞粮食加工的小作坊。保庄圩堤建成后，人们不再为蓄洪受淹犯愁。由贩运粮食起家经过10多年小敲小打的姬彦生下决心扩大经营。他先将多年积蓄的200多万元购置一套面粉加工设备，每天生产面粉25吨，2004年他又与阜阳一位伙伴联合购置一套自动化挂面生产设备。从面粉上机到挂面装箱，流水线作业，自动化生产。每天出厂粗、中、细等各类挂面20多吨，产品远销河南省固始、息县、淮滨、潢川和本省亳州、合肥、淮南、蚌埠、六安、太和、蒙城等20多个市县，供不应求，在厂就业的员工120多人，加上营销人员，为1000多人提供了生产岗位，年产值3000多万元。年仅32岁的董事长兼总经理姬彦生正谋划进一步扩大经营，准备再上马一条方便面生产线。这个朴实的小伙子胸有成竹地说："保庄圩的建设解除了我们的后顾之忧，我们一定放开手脚，把企业做大做强，争取把产品打到江苏、江西、湖南、湖北等周边地区，让王家坝—蒙洼蓄洪区人民像其他地方的人一样昂首挺胸，顶天立地！"

这就是王家坝人的风采。

这就是蒙洼人民的追求。

……

在曹集保庄圩，我特地来到从14里开外的郭台村入住的郭保章家。郭保章全家6口人。原来住在低洼地，他家的泥巴房曾6次被洪水淹倒。2003年大水后，国家补助1.5万元，自筹1.1万元，建起钢筋砖混平顶房。两个儿子常在外地打工，因为家穷都没有找到媳妇。搬进保庄圩后，再也不愁娶不上媳妇了。

在郭保章家里，老郭拿出一张上面印着吴官正在他家和他握手的报道和照片的《人民日报》，激动地说："这张报纸是我外甥从北京给我寄来的，我一遇到困难或不顺心的事，就拿出报纸看，想想中央领导对我们蒙洼人民的关心，浑身就有使不完的劲，一定好好干，建设社会主义新农村。"

保庄圩的人民还不富裕。

蒙洼地区的人民永不气馁。

在蒙洼182平方公里的蓄洪区，在国家的帮助下共建设4个保庄圩——王家坝、老观、曹集、郜台。

郜台保庄圩在蒙洼的下端，也就是蒙洼的"锅底子"。这里的建设标准、布局、设施，例如医院、学校等和上面三个基本相同。不同的是，这里有郜台人民自己的故事。

安允山，39岁，安台村人，全家5口人，住3间泥巴屋，从1991年大水，房子被淹倒3次，淹了盖，盖了淹，安允山被折腾得一身病。孩子一天天长大，瘦得骨头挑着筋。妻子觉得没盼头，想到外面打工，又舍不下孩子，天天眼泪淹着心："这日子还有啥过头，真想……"安允山安慰说："好歹咱也是个家，等孩子拉扯大了，我们到城里捡破烂去。"

如今，安允山家住进了保庄圩，整天乐呵呵的，夫妻俩都精神多了，再也不提到外面捡破烂的事。

退休教师张子香，60岁，住汪堰村，原来住在"锅底子"，两间房也淹倒3次，省吃俭用，仍欠下一屁股债。老婆说他没本事，前几年教师工资长期拖欠，吸烟全是手工造，见人不敢往外掏。如今住进保庄圩，退休工资按时发，老张老当益壮，诗兴大发，高兴起来一连能写几首，他将诗作拿给我看，我顺手抄下一首：

> 家住蒙洼几十年，
> 洪水一来都冲完。
> 如今住进保庄圩，
> 日子过得似神仙。
> ……

老张的诗写有一大本。他谦虚地说："献丑，献丑……"

"诗言志。"我说，"你辛辛苦苦几十年，现在是苦尽甜来，该享享福了。"

周围的男女老少都兴奋起来，有的唱，有的舞，虽然有些南腔北调，身姿各异，我却感到是那么动听，那么曼妙……

第十七章

沉闷的警钟

> 淮河水污染已经喊了 10 多年。水，生命之源。污浊，挑战生命，颠覆家园，麻木耶，残忍乎！……

淮河水污染已经喊了 10 多年。党中央、国务院十分重视，作了许多部署，发了许多文件。早在 1998 年 9 月原国家环保总局局长解振华在安徽省阜南县王家坝察看淮河水质时，心情沉重地说："这哪叫水，简直是酱油呀！这样下去，人们怎么生活，这可是关系千千万万人民生存的大事啊！……"

说起水污染，我首先想到的是终年在淮河上以捕鱼为生的渔民们，淮河水质情况如何，他们应该最有发言权。

刘文贵，58 岁，阜南县王家坝人，原先 6 口人，4 个女儿有两个已经出嫁，现在还有 4 口人。他是专业渔民。10 多岁就在淮河上风里来雨里去，上上下下几十里的淮河哪个弯哪个滩哪里深哪里浅，他闭上眼睛都能分辨得清清楚楚。

"老刘，你好，辛苦了！"在一位亲戚的陪同下，我向正在淮河岸边休息的刘文贵打招呼，"今天的活咋样？"

刘文贵站起来，黧黑的脸膛经过风刮日晒闪着亮光。他摇摇头，没精打采地说："没有活。快晌午了，就见两个斤把重的鲤鱼条。"

我的亲戚也是淮河边上长大的。现在是王家坝镇医院里主治医生，远近闻名的外科大夫。对于刘文贵的捕鱼生涯他了如指掌。他说："老刘是我们王家坝有名的鱼神，60 年代，他做过一个大活，是个大混子（草鱼），130 多斤，挂在肉架子上卖，方圆几十里的人都来看，像赶会一样！……"

"对对对，"刘文贵来了精神，从口袋里掏出烟让我们，我们俩都不会抽烟，他自个儿用打火机点着，得意地说，"那时河里出鱼，六七十斤的一条是家常便饭，哪一天最少也逮个三二百斤。有时赶上鱼阵子，经常忙得顾不上吃饭。"他越说越高兴，好像又回到了当年。

"现在没有大的？"我插话。

老刘用手比画着："最大的也只有 10 斤，20 斤，一年能碰上三几回就算走运。经常是半斤八两的，有时一天还要打黄网。"

"为啥哩？"我问，"是不是干你们这一行的人多了？"

"左医生知道。"老刘望着我的亲戚，"过去靠逮鱼为生的人比现在多得多，光我们这上下十来里也有一百多。现在可少哩！主要是水坏，酸苦酸苦，呛嗓子，能长鱼吗？……"老刘又没了精神。

水面上荡起涟漪，老刘下河里起网。他开着小机驳船嘟嘟嘟转了几个圈才起了斤把穿鱼条子。他拎着鱼沮丧地说："还不够烧的柴油钱。"

告别了刘文贵，我们又先后找到李台村的王海。王海也正在起网。他今天很幸运，起了一条六七斤重的鲤鱼，我们都为他高兴，老王说："已经空三天了，三天……"他伸出 3 个指头，意思是每天平均也就 1 斤多。

张国华，50 岁，也是李台村渔民，在淮河上也漂泊了 30 多年，他今天几乎是空手而归。

叶先忠，42 岁，崔集村人，渔民。

李同贵，55 岁，崔集村人，渔民。

王小五，35 岁，李台村人，渔民。

……

这些渔民都有几十年的捕鱼经历。他们共同的看法是，淮河里没鱼主要是水质差，影响鱼类繁殖和生长造成的。不过，可喜的是，他们觉得近两年经过治理，淮河王家坝段的水质比以前好些。但人还不能喝，喝了有些酸，还有些涩。

回忆往事，老渔民李同贵说："30 年前我在淮河里做活，渴了就用手捧着河水喝，甜丝丝的，可解渴哩！很少拉肚子。现在，每天从家里出来，先把开水准备好，再渴也不敢喝河水。"

渔民们的感受很深刻。

渔民们的处境令人担忧。

为了生存，为了过上幸福日子，他们盼望早一天河水变清，渔业兴旺。

在王家坝水质自动监测站，我见到了站长刘坤同志。1999年11月国家投资200多万元在王家坝建设的水质自动监测站当年11月建成试运行。通过这套自动化装置国家环境监测总站可直接监测淮河王家坝水质情况。2000年6月11日时任中共中央政治局委员、国务院副总理的温家宝同志到该站察看设备运行情况。

刘站长很受感动，他说："淮河王家坝段水质目前正向好的方向发展。"说着，他递给我一张2006年5月31日的《中国环境报》。我翻阅第2版，看到中国环境检测总站发布的《全国主要流域重点断面水质自动监测周报》，先是文字介绍，内容如下：

> 2006年第22周（5月22日至28日），全国主要水系82个重点断面水质自动监测站8项指标（水温、pH、浊度、溶解氧、电导率、高锰酸盐指数、氨氮和总有机碳）的监测结果表明：Ⅰ～Ⅲ类水质的断面为56个，占69.1%；Ⅳ类水质的断面为7个，占8.7%；Ⅴ类水质的断面为6个，占7.4%；劣Ⅴ类水质的断面为12个，占14.8%。岔河河北沧州东闸门水质自动站河道断流，本周未采样监测。
>
> 本周水质好转的断面明显多于水质变差的断面。其中，松花江吉林白沙滩、黑龙江肇源断面，额尔古纳河内蒙古黑山头断面，海河天津三岔口断面，淮河安徽蚌埠闸断面，黄河河南小浪底断面，以及上海急水港断面水质均有好转；而颍河安徽七渡口断面，湘江湖南新港断面，以及太湖浙江新塘港断面水质状况有所下降。水质状况的改变主要是由于水体中氨氮、高锰酸盐指数和溶解氧浓度的变化造成的。

下面是中国环境监测总站提供的全国主要流域重点断面2006年第22周水质状况表。

全国主要流域重点断面 2006 年第 22 周水质状况表

序号	水系	点位名称	断面情况	评价因子（单位：mg/L）				水质类别		主要污染指标
				pH	CO	COD$_{Mn}$	NH$_3$—N	本周	上周	
22		安徽阜南王家坝	干流（豫—皖省界）	7.45	5.68	5.0	0.91	III	III	
23		安徽淮南石头埠	干流	7.65	6.11	5.2	0.84	III	III	
24		安徽蚌埠蚌埠闸	干流（闸上）	7.40	5.09	2.8	0.14	III	IV	
25		江苏盱眙淮河大桥	干流（皖—苏省界）	7.52	7.48	4.5	0.69	III	III	
26		河南驻马店班台	洪汝河（豫—皖省界）	7.87	4.22	7.0	0.67	IV	IV	高锰酸盐指数，溶解氧
27	淮河	河南周口沈丘闸	沙河（闸上）	7.53	1.50	4.7	7.73	劣V	劣V	氨氧，溶解氧
28		安徽界首七渡口	颍河（豫—皖省界）	7.86	4.33	7.1	4.10	劣V	V	氨氮
29		河南周口鹿邑付桥闸	涡河（豫—皖省界）	8.28	7.38	7.0	6.07	劣V	劣V	高锰酸盐指数，溶解氧
30		安徽淮北小王桥	沱河（豫—皖省界）	8.04	4.80	8.0	0.93	IV	IV	高锰酸盐指数
31		山东临沂清泉寺	沭河（鲁—苏省界）	7.45	5.08	12.1	0.32	V	IV	
32		山东枣庄台儿庄大桥	京杭大运河（鲁—苏省界）	7.70	6.19	3.9	0.40	II	II	氨氮，高锰酸盐指数
33		江苏邳州苍艾山西大桥	邳苍分洪道西侧偏泓（鲁—苏省界）	8.61	6.67	9.2	1.42	IV	IV	

从以上公告和表中可以看到，淮河中游水质污染依然严重。尤其是河南省驻马店、周口市、漯河市的洪汝河、沙河、颍河令人担忧。值得兴奋的是地处淮河干流上游的河南省信阳市对淮河水污染问题特别重视。从 20 世纪 90 年代起，信阳市委市、政府三令五申坚决不准上马污染企业。20 世纪 90 年代中期，潢川、息县、固始等试图上马一批有着资源优势的造纸企业，市里得知后，立即明文规定，凡是上马对环境尤其水资源造成污染的企业，必须同时或先期建设治污设备，没有治污设施的项目一律不予审批。河南省人大常委会副主任李中央，当时任信阳市委书记。在一次全市环保工作会议上，他态度坚决地说：

"淮河是我们的母亲河，我们有几百万人就是靠淮河生存的。我们虽然生活在上游，也决不能以牺牲和破坏资源为代价换取眼前的利益。要放眼未来，立足环保，在治理污染的同时大力促进经济发展，提高人民的生活水平……"后来市里坚决关停并转一批小造纸、小化工等污染企业，受到河南省和国家环保总局的表彰。地处淮河发源地的桐柏县，不仅水资源保护工作做得好，绿化工作也很出色，森林覆盖率达 78%，被国务院授予全国山区绿化先进县。

然而，同样处于淮河上游流域的驻马店、周口、漯河市大大相反，那里的污染企业屡禁不止，恶性循环，既影响人民的生命安全，也制约了生态农业的发展。20 世纪 90 年代末，中央电视台在颍河上游一家造纸企业采访时，记者们乔装打扮，深更半夜用手电筒照着寻找排污口拍摄，他们的行动像当年地下工作者深入虎穴，冒着生命危险那样令人感动，又那么令人感慨。同样，还是中央电视台的《新闻调查》摄制组的同志们，在沙河上游某化工企业采访时，被拒之门外，遭受白眼，受到咒骂，有一位同志还险些被打伤。还有，著名作家陈桂棣先生在河南省某地采访污染企业，写作《淮河的警告》时，竟然被某企业主指使人将其驱赶，流落街头。

更让我永远不能忘记的是，2002 年 4 月 16 日我在周口市某造纸企业采访时，竟被厂长指使人以我是小偷的罪名将我送到附近一个派出所。我当时据理力争，要当面找他们的厂长讨个说法，一个穿着警服的门卫恶煞煞地说："你以为你是谁，什么熊作家，介绍信连擦屁股纸也不如。我们的厂长是你能见的吗？"另一位门卫声色俱厉地告诉我："实话告诉你，我们这个造纸厂的根子粗得很，中央电视台《焦点访谈》的记者照样不让他们采访。我们是封闭式生产，厂长说了，什么污染不污染，只要能赚到钱，中央的×××下命令也关停不了。"

我被他们镇住了。光棍不吃眼前亏。乖乖跟他们到派出所。

所幸，派出所的同志看了我的证件后，一位不愿留下姓名的副指导员对我说："造纸业现在利润高。他们财大气粗，厂长是前台人物，背后阴着的后台硬，我劝你不要采访了，免得出意外，这些人什么事都能干出来。"

我听从了这位副指导员的劝告，悻悻而回。

……

令人惊喜的是，2006 年 4 月 20 日，中央电视台《焦点访谈》节目播出了颍河上游漯河市水污染由差变好的报道。河南省环保局副局长李景明告诉记者，漯河市治理水污染经历了沉痛的教训，是广大人民群众给市委、市政府狠狠一击。2000 年 4 月，漯河市发生一起令世人震惊的事件。4 月 16 日上午人们刚上班，附近 100 多位农民开着拖拉机为市委、市政府各办公室送来一桶桶被污染的沙河里的水，水色发黑，臭气袭人，不要说饮用，洗脸、洗衣服、浇地都不能用。市委书记、市长面对不堪品味的水痛心疾首。市长靳克文拍案而起，他坚决地说："如果沙河水的污染不治理，我这个市长就不当了。再任其下去，我们上对不起党，下对不起人民，连子孙后代也不会饶恕我们！"市委、市政府立即召开联席会议，统一思想，统一认识，痛下决心，一定要治理好环境污染，特别是水污染，不论是什么干扰，坚决排除。

治理水污染，谈何容易。当时，漯河市有大小造纸厂 100 多家，有的根本就没有什么治污设施，可谓污水横流；有的明停暗存，有的白天停夜里生产，有的厂门外换上制衣、学校等各种不同的牌子，暗地里继续生产。市里派出工作组由市领导任组长，公安、环保、卫生、工商等部门人员参加进驻各厂，组织企业领导班子和员工认真学习中央、省、市有关环保和防治水污染文件，在提高认识的前提下，采取死看硬守的方式，该停的停，该关的关，任何人也不允许特殊。关键时刻，省里有人出来讲情，"能不能变通一下，采取先生产后治污呢？……"甚至北京也有人打电话给市委、市政府主要领导说："环境污染，不仅是一个企业，一个地区，一个省，也是国家的大问题，就是联合国也在着急。治理污染，不可操之过急，要有一些牺牲，只要企业效益好，经济上去了，牺牲一点眼前的利益也是值得的……"

不论东南西北风，也不论任何人的高见和干扰，漯河市委、市政府咬定青山不放松，坚决将污染企业关闭或停产整顿。经过一年多艰苦细致的工作，全市只保留治污设施和效能较好的河南省银鸽集团，其余 100 多家造纸企业全部被砍掉。被关闭的造纸企业，有的转产食品加工，有的转产养殖，有的转产服装生产，基本上都找到了新的方向，效益也日益好转。

我在电话里联系上河南省环保局局长王国平同志。在谈到治理水污染问题时，王局长深有感触地说："环境污染是社会问题，关系千千万万人民的生活和生存；企业是局部或个人问题。由于经济利益的驱动，治理污染，特别是治理水污染，难度非常大。我们在驻马店、周口、漯河等企业污染大户检查时，工作人员不仅遭到刁难，甚至还有被谩骂和殴打的案件发生。这并不影响我们的工作，在省委、省政府领导下，我们将认真总结推广漯河的经验，下决心搞好水污染治理，让河水变清，天空变蓝，空气变新，人们生活在优美的环境中。"

在周口市某排污大户的一家企业外面，为了寻找排污口曾带领检查组在那里寻找守候半个多月的河南省环保局水污染控制处处长马新纯说："那家企业的排污口非常隐蔽，周围还部署着暗哨，只要有人走到排污口附近马上就有人出来制止，不让寻找。我们分班作业，轮流工作。白天有人制止，我们就夜里开展工作，经过大家不懈努力终于找到了排污口，并画出图，做出标记，还拍下了照片。在铁的事实面前，企业主不得不承认错误。并按照有关法律规定，不但对企业实施了罚款处理，还责令其停产整顿。现在这家企业排污设备基本正常运行，排出的废水基本上达到了标准。"

6月5日是世界环境保护日。这天晚上中央电视台播放了安徽省蚌埠市康明科技公司废水严重超标的新闻。当国家环保总局工作组前往检查时，企业竟组织人员进行干扰，一个老板模样的人气势汹汹地指着陪同检查的市环保局工作人员说："我们有治污设备，你们搞突然袭击，我们不准查！"

工作组的同志说："我们是执法单位，检查你们企业的污水处理情况，排出的污水达标不达标是我们的责任，你们应主动积极配合我们的检查。"

"不行。"一个满脸横肉的人说："别说你们是检查组，就是你们的侯局长来也不行！"

双方对峙了许久。工作组只好撤离现场。

……

另据调查，蚌埠中艺纸业有限公司自2005年投产以来，治污设备一直没有投入使用，大量的超标污水排出，造成淮河水污染。特别是蚌埠市经济开发区有近一半的企业污水处理设施不齐全，污水处理不达标，造成淮河蚌埠段水贡严重污染。6月7日国家环保总局已向安徽省环保局下达了这些企业必须立即停产整顿的通知。

安徽省环保局局长刘庆强任前曾担任阜阳市市长。这位看上去既严肃又古板的中年汉子却有着一颗菩萨心肠。在阜阳期间曾因奶粉事件遭受"飞来之祸"。奶粉事件发生后他难过地掉下了眼泪。他不是担心问责自己，而是为大头娃娃们伤心。他曾沉痛地说："这是关系这些孩子一生的大事，他们的今后怎么办？"因而他日以继夜地工作，为孩子们治疗操心，为查处事件奔波。调任省环保局，如今环保问题已成为国民乃至世界关注的大事。尤其是水污染治理，涉及方方面面，特别是企业的发展和经济的腾飞都与环保密不可分。绝大部分企业都有废水排出，治理污染经济投入比较大，土地、大气、水，哪一方面污染都涉及千千万万人民的利益。尤其是水污染，已威胁到人们的生活与生存。这，对于一局之长的刘庆强来说应该是沉甸甸的。

经过"重灾区"历练的刘庆强局长说："既然重任在肩，就义无反顾。哪怕是走钢丝也要不辱使命，勇往直前……"

接到国家环保总局的通知后，刘庆强带领有关专家和工作人员前往蚌埠。为了母亲河，为了千千万万人民，他又要经历一场没有硝烟胜似肉搏的特殊战斗。

……

2005 年 11 月 13 日下午 1 点 40 分左右，中国石化吉林省分公司双苯厂发生爆炸事故，造成大量苯类污染物进入松花江水体，引发重大环境污染事件。松花江是东北地区 6200 万人民的母亲河和 1600 万人的饮用水源。事关国计民生，还涉及中俄两国关系和我国的国际形象。事件发生后，党中央、国务院高度重视，胡锦涛总书记、温家宝总理多次作出重要批示，要求有关地方和部门采取有效措施，把这一事件造成的损失减少到最低限度。温家宝总理还到哈尔滨察看松花江水污染情况，了解群众生产生活供水情况，部署污染防控工作。

在党中央、国务院领导下，集结防控的号角一吹响，国家环保总局机关、中国环境监测总站、中国环科院、南京、华南环境科学研究所以及有关院校和研究机构，黑龙江、吉林、辽宁、河北、河南、山东、天津、上海、江苏、广东、浙江等 11 省市环保部门的干部和专家、监测和科研人员共 300 多人汇集黑龙江，谱写了联合抗污的壮丽篇章。

这是一起水污染的突发事件。

这是一声发聋振聩的警钟。

这是一场没有硝烟的战斗。

这是一次防控污染的严峻考验。

在这起震惊世界的防控大江大河水污染战斗中，中国政府和人民交出了一份令世人瞩目的合格答卷。联合国环境规划署一位官员在事后考察松花江水质现场时动情地说："中国人，了不起！……"

在全国第六次环保大会上，温家宝总理强调，做好新形势下的环保工作，关键是要加快实现从重经济增长轻环境保护转变为保护环境与经济增长并重；从环境保护滞后于经济发展转变为环境保护与经济发展同步；从主要用行政办法保护环境转变为综合运用法律、经济、技术和必要的行政办法解决环境问题的"三个转变"。

国家环保总局局长周生贤在松花江水污染防控先进事迹报告会上指出，这次松花江水污染防治战斗，国家有关部委、地方环保部门全力以赴，汇集了全国监测和科研战线上的精兵强将，形成了大协作体系，形成了共和国历史上环保力量最大的一次集结。这是各级党委政府和广大环保工作者特别是一线人员吃苦耐劳、艰苦奋斗、连续奋战的结果。这次松花江水污染防治战斗，历时40多个日日夜夜，经过艰苦奋战，没有辜负温总理"不让一个人喝不上水，也不让一个人喝上污水"的谆谆嘱托。他们不愧为特别能吃苦、特别能战斗、特别能奉献的环保人，不愧为新时期最可爱的人！……

松花江与淮河同为中华民族的母亲河。在防治水污染上同等重要。

历史的经验不能忘记。几年前的中央电视台《焦点访谈》和《新联调查》的画面早已向我们敲响了警钟，发出了警告。

最近全国主要流域重点断面水质自动监测周报已明确出淮河水污染的重点。按照《中华人民共和国水污染防治法》的规定，淮河水质不容乐观。尤其是地处洪汝河、沙河、颍河、沱河上游的河南省驻马店、周口、漯河市，水污染的警钟已经敲响；最近发生的安徽省淮河蚌埠段水污染事件也即将突破防线，还有山东省的沭河、邳苍分洪道西偏泓等淮河干流和水系都令人担忧。

我们不能让松花江水污染事件的历史重演。

我们也不能让淮河水一天天向污染走近。

更不能让沉闷的警钟久久敲响。

天蓝、水清、鱼肥、草绿、花香的千里淮河将展现在人们的眼前，那时的王家坝将成为天南海北的华夏儿女乃至世界各地朋友们魂牵梦绕的乐园。

母亲河啊，母亲河，

当沉闷的警钟最后敲响结束时，

就是你青春焕发的那一天的开端。

遥远吗？

……

第十八章

——

淮河安澜期几许

　　穿越时空隧道，还原淮河经典。这是一方神奇的土地，也是华夏江河湖海最难解读的诗篇。淮河安澜期几许？问苍天，撼大地，谁主沉浮？……

　　"走千走万，不如淮河两岸……"这古老的歌谣不知传唱了多少年代。

　　淮河，对于祖祖辈辈居住在沿淮的人民来说，有过辉煌：横贯我国中原腹地滔滔淮水，是一条具有悠久历史的古老大河，在古代，淮河与黄河、长江、济水齐名，并称之"四渎"，从桐柏山流出，蜿蜒东去，千年流淌，物产丰饶，孕育、滋养着我国近八分之一的人口。其中河南省5000多万人，安徽省4000多万人，山东、江苏各4000多万到3000多万人。淮河流域是我国重要的商品粮和能源基地。

　　值得一提的是湖北省还有253.3平方公里不仅地处淮河流域，淮河干流8公里也从那里经过。因此湖北省随州市有个淮河镇。2000年4月22日我有幸到此采访，受到镇办公室主任后国栋同志的热情款待。多年来，全镇3万余人民既享受着淮河赐予的甘甜，也备受淮河洪水之苦。1989年6月发生罕见的大洪水，全镇10多人丧命，100多头牲畜淹死，5000多人受灾，1000多间房屋倒塌，2000多亩庄稼绝收。这里是有名的"七山二水一分田"山区。为了绿化荒山，防止山洪暴发和水土流失，在省、市支持下，全镇修建太子坟、新巴沟等小（2）型水库21座，总库容1.5亿立方米；山地面积17.5万亩，95％已全部绿化。龙泉村三组，58岁的女共产党员唐道清承包荒山3000亩，从1978年春天辞去生产队长，带领全家老小在海拔400多米的荒山上安营扎寨。经过10多年的艰苦奋斗，昔日的荒山秃岭，如今变成遍山绿荫。唐道清荣获国家林业部、全国妇联授予的"全国三八绿化先进个人"光荣称号和金质奖章。

在告别淮河镇时，镇党委书记胡甲勇代表全镇干群满怀激情地给我写下他们的深情厚谊和良好祝愿：

> 淮河两岸根连根，
> 淮河人民一家亲。
> 桐柏山上水千尺，
> 蒙洼人民抗洪曲。
> 翘首遥望王家坝，
> 淮河安澜期几许？

最近，我又和淮河镇党委书记金培富同志取得联系，金培富40来岁，他在电话里热情地对我说："我们镇近几年变化很大，绿化造林是全省先进单位，群众的生活也比以前富裕了，欢迎您旧地重游，前来指导。"

我之所以要插叙这一小段文字，主要原因有两点：一是我见过的关于淮河的著作，大多没有提及淮河途经湖北省的文字。虽然淮河干流在湖北省境内仅有8公里，这里也曾演绎过惊心动魄的抗洪抢险的拼搏与牺牲，不应该省眠，也不应该遗忘；二是淮河镇已有300多年的历史，作为淮河上游重要商埠之一，曾有着辉煌的历史，也是当今淮河变化的见证。至于两位书记的赠言和盛情，也表达了近两亿淮河人民的心声和期盼。

千百年来，千里淮河曾留给人们诸多美好的回忆。但因为特殊的地形、气候条件和黄河夺淮的影响，淮河在造福两岸和流域人民的同时，也给这里的广大人民带来沉重的灾难：仅从14世纪至19世纪的500年间，淮河就发生了较大水灾350次，严重旱灾280多次。且一次比一次来得凶猛，一年比一年更频繁。大水一来，人们提心吊胆，拖儿带女，离乡背井，四处流浪。20 世纪初期，特别是 1931 年 7 月淮河特大洪水，造成 3000 多万人民流离失所，倾家荡产，饿殍遍野，已经到了民不聊生的境地。自此，备受饥饿之苦的淮河人民饥肠辘辘，心烦意乱的淮河人民又传开这样的顺口溜：大雨大灾，小雨小灾，无雨旱灾，有雨无雨都成灾。在老百姓的眼里，淮河成了一条地地道道的害河，年复一年地影响着他们的生活，改变着他们的命运。

新中国成立 50 多年来，国家对治淮给予了高度重视，从毛泽东发出"一定要把淮河修好"的伟大号召，党中央、国务院就投入了大量人力、物力、财力，治淮工作取得了巨大成就。特别是 2003 年国务院治淮会议以后，在中央领导的关心和国家有关部门的大力支持下，灾后重建和治淮工程取得了巨大进展，受到沿淮和流域人民的热烈欢迎和拍手称赞。然而，尽管如此，这项工作依然任重道远，特别是与治淮骨干工程相配套的综合治理工程，如平原洼地治理、山区水库除险加固和新的大型水库的建设及行蓄洪区建设和水资源污染治理及开发利用工程等不抓紧实施，就难以充分发挥骨干工程的作用和效益，难以使沿淮和流域人民的生产、生活得到改善和保证。回顾历史，直面现实，我们必须加快淮河综合治理的步伐，这是沿淮和淮河流域近 2 亿人民的迫切愿望。

王才山，安徽省阜南县王家坝镇王家坝村三队人。过去因为逃水灾带着一家老小到阜阳北里逃荒。在外地，不仅寄人篱下，还扛过长工，要过饭，吃尽苦头，1975 年带着儿女回到了老家王家坝。1991 年一场大水，女儿又回到北方，嫁了人，安了家；儿子也外出打工，全家都搬到外地谋生。唯有老两口住在淮河外滩上。当时搭个庵棚，大水来了，不论大小都得搬家。1996 年一年涨 8 次洪水，王才山搬了 8 次家。搬来搬去，最后家里只剩下一口锅，其余什么东西也没有，全靠政府救济和大家帮助过日子。现在，王才山老两口住进了保庄圩，在儿女们的支持下，家里买了电视机、VCD、影碟机，老两口除了看电视，听歌曲，有时还唱上几句，发出心中的感激与喜悦。

住在保庄圩的人们心里踏实了。蒙洼蓄洪区住在 4 个保庄圩的农民只有19420 人，还有 13 万多人民住在 120 多个庄台上，洪水一来，王家坝开闸，蒙洼蓄洪，182 平方公里的蒙洼蓄洪区洪水滔滔，一片汪洋，120 多个庄台变成一座座洪水中的孤岛。刘阳友就是蒙洼蓄洪区里一名普通干部，在 2003 年淮河流域特大洪水中，王家坝备受世人关注，因为，这里汛情最重，形势最急。在那场惊心动魄的抗洪抢险战斗中，刘阳友因为开着"便民船"服务群众而备受称赞，也格外引人注目。7月的王家坝倾盆暴雨狂泻而下，洪水肆虐，险情丛生，人民群众的生命财产受到严重威胁。最让刘阳友不安的还是当时受灾群众的生活，庄台上的住户很拥挤，房屋与房屋的距离仅两米，几百人、几千人挤住在一起，牲畜、家禽混居，屎尿遍地，臭气熏天，混浊的空气，混浊的水，人们简直一天天熬着日子。曹集镇镇长赵德锋，上任不久，通过走访群众，他了解许多当时情况。赵德锋说："蒙洼蓄洪后，曹集镇为解决庄台上群众的实际困难，由镇政府出钱租了一条船组织经营粮、油、菜、煤等生活必需品送到各个台子上。""便民船"所到之处，受到群众的普遍欢迎，商品供不应求。那时镇里派刘阳友负责这条船，每天天亮，就去组织商贩将商品运上船，小船每到一个主台，他就招呼群众去买。有时他一家家地找，争取不漏掉一户和一个人，让灾民们过上舒适的生活。20多个庄台转下来，他每天都要忙到天黑才回家，有时顾不上吃饭又安排第二天的工作，哪家人缺什么，油盐酱醋，针头线脑，香烟打火机，几乎农民所需要的样样都有，群众高兴地说："刘阳友为我们想得真周到！"刘阳友说："那时灾民都被统一安置在灾民救助点，吃住在帐篷里，日子不仅过得很无聊，而且，心里备受折磨。也难怪，你想想，谁愿意看到自己家园被水淹没，谁愿意当灾民，这都是淮河洪水惹的祸。所以，我们都希望治淮速度加快，治淮力度再大一些！"

王启敏，原霍邱县委书记，中等身材，睿智精干。从地委组织部调任霍邱县副县长，后任县长、县委书记。1991年淮河特大洪水时，整天穿着胶鞋在水里蹚。由于时间较长，双脚沤烂，流着脓血，他照样坚守在抗洪抢险第一线。同志们见他走路有时一跛一跛的很难受，劝他在家休息几天，他说："这是一场特殊的战斗，抗洪抢险与打仗一样，破皮流血是常事，要夺取胜利，就要付出代价。"在一个多月时间里，他从未休息过一天，一直坚持到胜利。

在霍邱县我还见到水利战线上的女强人——霍邱县水利设计室主任姚宪文同志。姚宪文是农民的女儿。她兄弟姐妹5人，她是老大，参加工作以来一直在水利部门工作，爱人刘树祥在排灌总站工作，儿子在省水电学院上学，一个三口之家，长期在三个地方生活。姚宪文爱岗敬业，被爱人称为工作狂。由于水利设计必须熟悉地形地质地貌，她经常带着干粮在野外工作。为了工作，她曾将刚刚一周岁的儿子断奶送到母亲那里。当儿子能上学回到家里时已经不认识她这个妈妈了。后来儿子上学大都由妹妹帮她接送。有一年春节到了，为了搞好施工，她竟在除夕的晚上才拖着疲惫的身子回到家里。她深情地说："这一生，最大的遗憾就是欠父母、爱人和孩子的太多，但我无怨无悔，我把自己青春年华和精力全用在工作上了。所以，我最大的愿望就是临淮岗工程早一天建好……"

在临淮岗建设工地上，姚宪文虽然已经人到中年，头上也生出几缕白发，但她仍奋战在施工现场，每一根钢筋，每一方混凝土，甚至每一颗螺丝钉她都要亲自检查，有时一遍不放心，还要再检查，她常对同志们说："临淮岗工程是治淮史上最大的综合治理工程，关系着千百万人民的生活和生存，也关系着子孙后代的幸福，我们要精心施工，保证工程质量，不能有一丝一毫的失误，早一天把临淮岗工程建好，向党向人民交一份满意的答卷……"由于她工作认真、积极负责、刻苦钻研、乐于奉献，《中国水利报》《治淮》等报刊先后介绍了她的事迹，并多次被评为水利战线上的先进工作者。

姚宪文啊，姚宪文，你无愧于巾帼英雄，更无愧于淮河的优秀儿女。

为了治理淮河，我不能不提起一位老人。他就是中国共产党的创始人之一李大钊之子，国家水利部第一任党组书记、副部长李葆华同志。李葆华任水利部党组书记、副部长时年仅41岁。原在北京市任第二副书记。在水利部工作期间，1950年秋曾和水利部部长傅作义从河南省信阳沿淮河顺流而下，经过多天奔波沿途察看了淮河的情况。2000年5月11日下午3时，在李老简朴的会客室里，他深沉地回忆说："那时的淮河真是千疮百孔，民不聊生。因为那年的大水刚刚退去，许多地方正组织民工堵口复堤，大多采取以工代赈的方法，既解决部分灾民不饿肚子，又加固了淮河大堤。由于地理位置特殊，流域面积大，山区多，上下游落差大，中下游落差小，部分河道窄，河床高，容易滞洪，是条难治理的河啊！……"

告别李老时，问他还有什么话要向安徽乡亲父老说，他沉思良久，提笔写道：

治理淮河，防止洪水，发展灌溉，还要治好污染。

李葆华　　2000年5月11日于北京

　　我经常捧出李老的墨宝拜读。虽然只有清逸蕴藉、苍浑劲健的 18 个字，却寄托着李老那深深的希冀与牵挂。李老在安徽工作期间，曾为治理淮河付出过许多精力与艰辛，但因后来"文化大革命"的影响，一些已经初见成效的治淮工程被迫停建。如果李老在天之灵，闻知即将竣工的临淮岗工程，他也会为之高兴。不过，李老关心的淮河水污染问题，却难以让他欣慰。

　　在淮南市，有一位为治淮和淮河抗洪抢险贡献出大半生精力与心血的市人大常委会副主任丁志聪。丁志聪大学毕业分配在《安徽日报》当记者，后主动要求调到淮南，曾任《淮南日报》总编，市委宣传部副部长，市委常委、市委宣传部部长。在淮南工作 30 多年里，每一次抗洪抢险，他都带着记者深入第一线，及时报道抗洪抢险情况和先进人物的事迹。有时忙起来，他不吃饭不休息，也要审稿直到报纸印出来，送到读者手中他才能松口气。在治淮工地上，他同样身先士卒和记者一起捉"活鱼"，把最重要的新闻最动人的事迹以最快的速度报告给广大人民群众。在淮南，丁志聪深沉地对我说："淮河的确是一条很重要的河，淮南市 100 多万人就靠淮河供水；淮河也是一条很难治理的河，原来凤台峡山口卡脖子，洪水下泄不顺，现在峡山口拓宽了，但淮河水患仍不能得到有效控制。临淮岗工程竣工后，可能要好一些。但临淮岗以下的西淝河、北淝河、浍河、沱河、漴河、东淝河等大小还有几十条河流，一旦洪水暴发，能不能控制住谁也说不了。1991 年特大洪水，凤台毛集淹得那样惨，就是一次沉痛的教训。我们最大的心愿就是把淮河治理好，让淮河人民过上幸福的日子。"

　　曾在阜阳担任行署专员、地委书记的秦德文同志说："淮河治理的难度，除了上中游落差大、中下游落差小，上游流域广，山区面积大，容易出现山洪，特别是上游山区的 5000 多座大中小型水库都是五六十年代修建的，由于当时的物质条件和技术水平都比较差，水库的现状令人担忧。如果上游出现大洪水，再出现'75·8'板桥水库那样的事故，可真是要命啊！所以，我们必须提高警惕，注意防范，也要加大对山区尤其是水库建设的投入……"

　　2005 年 3 月，在这个风和日丽的春天，作为国家最高权力机关的组成人员，安徽省 80 多位全国人大代表将沿淮人民的心愿带进了神圣的人民大会堂，他们将来自基层的民情、民智的涓涓溪流汇聚成民意之河，共同提出"关于进一步加快淮河综合治理的建议"，表达了安徽淮河流域近 4000 万人民的强烈愿望，推动了淮河综合治理这艘航船更快地前行——肩负着人民的重托，满怀着美好的心愿，在 2005 年 3 月召开的十届全国人大三次会议上，代表们从会上审议发言到会外交流讨论，时时不忘这个重要话题，为沿淮人民鼓与呼。

在那次会上，全国人大代表，安徽省人大常委会副主任黄岳忠深情地说："淮河水系复杂，水患严重。淮河不根治，流域地区的人民群众怎么能有安定的生活？！建设和谐社会，实现经济社会可持续发展是基础，从安徽的实际来看，有一项很重要的工作，就是必须加大治淮力度，干支流和低洼地都要同步治理，特别是蓄洪区庄台上的人民居住和卫生条件也要改善，让沿淮人民直接享受到治理的成果。"

早在 20 世纪 90 年代，山东省人民政府曾就淮河水资源问题向国务院报告说："随着工农业用水的快速增长，降雨时空分布不均，淮河流域水资源供需矛盾日益突出，特别是黄淮地区，缺水问题已成为影响该地区经济发展社会发展、能源材料工业发展以及国家粮食生产的主要制约因素。尽快解决黄淮流域水资源的供需矛盾，是实施这一地区建设社会主义新农村的重要措施……"

肩负着党的重托，怀着对沿淮人民的深情，从雪域高原的西藏来到江淮大地的安徽省委书记郭金龙，到安徽工作第 6 天，2005 年 1 月 3 日雨住雪霁，冒着寒风，踏着泥泞，轻车简从来到阜南县王家坝看望蒙洼人民。郭金龙刚到王家坝下车就走上王家坝闸察看。他眺望逶迤的淮河，特别是一河之隔的河南省的村庄，又回望着王家坝闸下的蒙洼蓄洪区，感慨地说："王家坝的确不寻常，蒙洼人民的奉献和牺牲精神很可贵，我们要振奋精神，发挥优势，不但要搞好抗洪抢险，还要积极发展经济，建设社会主义新农村。"离开王家坝闸，郭金龙又来到王家坝保庄圩。在保庄圩郭金龙看到一派祥和的新气象，微笑着向保庄圩的群众打招呼，祝愿蒙洼人民生活一天比一天幸福……

在阜阳市第三届第一次人民代表大会上，新当选的阜阳市市长孙云飞同志在《政府工作报告》中说："在建设社会主义新农村的进程中，阜阳 938 万人民，认真学习贯彻邓小平理论、'三个代表'重要思想和社会主义荣辱观，进一步振奋精神，凝心聚力，为民务实，勤政诚信，在中央实施中部崛起的战略中，努力打造沿淮发展经济带。目前，王家坝闸除险加固工程已胜利竣工，蒙洼圈堤加固工程和低洼地治理等正在进行，力争农民年均收入增长 8% 以上。实现社会主义物质文明和精神文明建设新飞跃……"孙云飞在接受记者采访时表示："一定坚持以人为本，打造诚信政府，建设和谐社会，加强团结，廉洁奉公。坚决克服弄虚作假，形式主义和花架子等不正之风，调动各方面积极性，为建设皖西北中心城市和社会主义新农村而努力……"

共同的处境，共同的利益，凝聚成共同的愿望。同饮一河水的河南省人民对治理淮河也怀着同样的期望与希冀。几乎就在同时，河南省委、省政府也十分关注淮河的治理。省委书记徐光春到河南工作不久，就深入沿淮地区调查研究，他说："我们虽然地处淮河上游，也要顾全大局，我们要积极配合，按计划搞好移民搬迁和安置工作，决不能因局部利益影响工程进展……"

地处淮河下游的江苏省苏北地区，由于灾害频繁，一直滞后于全省经济的发展。近年来，江苏省对沿淮地区实施重点扶持政策，经济发展进入了快车道，基本上改变了贫穷落后的面貌，过上了富庶的小康生活。作为淮河的儿子——年近九旬的王光宇老人仍时时关注着淮河的安然。王光宇1919年出生于淮河岸边的霍邱县临水镇，1937年在上海参加陶行知山海工学团，1938年10月加入中国共产党。曾任阜阳第一任地委书记，安徽省委农工部部长、秘书长，安徽省人大常委会主任、党组书记。也许是喝淮河水长大的，他对治淮也倾注了大量的精力和心血。2000年11月3日我专程拜访了王老。已进入耄耋之年的王老神采奕奕，回忆起淮河的往事，他兴奋不已，"我家距离淮河很近，小时候常站在河边看那来来往往的帆船，还有哼着小调儿的渔民。清晨，河面上轻雾袅袅；傍晚，夕阳染红了流水……"老人仿佛回到了儿时的岁月。

那时临淮岗工程即将开工。在谈到临淮岗工程时老人笑容可掬地说，"临淮岗工程做好后，淮河的灾害将会大大减少。但是……"老人转换话题，有些担忧地说，"淮河上游和大别山区降雨量比较多，从20世纪50年代初修建了大中小几千座水库，由于当时的物质条件和技术都比较差，这些水库都已经老化，防洪能力大大降低。当前水库加固除险也非常紧迫，决不能再出现上世纪'75·8'那样令人痛心的事件……"

老人拳拳之忧，令人肃然起敬。

在2006年第1期《治淮》杂志上，我拜读了原水利部淮河水利委员会主任蔡敬荀同志的文章。蔡老已经82岁，早从领导岗位上退下来。20多年来，他孜孜不倦地研究着有关治淮的文献资料，有时还深入现场实地调研，整理出许多非常有价值的资料供有关部门参考。他在《期盼淮河早安澜》一文中说："如何加强对大江大河的治理，笔者认为就淮河而言，应有两个加强的重点：一是针对当前治淮存在的主要难点；二是针对当前治淮存在的薄弱环节，这就要求对当前治淮形式要有较为符合实际的评估。2002年国办发6号文件明确2003～2010年完成的治淮19项骨干工程建设任务，合理安排淮干行蓄洪区调整，淮河流域重点堤防达标及河道治理，淮河流域重点平原低洼地治理等三项工程建设，目前正大力推进，全面展开，逐步发挥效益，流域人民深受鼓舞，看到了进一步摆脱贫困的前景，增强了全面奔小康的信心。但也存在难点与不足，如标本兼治的淮河干流整治扩大行洪通道工程，自上世纪80年代初开始建设，正阳关以上蚌埠闸以下均进展顺利，效益明显。而正阳关至涡河口进展缓慢，多处低标准行洪区的行洪堤至今尚未退建还河，严重阻水，已影响淮河干流整治效果，亟待加快建设，改变被动局面……"

让淮河流域人民安心的是，淮河治理有了更新进展。作为淮河第二大支流——涡河，其治理工程已全面铺开。"历史上涡河从未经过系统治理，20世纪60年代上游进行的'引黄灌溉'工程破坏了涡河水系的生态，河道淤塞严重。"淮河水利委员会主任钱敏介绍说，涡河近期治理工程是治淮19项骨干工程之一，对完善淮河流域防洪体系，提高淮河防洪能力，保障和促进区域经济发展具有极为重要的作用。工程建成后，涡河干流河道达到防御20年一遇洪水的能力。

更令沿淮人民欣喜的是王家坝闸的实际功效，王家坝闸实施除险加固工程后于2005年4月14日通过了单位工程投入使用验收，并在2005年淮河几次洪峰中经受了考验，发挥了作用。

近年来，治淮工程建设已全面展开。怀洪新河、包浍河治理、高邮湖大堤加固和汾泉河治理工程全面完成。临淮岗洪水控制主体工程基本完成，淮北大堤加固、白莲崖水库、行蓄洪区安全建设、湖洼地及支流治理进度加快；以王家坝闸除险加固为标志的淮河干流河道整治及堤防加固工程建设进展顺利；行蓄洪区调整与改造，一般堤防加固和重点平原低洼地排涝工程正在进行前期工作，重点洼地治理外资项目世行已完成项目认定；灾后重建工程全面完成；移民迁建工程已完成6.86万户安置任务……

据媒体报道，全长647公里的淮北大堤是安徽、江苏两省沿淮17个县市的防洪"屏障"。经国务院同意，国家发改委已批准淮北大堤加固工程的可行性研究报告，这项总投资22.7亿元事关628万人生命财产安全的"民心工程"将于

2006 年底全面开工建设。工程完成后，淮北大堤防洪标准由现在的 50 年一遇提高到百年一遇。这是多么令人心花怒放的喜讯。

几乎就在同时，媒体也传来让人焦虑和震惊的现实：淮河中上游，尤其是王家坝至息县和洪汝河中下游成百上千只采砂船夜以继日地在不停地大肆采砂。又粗又长的巨龙般的吸砂机头无情地伸向河床，许多段河床两边被吸空凹进四五米，形成巨大的空洞。据淮河水利委员会负责同志介绍，淮河、洪河河道大肆滥采砂现象已危及淮河和洪河大堤安全。如果不迅速采取切实可行的措施加以制止，必将带来严重的后患。河南省信阳淮河管理处（驻地淮滨）负责人说："由于经济利益驱动，淮河、洪河滥采砂屡禁不止，愈演愈烈的现象已发展到令人发指的程度，几十吨、数百吨，甚至上千吨的采砂船遍布河床两边，日夜滥采。经常出现武力抗管，每年都发生管理人员被打伤的事件。因此，仅靠河道管理部门和管理人员的管理是不够的，必须由政府协调各有关部门共同努力才能有效遏制河道滥采砂现象。为此，淮委负责同志组织安徽阜阳、河南信阳两省和阜南、淮滨、息县、固始等有关部门进行一次集中整治，效果很好。但是，由于砂石市场较广，销路走俏，一只采砂船每天能赚成千上万甚至十几万元，今后的前景会乐观吗？……"

淮河不治理，沿淮人民无宁日，国家不安宁。这已成为沿淮 5 省和上上下下方方面面的共识。

为了治淮，水利部领导亲临第一线指挥战斗。

为了治淮，淮河水利委员会的同志们夜以继日地拼搏。

为了治淮，安徽、河南、江苏、山东、湖北人民在苦苦挣扎、抗击、奉献、牺牲中期盼……

穿越时空隧道，还原淮河经典。蒙洼是一方神奇的土地，王家坝是高高耸立的标杆。自从王家坝建闸以来的 50 多年里，不仅 12 年 15 次开闸、蓄洪，以 75 亿立方的蓄洪量削减了淮河的洪峰，为上下游安全写下了惊心动魄和情深似海的动人华章。这里的人民虽然还不富裕，甚至还没脱贫，但却为兄弟地区的发展和富有默默地承受着牺牲，坦然地予以奉献……

几十年来，特别是 1991 年淮河特大洪水以来的 17 年里，王家坝这个弹丸之地，受到全国和全世界的关注与支持。党中央、国务院、全国人大、全国政协的 10 多位党和国家领导人顶着寒风，冒着暑热，怀着赤诚，带着牵挂，不辞辛劳地走上庄台，走进一个个家庭，不顾疲劳，也不嫌破落，踏着泥泞，顶着污臭，紧紧地握着一双双结满老茧的手，问寒问暖，关怀备至，甚至连囤里还有多少粮食，锅里煮的食物，饮水干净不干净都要亲眼看看，用手摸摸，生怕灾后的生活有什么闪失，他们视蒙洼人民为父母、兄弟、姐妹及自己的儿孙。还有，还是以王家坝为标志的蒙洼地区，几十年来，特别是1991年以来省部级领导干部，包括一些将军，先后100多人的足迹印在这里。

蒙洼——孕育传奇的大地。

王家坝——一座永远高高耸立的丰碑！

最近，殚精竭虑谋发展的老书记带着收获，带着喜悦，也带着牵挂与遗憾高升了。这位由公社粮站普通职工经过摸爬滚打一步步走上领导岗位的领导干部，主要靠实践经验，有着超人的智慧和谋略。可能还有高升的希望。可惜时过境迁，他的"经验"已经难以施展，应该早早地画上句号。新任县委书记倪建胜，年富力强，真才实学，上任伊始就轻车简从来到王家坝。倪建胜带来黄山的灵气，也带来徽商的精髓，还带来歙砚的坚硬，并带来新安江水的纯净。歙砚是中华民族的文房四宝，曾砥磨出一代又一代文人墨客铮铮铁骨；新安江曾流不尽李白、杜甫、白居易、苏东坡等一代又一代文学巨匠的绝句与佳作。倪建胜一定会认真学习邓小平理论、"三个代表"重要思想和科学发展观，以自己的视角与睿智深谋远虑，开拓创新，在看似坦途的淮北平原，注视着王家坝风平浪静下面的暗礁和可能出现的洪水，尤其是惊涛骇浪。倪建胜站在大闸上，眺望着蜿蜒东去的淮河感慨道："历史把我推到淮河之滨的阜南。我是黄山的儿子。我也是淮河的儿子。我要把阜南作为第二故乡，在省市委正确领导下，牢记党的宗旨，严格要求自己，应对各种挑战，加强团结，勤政为民，实现跨越式发展，建设社会主义新农村。"

……

经历50多年风风雨雨的王家坝坚信：倪建胜不会辜负党的重负，人民的期望，还有远在故乡的妻儿老小。这是公与私的考验，也是灵与肉的拼搏，还是事业与亲情的绞合。失去的可能无法弥补，得到的却是154万人民的殷殷深情。他将一身正气，两袖清风，为官一任，造福一方。这是庄严的使命，也是一个共产党员心灵的升华与崇高的追求。

就在刚刚进入江淮梅雨期后的10多天，国家水利部副部长周英来到王家坝作汛前检查，她走到闸上，请专家调试机器，询问运行状况，走上庄台，察看台坡加固是否达标，走进保庄圩，看看那里人民的生活状况……

周副部长返京半个月，水利部副部长敬正书又冒着暑热，来到王家坝。敬正书带着和周英同志同样的使命。他的到来，再一次说明王家坝—蒙洼蓄洪区即将进入淮河防汛和抗洪抢险的临战状态。略有不同的是敬正书为王家坝留下了"淮河第一闸"的墨宝。

今年淮河会不会发生洪水，谁也不能回答。

今年一定要做好抗洪抢险的准备，这是丝毫也不能马虎的硬任务。

淮河啊！你是一部大书，永远也写不完的巨著。

王家坝啊！你是共和国的宠儿，时刻都装在党和国家领导人的心里。

蒙洼大地啊！你是中华民族的热土，每一寸都那么珍贵，那么神奇！

……

王家坝大事记

·1950 年 7 月，淮河流域发生特大洪水。中央人民政府十分关心淮河流域水患，毛泽东主席作出"根治淮河"的重要批示。抗洪抢险结束后，为表彰抗洪抢险和生产自救先进单位，毛泽东亲笔题写锦旗，发出"一定要把淮河修好"的伟大号召。

·蒙洼蓄洪区，原系蒙河洼地。位于阜南县境东南部。西起官沙湖，东至颍上县南照集，北抵岗坡，南临淮河，平均宽约 7.5 公里，长约 40.5 公里，总面积 300 平方公里。形状成为一狭长地带，上、下各敞开一缺口，上为官沙湖口，下为小润河口。夏秋汛期，洪水上自官沙湖决堤下泄，下由小润河口倒灌，年年泛滥成灾，官沙湖尤为豫、皖两省水利纠纷焦点。

1951 年 3 月，根据水利部规划方案，治淮委员会召集河南省、安徽省治淮指挥部及信阳、潢川、阜阳 3 专区治淮指挥部，对上至河南省新蔡、潢川，下至润河集一带受灾地区进行勘查，作出规划：分割蒙洼为两块，南部作为蓄洪区，沿其北部筑蒙堤一道，两端连接淮河北岸大堤，构筑圈堤，与进、退水闸组成蓄洪库，库内面积 183 平方公里，调蓄洪水位 27.66 米，蓄洪量 7.5 亿立方米。王家坝水位达 28.66 米时，因涉及河南、安徽两省利益，由国家防总调度，开闸蓄洪。蒙河以北为行洪区。

·1951 年冬，阜阳地区组织阜南、阜阳、临泉、颍上等县 10 余万民工构筑蒙洼蓄洪区圈堤和庄台。先后苦战两年多，于 1953 年春胜利竣工。

·1953 年 1 月 10 日王家坝闸开工建设，历经 187 天，于 7 月 14 日竣工。参加施工和建设的 3000 多人，其中大多是民工开挖闸基。闸身 118 米，13 孔，孔宽 8 米，高 5.5 米，控制面积 187 平方公里。设计流量 1626 立方米／秒。水位进洪：闸内 24.16 米，闸外 28.66 米；蓄水闸内 28.66 米，闸外 27.50 米。闸室长度 1.2 米，闸底高程 24.16 米，堤顶高程 29.8 米，室内结构为钢筋混凝土结构开敞式；消力池结构为陡坡和三道齿形槛，消力池长 25 米，池底高程 22.65 米。上游海漫结构为混凝土和干砌块石，长度 35 米，上游乙墙结构为圆弧浆砌块石；下游海漫结构为浆砌块石，长度 30 米，下游乙墙结构型式为弧形浆砌块石。闸门结构为弧形钢门，门高 4.5 米，宽 8 米，重 9.2 吨；启闭机为卷扬式 13 台，能力为 10 吨／台。工程总投入 216.97 万元。

· 郜（曹）台退水闸，1952 年 10 月建成。长 81 米，2 孔，设计流量 102 立方米／秒，因流向不正，泄洪量小，不能及时泄洪。1972 年底施工兴建曹台退水闸，1976 年 5 月竣工，总投资 567.80 万元。曹台退水闸位于蓄洪库最下游，28 孔，净跨 5 米，其中深孔 2 孔，设计流量 2000 立方米／秒，校核流量 2800 立方米／秒。泄洪时，闸门启闭由县防汛指挥部调度。

· 蒙洼蓄洪区内原有庄台少、小、低矮，最高高度仅 27 米，其下 26 米左右，低于蓄洪水位 0.5 ～ 1.5 米。为保障人民群众生命财产安全，自 1953 年至 1956 年，由人民政府投资兴建一批新庄台，加高老庄台，现有庄台 128 座，居民 8 万人左右。其余群众仍散居在庄台下面的洼地上，过着洪水一来就搬迁，洪水退后再回迁的不安定生活。

· 1954 年 7 月 6 日至 19 日，淮河流域暴发特大洪水。河南省淮滨县几乎全县淹没，沈丘县 80% 以上土地积水深 1 ～ 2 米。河南省 2 市 83 县受淹，倒塌房屋 30 万间；安徽省 2620 万亩农田受淹，倒塌房屋 168 万间，死亡 1098 人。为了缓解上游河南省洪水压力，保障中下游安全，王家坝闸建成后第一年 3 次开闸蓄洪，蓄洪量达 10.8 亿立方米。为了顾全大局，蒙洼人民第一次作出了重大奉献与牺牲。周总理在听取水利部关于淮河抗洪抢险情况汇报会上动情地说："王家坝立下了汗马功劳……"

· 1968 年 6 月 28 日淮河流域开始降雨，雨量越来越大。尤其上游河南省境内大暴雨不止，使淮河水位暴涨。7 月 15 日 14 时，王家坝水位达 28.77 米，20 时 15 分，安徽省水利厅军管组通知王家坝闸管处开闸蓄洪，闸门全开。经县防汛指挥部军代表高瑞征同意，通知王家坝于 15 日 23 时 30 分启动闸门，此时水位已升至 28.82 米，至 16 日 5 时，闸门全开，闸上水位已达 29.04 米，并以每小时 9 厘米的速度上涨。16 日 24 时，王家坝洪峰水位 30.55 米，总流量 12500 立方米／秒，导致洪峰水位超过堤顶 0.69 米。王家坝闸管所院内一片汪洋，堤顶普遍漫水。7 月 17 日零时 30 分，王家坝闸东 100 米处漫决一缺口，长 150 米；闸西 30 米处漫决一缺口，长 30 米，淮蒙堤接头处漫决溃破；蒙洼蓄洪水位从此失去控制，此次蓄洪达 11.64 亿立方米。

灾情发生后，上海市革命委员会办公室来电，要求准备接受空投，18 日至 22 日，出动多架飞机在阜南县城和中岗、地城等空投救生用品和干粮、食品。7 月 18 日下午，人民解放军某舟桥部队一个团 1000 多名官兵驰赴阜南，利用汽艇连夜奔蒙洼灾区抢险。同时，省、地领导调拨轮船 10 艘、木帆船 4000 余吨位参加抢险，使 10 余万灾民安全转移。

·1975 年 8 月 4 日起，河南省洪汝河、沙颖河上游，受三号台风影响，突遭暴雨袭击，驻马店以上泌阳县为暴雨中心，林庄雨量站记载，3 天降水 1605.3 毫米。8 月 8 日深夜板桥水库垮坝失事，石漫滩水库漫溢垮坝。库水以 78110 立方米／秒下泄，排山倒海，奔腾咆哮，闻声数十里，顿时吞没无数田园村庄，狂波巨澜席卷而下。新蔡县以东洪河左堤破口，大水主流进入洪河分洪道及北岸岗地，平地直下，后又先后扒开多处洪堤分洪，分洪道北岸，大水漫岗 1～3 公里，水深 0.5～1 米，浸庐飘木，村内行船。7 月 15 日 12 时 40 分，接国家防总传达李先念副总理指示，王家坝立即开闸蓄洪。蒙洼蓄洪 4.92 亿立方米。全县组织民工 14.19 万人参加抗洪抢险。8 月 12 日至 18 日，省防汛指挥部派飞机每天来洪洼，按指定地点空投干粮、食品、救生衣、救生圈等。

8 月 14 日，人民解放军驻蚌埠舟桥部队派出两个营，执行洪洼炸口任务后，立即投入抢救灾民；8 月 19 日又增派 1 个营到地城奔赴蒙洼抢救灾民。

·1982 年 7 月 12 日，淮河流域开始降雨，至 7 月 21 日，暴雨在洪、淮河上游不间断摆动，淮河水位高涨；21 日 16 时，王家坝水位高达 28.67 米，闸门开始漫水；22 日 10 时，水位涨至 29.01 米，奉国家防总命令开闸蓄洪，27 日水位降至 28.66 米时关闸，历时 131 小时，蓄洪 7.5 亿立方米。8 月中旬，淮、洪河上游和南部山区再次降暴雨。8 月 22 日 8 时 45 分，王家坝水位高达 28.72 米，奉命第二次开闸蓄洪，历时 90 小时，二次蓄洪 3.67 亿立方米。在这次抗洪抢险中，为了保住堤防，阜南县郜台公社党委副书记、管委会主任沈恩久同志英勇献出了生命，被中共安徽省委、安徽省人民政府授予"优秀共产党员、人民的好干部"光荣称号，追认为革命烈士，并在全省各地开展向沈恩久同志学习的活动。

·1991年5月18日至8月7日，淮河中上游连续遭受两次特大洪涝灾害，阜南县境81天累计降雨993.9毫米，比历年年均降雨量905.1毫米还多88.8毫米。淮河王家坝出现6次洪峰，最高水位达29.56米。短短22天里，王家坝两次奉命开闸蓄洪。全县旱季绝收102.4万亩，秋季三种三淹，特重灾人口83万人，总共经济损失8.2亿元。灾面之广，灾害之大，损失之重，为历史所罕见。

·2003年6月至7月，持续的强降雨酿成了淮河自1954年以来的最大洪水。安徽省阜南县蒙洼蓄洪区首当其冲，王家坝闸先后两次开闸蓄洪，蓄洪量5.6亿立方米。一时间，视为"淮河风向标"的王家坝成为党中央、国务院和全国人民及国内外新闻媒体关注的焦点。

在党中央、国务院和省市委政府的关怀下，蒙洼人民弘扬舍小家顾大家、舍局部保全局的牺牲奉献精神，夺得了抗洪抢险、重建家园的新胜利。

·2003年9月26日，历经50年洪水洗礼，有"淮河第一闸"之称的安徽省阜南县王家坝闸已完成了使命，王家坝闸拆除重建工程启动。上午9时，安徽省副省长赵树丛为重建工程培上第一锹土。

王家坝闸位于豫皖两省交界交汇处，是淮河干流蒙洼蓄洪区的控制进洪闸，与蒙洼蓄洪圈堤、曹台孜退水闸共同构成蒙洼蓄洪工程。王家坝闸兴建于1953年1月10日，同年7月14日竣工，是二等大型工程。王家坝闸的开启由国家防总统一调度。王家坝闸还是淮河防汛的"晴雨表"，50年来已有11年份14次开闸蓄洪，累计蓄洪量72.4亿立方米。

历50载风雨沧桑高奏抗天歌。50年来，王家坝闸为保淮河上下游、保卫淮北大堤、保卫京沪铁路、保卫两淮能源基地、保卫人民安全和国家重大财产作出了巨大贡献。由于年久失修，该闸目前工程破损，严重老化，不能满足现今防洪的需要，急需拆除重建。经水利部淮河水利委员会立项，报水利部和国务院批准，王家坝闸拆除重建。该工程计划16个月完成。工程总概算2520万元，建设内容主要有：闸室拆除重建、拆除公路桥后按荷载汽——20标准新建公路桥及启闭机台，增建启闭机房、桥头堡、下游消能防冲处理，闸门、启闭机更换、电器设备更新，新建防汛大楼等。新的王家坝闸将成为淮河上集洪水控制、交通运输、观光旅游为一体的大型水利设施。该工程已于 2005 年 4 月竣工。

·2006 年 7 月 1 日，中共中央授予安徽省阜南县王家坝镇党委全国先进基层党组织光荣称号。

·2007 年 7 月 10 日 12 时 28 分，王家坝第 15 次开闸蓄洪，经济损失 6 亿多元。

·2007 年 7 月 13 日，中共中央政治局常委、国务院总理温家宝第四次来到王家坝，深入蒙洼蓄洪区灾民家中，鼓励广大灾民坚定信心，战胜困难，重建家园。

·2008 年 1 月 12 日，中共中央总书记、国家主席、中央军委主席胡锦涛到王家坝闸现场察看，还深入庄台农民家中问寒问暖，步入田间察看小麦生长情况。

附录一

——

青春绽放

　　自脱贫攻坚战打响以来，广大党员干部不忘初心、牢记使命，奋战在脱贫攻坚的最前线，书写了一部又一部感人的扶贫篇章。

义不容辞

　　金广玲，1994 年 9 月 1 日出生于安徽省阜阳市阜南县王家坝镇李郢村。2014 年高中毕业。高考时因家庭突发变故，没有发挥好，仅一分之差没能被大学录取。父母让她复读，她见家里已经到了揭不开锅的境况，不忍心让老人再为她继续付出，便打点行李跟村里的姐妹们去杭州打工。在杭州一家科技公司找到一份工作，老板很看重她，每月能拿 6000 多元的工资。她干得风生水起，日子过得挺惬意。在杭州仅仅干了 4 个月，一位了解她的村干部联系到她说，因村里的扶贫工作遇到困难，没有扶贫专干，工作难以正常开展。经村党支部研究，大家一致认为她是最佳人选，想邀请她回村担任村扶贫专干。

　　放下手机，已经是晚上 10 点了。同事们都已入睡，金广玲却翻来覆去睡不着。村干部在电话里不是跟她商量，而是一种无助的哀求："金广玲，村里的网络设备都添置好了，我们几个都成了睁眼瞎，连碰也不敢碰。村里会电脑的人都外出打工了请不回来，村里也没有钱到外面请人，几百口子扶贫对象不能建档立卡，政府下拨的扶贫款不准'撒胡椒面'，要用在刀刃上，我们没有一点退路，快把大家急疯了。现在只有你能帮村里一把，乡里乡亲的，你不能见死不救啊！……"

　　生于斯长于斯的金广玲从懂事起，记忆里几乎全是一排排拥挤低矮的砖瓦房夹杂着昏暗潮湿的土坯屋。开闸蓄洪时，隆隆的轰鸣声和一眼望不到边的惊涛骇浪让她心惊肉跳。除了偶尔瞥一眼即将漫上庄台的洪水就是趴在妈妈的怀里寻求一点安全感。更让她不能忘却的是因为房屋被冲倒，从洼地里搬迁到堤坝上被安置在一座座救灾帐篷里的一张张无望与无助的灰色面孔，还有洪水退后，起早贪黑络绎不绝的男女老少在泥泞的田里抢种庄稼的弯腰驼背的身影……

　　金广玲不愿想下去。过去的让它过去吧！作为土生土长的王家坝人她再也不愿意重复父辈们的生活。她立即向公司提出辞职，义不容辞返回自己的家乡李郢村。

　　金广玲回到家就忙着收拾自己的东西，准备第二天到村里上班。

　　金广玲正在自己的房间里忙活，妈妈王玉芳走进来，"广玲啊，你可要想明白，迈出咱家这个门，是福是祸就得走下去，开弓没有回头箭，多掂量掂量，可不能一时冲动，世上没有后悔药……"

　　"妈，您不用多想，"金广玲已经铁了心，"您和爸放心，女儿不会给你们丢人，什么都难不倒我也压不垮我。"

全力投入

　　信心满满的金广玲走马上任。村干部们像迎接贵宾一样欢迎她。村里人听说金广玲当扶贫专干都笑逐颜开，拍手称赞。因为在大家眼里金广玲一直是一个阳光、诚实、上进、尊老爱幼、善良勤勉的好姑娘。让这样的姑娘搞扶贫，大家一百个放心。

　　金广玲全身心地投入扶贫工作。她虚心好学，主动向老同志请教，认真学习扶贫知识与政策，努力将自己锻炼成一名合格的扶贫干部。由于多种原因，村里的扶贫资料几乎是空白，不是在村干部的脑子里，就是在贫困户的肚子里。

为了搞好扶贫工作，为贫困户建档立卡成为当务之急。当时，各村民组报来的申请书，上级发的扶贫文件和各种扶贫书籍资料等装满三个纸箱子。不摸清头绪，摸准情况，扶贫工作就只能挂在嘴上。于是金广玲除了吃饭睡觉，没日没夜不停地在村部工作。经过近一个月的努力，她把全村扶贫情况了如指掌。

为了进一步了解实情，金广玲紧开始逐户走访。4 年多来，金广玲走遍了全村 1000 多户人家，266 户贫困户是她走访的重点，她包扶的 4 个村民组里的贫困户是重中之重。其间，她结婚成家，家庭的责任又落在这个坚强的女人肩上。

自小就在苦难中长大的金广玲对工作的重负和生活的压力并不在乎，她有信心和勇气扛过去。

最了解儿女的是父母。面对一天比一天消瘦的女儿，父亲金树林看在眼里疼在心上。一天中午，左等右等，别人家都吃过饭了才等到满身疲倦的女儿回到家里，父亲心疼地说："广玲，你别硬撑了，退了跟爸爸一起种菜，一座塑料大棚一年也能挣个 1 万多块。现在种菜用不着挑到集上一点点零卖，一个电话人家开着车上门来收了。咱爷俩一年三四座大棚，清清爽爽就挣它四五万。别犯傻了。"母亲王玉芳看看老伴看女儿，苦笑一下没有说话。

金广玲已经看出爸爸妈妈都不赞成她这个专干继续干下去。

当时金广玲已经怀上孩子。面对日益苍老的双亲，她不忍心两位老人再为她担心。她想了想强笑着说："爸，妈，您们不要为我担心，可能是怀孕有些不适，等宝宝生下来就会慢慢好的。"说服了父母，金广玲又没日没夜地投入工作。

不久，女儿出生了。她给女儿取名为静雅。

农村工作没有双休日。开会、整理资料、走访贫困户、接待来访、联系帮扶单位、阅读文件等，一件接一件，一桩接一桩，整天像个陀螺。有时饭也顾不上吃，孩子也没有时间管。女儿几乎由父母代养。父母还要忙地里活，女儿会走后，为了缓解老人的压力，除了外出开会，金广玲工作时便将女儿带在身边。宝贝很乖，在办公室里只要给她个小玩具，能玩到妈妈下班，不哭不闹，除了喝水和大小便从不给妈妈添麻烦。金广玲走访贫困户也带着女儿，人们昵称她女儿为"小扶贫专干"。

奋力脱贫

　　刚接手，金广玲对扶贫工作知之甚少，经过镇里培训和村领导班子帮助，她渐渐进入角色。当时有人冷嘲热讽，这妮娃子喝迷魂汤了，好端端的打工日子和白花花的银子不要，偏回村里当个既无权又窝囊还要受人管的芝麻大的官。

　　来自方方面面的冷嘲热讽，金广玲一点儿不在意。她心里装的全是怎样让全村建档立卡的贫困户早日脱贫，过上小康生活。

　　现实比想象的要难得多。由于李郢村地处蒙洼蓄洪区上端，历次开闸蓄洪都是首当其冲，洪水退后，几乎是刮地三尺，全是生土层，别说种庄稼，有时连树也栽不活。现实不饶人，不能等死，也不能全靠政府救济，日子还得一天天过。

　　在刚上任时走访的基础上，金广玲决定再进行入户走访，她把刚断奶的女儿托付给妈妈照管，每天除了镇上开会和村里的工作，几乎所有能用的时间都花在走访贫困户和群众上，集思广益，认真听取大家的意见和要求。每走进一家，她开诚布公地说："咱们李郢村是王家坝镇的一部分，扶贫的任务最重，大家都在拼搏，想方设法早日脱贫。习总书记说，小康路上一个都不能掉队！我们不能等靠要，人多主意多，一方水土养一方人，咱们也要动动脑子，撸起袖子加油干，不能拖国家的后腿……"

　　金广玲一番肺腑之言说到大伙的心窝里。人心都是肉长的，心里开窍了，不但主意多了，发家致富的干劲也大大增加，有的说我们村里洼地多，水面大，可以发展水产养殖，种莲藕，搞稻田养鱼。有的说村里沟边草多，我们养牛养羊。还有的要扩种大葱，搞大棚蔬菜种植。年轻人见识广，有的要回乡搞特种养殖，引进小龙虾，开办农家乐，不但要尽快脱贫，还要进军乡村旅游产业，由小到大，逐步向乡村现代化方向奋进。王家坝人不怕苦，不怕累，不但要拔掉穷根，还要以实际行动，展现王家坝人的胸怀与魅力。

　　说干就干。李郢村人意气风发，干劲倍增，6000多人已经坚定一个共识，王家坝人70多年的抗洪精神已凝聚成钢铁般的意志，脱贫攻坚谱新篇，小康路上不缺席。

　　提起扶贫专干金广玲，李郢村的贫困户都有一肚子话要说。

"广玲妮子是女人身，金子心。"李郢村3组80岁的贫困户赵寿金老两口原来住在镇里建的老年房里，室内外环境一片狼藉。2016年8月的一天下午，金广玲第一次走访时，一进门一股呛鼻的味道袭来，让她喘不过气。她知道，老人也想过舒服的生活，却力不从心。于是为老人更新扶贫手册后，安放好睡在小推车上的女儿，拿起扫把，打扫起卫生来。临走时还把给女儿买的一袋面包送给老人。赵寿金和老伴不肯收下，金广玲不顾老人的婉拒，放下面包推着女儿快速离去。赵寿金老伴拎着面包撵上来："妮子，宝宝还小，你的身体这么差，这面包我们不能收。"

"婶，没事的，宝宝有吃的，这是我的一点心意。"

老人愣住了，望着金广玲单薄的背影和她那褪色的衣衫，一滴滴泪水流下来。

金广玲的母亲——52岁的王玉芳，10年前就患有严重胃溃疡，病一发作，必须卧床，吃药打针是家常便饭，严重起来，疼得脸上的汗珠子乱滚，有时先是呻吟，然后捂着肚子在床上打滚；再严重常常从床上滚到地上，再从地上爬到床上。为了给王玉芳治病，家里倾其所有，带着干粮到阜阳、合肥等大医院请专家诊治，西药不行换中药，中药无济换针灸，一年下来花掉小万块。为了建房，家中已经欠了很多外债，几乎全靠借钱给王玉芳治疗。一年又一年，王玉芳仍拖着虚弱的病体上地干活、料理家务。

按实情这样的家庭为王玉芳申请一份低保无可非议。但是，当父母向女儿试探时，身为扶贫专干的金广玲一口拒绝："爸，妈，村里的贫困户我认同，咱家就别想了。如果你们实在有困难，经济上压力大，我从工资里每月挤一点给家里，你们要支持我的工作。"这时金广玲的表情是那么无奈和淡定。

父亲擦擦潮湿的眼睛，表示理解。

母亲破涕为笑，自嘲地说："广玲，妈是在开玩笑。"

金广玲长大了，她忍住内心的疼痛，还给父母一个微笑……

在多方共同努力下，李郢村已经脱贫，绝大多数脱贫户已经过上小康生活。

2017年3月，金广玲荣获王家坝镇三八荣誉奖。

2019年10月，金广玲荣获阜南县敬业奉献奖。

2019年10月，金广玲荣获阜阳市最美巾帼脱贫攻坚奖。

附录二

大爱无疆

弹丸之地王家坝，承载着多少人间大爱，是无法计算的。这个偏僻小镇因为坐落着一座13孔大闸，管控着隐藏在淮河里的洪魔，而被北京中南海经常牵挂，成为国人的疼痛与骄傲，受到全世界的关注。

栉风沐雨

王家坝位于安徽省阜阳市阜南县淮河干流上中游交汇处。由于地理位置特殊，被称为"千里淮河第一闸"和淮河汛情"风向标"。祖祖辈辈生活在这里的王家坝人忧绪绵绵，苦乐相伴。

长期以来，只要进入汛期人们就整天提心吊胆。大人们白天黑夜忙地里活，但凡有点空闲都要绕着拐着朝淮河里睃几眼，看看河水是涨还是落。只要天上有片黑云，人们都会心惊肉跳。连刚懂事的娃娃都明白大人们的脸色意味着什么。20世纪五六十年代，农村很少有收音机，天一变，有人暗暗祈祷，有人偷偷找巫婆和算卦的先生预测凶吉，以便早做准备，省得洪水来了流离失所，家破人亡。后来有了收音机，人们下地干活、吃饭睡觉都把它当成宝贝带在身旁。这样的折磨，似万箭穿心，大山压顶。泥巴路，泥巴屋，泥巴床，泥巴灶，泥

159

巴教室，泥巴桌，灰头土脸的孩子……苍天啊！王家坝人的日子就这样过下去吗？

最要命的是洪水袭来的日日夜夜。一望无际丰收在望的庄稼眼看就要到嘴，瞬间被洪水吞噬，万亩平畴变成一片汪洋。东倒西歪的泥巴房被冲得无影无踪。为了保命，人们抛家舍业，能来得及穿衣裳的还有个囫囵身子，来不及的干脆光着屁股走人。汹涌的洪水里，有人拼命寻找救命的稻草，木板、门窗、桌子、木床、檩条，凡是能扒能抓能爬的东西就拼命去抢，抢着了就有了生的希望。

人们永远不会忘记，1949、1954、1968、1975、1991、2003、2007、2017、2020，这些年份都是王家坝人与洪魔较量、决战、厮杀的难忘岁月。王家坝镇刘郢庄台85岁的农民刘克义从小就住在淮河岸边，70多年里他16次因洪涝搬家，回想每一次搬家情形他都心情沉痛。"人常说好家撑不住三搬。我那16次搬家想起来钻心的痛啊！"刘克义泪眼婆娑。

2020年7月初，淮河王家坝进入主汛期。开始只是断断续续，小打小闹。每天派出一批干部群众到大堤上走走看看，以防洪水突然来袭。这样的日子虽然倍受煎熬，像打仗一样，相互对峙，试探，但并没有真刀真枪的开打之意。

双方持续到7月20日，敌方突然变脸，当日8时，王家坝闸水位飙升到29.66米。按照国家防总规定，29.3米时，王家坝就要开闸蓄洪。

王家坝告急。

经过视频会商，国家防总下达了泄洪命令。

13孔闸门先后开启，汹涌的洪水腾起20多米高的水雾，咆哮着冲出闸门，扑向生机盎然的濛洼大地。

当地老百姓戏称濛洼蓄洪区为"淮河的水布袋"。王家坝闸是布袋口，淮河水大了从这里放进去，位于郜台乡的曹台孜退水闸是出水口，洪水在濛洼里关多少时候，要看上下游的汛情雨情而定。

"上保河南，下保江苏，中间保安徽。还有两淮能源基地和京九、京沪两条铁路大动脉。"王家坝开闸后，王家坝镇镇长余海阔动情地说，"顾全大局，我们该作这样的牺牲……"余镇长言简意赅，心情沉重。

众志成城

饱受洪水之苦的王家坝人，经过与洪水70多年的搏斗，不仅摸透了洪水的诡谲，也锤炼成钢铁般的意志。7月初，王家坝水位超警，上级命令全体镇村干部、共产党员带头上堤巡查，守护大堤安全。已经与洪水斗争无数场次的王家坝干部群众深谙此刻命令如山，紧接着将是一场恶战。

战火重燃。

这是一个搬不走的家。即使有了保庄圩，也实现了易地搬迁——房屋搬走了，搬到洪水冲不到的安全地方，但赖以生存的土地搬不走啊！地里的庄稼，沟塘里的鱼虾、莲藕，还有学校、医院等永远也搬不走啊！这是摆在王家坝人面前的事实，谁也无法改变。

在护堤动员大会上，李郢村党支部书记张斌牙一咬，铮铮地说："什么道理，什么困难都别说了，就一个字：拼！我张斌第一个上，最后一个回。如果有半点假，剥我的皮！剁我的手！"

这个中等身材大专文化的红脸汉子，身上有一种叱咤风云的霸气。他干练，讲话不爱客套，直来直去。他开始给我的印象并不好，不谦虚，有点傲气。接触多了，我改变了看法，这是一位不会玩虚的，说得到做得到的优秀基层干部。后来的事实证明了我的判断。在一个多月的抗洪抢险战斗中，他实现了自己的诺言。其间，一家地方报纸的记者以"钉在大堤上的'钉子'"为题对他做了报道。

和张斌一起战斗的还有一位女性，村扶贫专干金广玲，这个看上去身材孱弱的年轻女子，个性鲜明，重实干。这次护堤，本来轮不上她。一是扶贫任务重。走村串户，核实情况，整理资料，几乎整天守着电脑。二是家庭情况特殊。丈夫在外地打工，母亲体弱多病，六岁的女儿李雅静刚上幼儿园，她每天从早到晚都有干不完的活。听说派人护堤，她积极报名，张斌让她再考虑考虑，她说书记看不起女人，不肯罢休。直到答应她在后方负责后勤保障和灾情核实等工作她才不再坚持。巾帼不让须眉。她的坚强、执着与敬业赢得了广大群众的赞誉、爱戴与敬佩。

"有种的跟我上！"这是和谐村第一书记刘杰在护堤动员大会上的开场白。

刘杰是镇干部，后被派到和谐村任第一书记。刘杰是大学生，肚子里有不少墨水，平时说话文质彬彬，但关键时候，身上冲劲儿十足。动员会结束后，他第一个带着大伙奔向大堤。当他刚安排好护堤任务时，爱人打来了电话，说家中有急事要他回去一趟。他挂断电话后没有回家而是直奔指挥点。用老百姓的话说，我们的刘书记拼上了。

战争没有模式，也不可复制。2020年王家坝抗洪抢险正是如此。但是万变不离其宗。进入7月，王家坝开始吃紧，由备战到临战，再到决战。无论洪魔怎样狡猾，凶狠，都会露出一点它的狐狸尾巴。它的尾巴有点像1975年和1991年。1975年8月，淮河上游大片流域普降洪水，河南省驻马店地区降雨量达罕见峰值，造成"75·8"板桥水库垮塌事件。为了挽救灾区人民的生命，王家坝在晴空万里的情况下开闸蓄洪。2020年7月20日，王家坝也是在烈日当空的日子里开闸蓄洪。这是两场抗洪战斗相似之处。而战斗持续时间之长又有点像1991年，断断续续一个多月。

"再狡猾的豺狼也斗不过好猎手。"在水利战线摸爬滚打近30年的王家坝闸管理处主任张家颖说："我们早已做好准备，制定了几种方案，保证战之必胜。"

这是一场套路不多的常规战争。也是一次智慧与意志的较量。在一个多月的抗洪抢险战斗中，要时刻绷紧一刻也不能松口气，更不能有丝毫麻痹大意这根弦。郜台乡党委副书记刘晓妮是第一次参加抗洪抢险的女同志。她以女性的温柔、细腻，耐心做好动员搬迁工作。蓄洪后，她深入每一户家庭，为灾民送去急需的物资，鼓励大家的士气，战胜困难，重建家园。在她和同志们的帮助下，灾民们临危不惧，"孤岛"上的生活充满欢乐与生机。刘晓妮被大伙称为"贴心人"和"好闺女"。

为了夺取抗洪抢险的胜利，阜南县委、县政府未雨绸缪，多次召开专题会议，认真传达学习中央省市有关会议精神，制定预案，请专家研判，包点包线，主要领导亲自上阵，靠前指挥，层层分工，责任到人，签军令状。全县共动员组织干部、民工近10万人，准备防汛材料20多吨。同时要求出现汛情，哪怕是一点蛛丝马迹，必须立即向上级有关领导和部门报告。严阵以待，众志成城，共同筑起抗洪抢险的铜墙铁壁，打一场抗洪抢险的人民战争，不获全胜，决不收兵。

血浓于水

经过一个多月的浴血奋战，王家坝抗洪抢险终以胜利告一段落。

抗洪抢险是一场没有硝烟的战争，却有着惊心动魄、家破人亡的惨烈。王家坝人已经经历了 70 多年这样的折磨与煎熬。一代又一代的王家坝人从一次次劫难中总结出的经验教训很多很多。但最核心，刻在大家骨子里最重要的只有两条：一是党和政府的英明领导；二是八方支援。

居民赵寿强对 1968 年的蓄洪记忆最深刻。那一年他的儿子刚出生。大水呼啸而来，他赶紧送走了家人。连天的大雨，大水漫过庄台、水井，然后是房子。他带着干粮，爬上岌岌可危的房顶，饿了啃几口干粮，渴了喝浑浊的洪水，连续三天三夜不敢合眼。后被赶来的解放军乘冲锋舟将他救到安全的地方。回忆当年，老人老泪纵横，深深叹口气，"我这条命是解放军给的，他们还给我吃的喝的。要不，我早不在世上了"。

赵寿强是幸运的。他现在儿孙满堂，颐享天年……

20 世纪刚刚进入 90 年代，桀骜不驯的淮河又暴发一场特大洪水。1991 年 6 月、7 月，一个多月里近百亿立方水倾倒在江淮大地上。安徽全省受灾人口 4314.7 万人。其中重灾和特重灾民 2610.4 万人。

这场特大洪水，先在皖东游弋半个多月，然后加足马力瞄准淮河，扑向王家坝。来势之猛，前所未有。

和洪水斗争多年的王家坝人经过艰苦鏖战，两次开闸蓄洪 7.2 亿立方，最终赢得了胜利。但是，王家坝大伤元气，几乎到了一筹莫展的地步。救灾资金短缺，机关办公经费吃紧，干部、教师、退休人员连续数月拿不到一分钱的工资，全县上下人心浮动。

最让人揪心的是眼前严冬将至，住在庵棚里的灾民怎样过冬，干部职工没有饭吃怎么上班。一连串问题让县委、县政府压力山大。

正当全县上下人心惶惶、心灰意冷的关键时期，中央下拨了救灾资金。而救灾资金有限，只能解燃眉之急，但是，灾民越冬的问题迫在眉睫。

这年入秋，北京中南海里的邓小平每天都在关注安徽，牵挂灾民安危。尤其是灾民过冬的问题让他彻夜难眠。国家当时的经济也很吃紧。于是北京从中直和国家机关、部队到广大市民迅速开展一场向安徽灾区捐赠棉衣棉被等捐赠活动。邓小平、邓颖超等中央领导带头捐出棉被棉衣和钱物。短短半个月，1000多万件（套）棉衣棉被陆续运往安徽。车队所到之处，鞭炮齐鸣，万人欢腾。人们奔走相告，这个冬天我们不用怕了。

王家坝沸腾了。

灾民陈如松领到一床棉被，他如获至宝，抱着被子一进家门就兴奋地说："这个冬天，我们再不用钻麦秸窝了。"

郑庄台郑继超想到的不是自己，而是村里的一个五保户。他领到一床新棉被，连家也没有回，就直接送给那位老人。老郑回到家，妻子问他领了啥，老郑说："东西不多，没有轮到我们家。"

直到五保老人去世，郑继超送被子的谜才解开。

这就是王家坝人的本色。他们无亲无故，却相依为命，血浓于水。

1991年秋冬，以及后来的很长一段时间，王家坝灾情都牵动着中央和全国人民的心。

现代社会的飞速发展，没有任何东西能够阻隔信息的传播。当王家坝的灾情传遍全球时，远在异国他乡的华人们也动了恻隐之心，虽然不是手足之情，却血脉相连。作为华夏子孙，许多海外华人社团纷纷在当地搞募捐、义卖，寄钱寄物。还有的远渡重洋带着钱物来到王家坝慰问灾民。当他们在一座座简易帐篷里看到灾民的困窘时眼睛湿润，慷慨解囊。有的仅留下回程的路费，所剩的钱物都留给了王家坝的父老乡亲。还有一位华侨老人操着半生不熟的汉语深情地说："兄弟，不要害怕，一定要挺住，困难只是暂时的。虽然我们相隔万里，但我们都是黄皮肤，一条根啊！"说着不时用手绢擦拭湿润的眼睛。

王家坝啊，你是中国人民的骄傲，也是华夏子孙的连心锁。

浴火重生

秋色如画。淮水汩汩。

硝烟散去，风清气朗。当我再次来到王家坝时，这里已是另一番景象。大闸巍然屹立。两端的花园里海棠、月季、丹桂、牡丹等姹紫嫣红，竞相开放。大闸东边的小栅栏里，一群年轻的男女，可能是来自城里的大学生，手里举着相机，你来我往，对着王家坝闸四个大字不停地拍照。不远处宏伟壮观的王家坝抗洪纪念馆大门前围着许多人，有的凝神张望，有的忙着拍照，脸上带着微笑，一拨又一拨，有说有笑，仿佛这里一个月前并没有发生过媒体里曾经介绍的惊心动魄、金戈铁马的战斗场景。

王家坝镇和各个村子到处都飘扬着五星红旗。保庄圩街道的两旁也都悬挂着五星红旗。我注意到，这些都是国庆节刚换的新旗。浴火重生的王家坝人正是用这种方式表达对党和关心支持王家坝抗洪抢险的军队、警察及各界人士的感激之情。这里有我几位朋友，本想登门叙旧，但又不忍心打扰——他们太累了，他们还要迎战新的任务。

我徜徉在保庄圩的大街上。这里的大街都是 60 米宽，全是沥青路面，保洁员定点清扫，洒水车准时洒水。街道两侧绿树成荫。我几乎走遍所有街道，很少看到纸屑、烟头和杂物。现在的王家坝人过着天蓝水清、鱼米香的幸福日子。

我正在一家超市门外，不远处传来一阵悠扬的乐曲声。循声望去，原来是一群年轻姑娘媳妇在音乐的伴奏下正在排练文艺节目，准备参加县里的比赛。另一处一帮男女老少正在跳广场舞。悠扬的乐曲，曼妙的舞姿，仿佛把我带到城市的广场上，围观的男女老少脸上都洋溢着开心的笑容。

人们翩翩起舞，一片欢声笑语。安详，幸福，写在王家坝人的脸上。洪水留下的困窘与惊恐荡然无存。

我漫步在王家坝的田野里。时值深秋，绿油油的麦苗一望无际，成片的油菜叶在风中起舞。大葱正在收获。修路的，建房的，马达轰鸣，车水马龙，到处都是一派兴旺发达的繁荣景象。

2020 年 8 月 18 日，习近平总书记前往安徽考察，首日就来到了王家坝闸、蒙洼蓄洪区曹集镇利民村西田坡庄台等地，察看淮河水情，走进田间地头，了解当地防汛救灾和灾后恢复生产等情况，看望慰问受灾群众。他说，我一直牵挂灾区的群众，看到乡亲们生产生活都有着落、有希望，我的心就踏实。

党中央的关怀和全国人民的大力支持又一次温暖着王家坝人民的心。王家坝人民再一次沉浸在幸福里。

我们有理由相信在以习近平同志为核心的党中央坚强领导下，在习近平新时代中国特色社会主义思想指引下，王家坝人民的生活会更幸福，王家坝的明天会更灿烂。

后　记

淮河是一条神奇的大河。

作为中华民族的发祥地之一，自有文字记载以来，淮河流域记载着无数华夏苗裔的英雄业绩：这里有中国古代最伟大的思想家李耳、孔丘、庄周，有喊出了"王侯将相宁有种乎"的陈胜、吴广，有"力拔山兮气盖世"的项羽，有开创布衣将相之局的刘邦……无数淮河儿女在广袤的神州大地上书写下了华丽篇章、发出了属于他们时代的历史最强音。

淮河，不是贫穷和粗犷的象征；淮河也有着似水的柔情，江南水乡的妩媚。颍州西湖是淮河的杰作；寿县安丰塘是水利史上的经典；霍邱县的李家圩是中国四大地主庄园之一，虽然有着罪恶的历史，也是淮河荣华富贵的见证。淮安旧城山阳、寿县重镇正阳关、阜南商埠地理城、息县名港城北关等地，当年的繁华已经远去，昔日的芳姿荡然无存，但商贾云集、歌舞升平的历史却永远也不会逝去。"扬州千年繁华景，移向肖湖古渡头"的诗句足以说明当时的山阳（淮安）可以与风光旖旎的扬州相媲美。如今，农村改革的先行者小岗村、集体经济闻名全国的南街村，已成为淮河流域的全新旗帜，于新中国的天地间迎风招展、各领风骚。

自 1999 年春天，作为一介书生，笔者身着青衣蓝衫，背着简单的行囊，从桐柏山出发，用脚步丈量着淮河那令人心旌摇荡的生命空间。特别是在王家坝一带，笔者驻足良久而所获颇丰。淮河是我心中的圣地，淮河儿女更是中华民族的骄傲，他们会在实现中华民族伟大复兴中国梦的历史进程中书写出更壮美、更精彩的华章。

本书最初成稿于 2008 年，并于 2009 年初次付梓。此次出版，于正文之后附上了两篇新作——《青春绽放》与《大爱无疆》。由于才疏学浅，书中谬误之处在所难免，敬请读者批评指正。

在采访和写作的日子里，笔者得到诸位领导、长者、专家与朋友的关心与支持，在此一并致谢。

张守志

2020 年 10 月 16 日于双碑湖畔布衣轩